徐观潮 著

同根兄弟

TONGGEN
XIONGDI

中国文史出版社

目录

CONTENTS

· 阅世卷 ·

别说我是你师傅 / 3

民间流传（三题） / 25

算 计 / 34

快乐的疯人院 / 54

· 乡土卷 ·

与民同乐 / 83

衣锦还乡过个年 / 92

同根兄弟 / 99

祖宗莫怪 / 108

· 怀旧卷 ·

掉牙老虎 / 117

尊 严 / 127

小小说（三题） / 135

老朋友 / 148

· 灵异卷 ·

双龙村纪事 / 175

鼠 戏 / 209

为了活着 / 214

·阅世卷·

老猴一生阴差阳错，一事无成，虽擅长写文章，却大都是为别人作嫁衣，自己没留下任何有用的文字。就是大学文凭也是他爹鸡毛换灯草换来的。老猴子女资质平庸，孝顺有余，胆气不足，看不出任何发展后劲。

别说我是你师傅

一

老猴是我进机关以后认的第一个师傅。

老猴见面的第一句话问，找谁？

我说，不找谁？

老猴说，不找谁就出去，这是机关。

我说，不是机关我还不来！

老猴说，机关不是你想来就能来的。

我说，我就是想来就来了。

老猴毕竟是老机关，把话掂量一下就知道深浅，小心地问，你是谁呀？

我笑，你不知道我是谁，我却知道你是谁！

老猴更加小心，我是谁？

我说，你叫侯徽西，机关的老布衣。

老猴也笑，我叫侯徽西？好陌生的名字。还是叫老猴吧。

在机关里混，一般来说，职位从无到有，名字从有到无，唯独老猴是个特例，职位没捞着，名字却丢了。

我想，也对。跟他这般年纪都称职务，哪怕他曾经有一个职务，也受用终生。如今他是布衣，不好直呼其名，称他为老是一个不错的归宿。

这时我还没想到要认老猴当师傅。

人与人相处讲究缘分，我与老猴就很有缘分。有缘分不是说我们的关系有多亲密，而是能交心。论关系，我们只能算一般，有时还是若即若离，但我们彼此又都愿意把心里话说出来，说出来也不是为了获取对方认同或者支持，说出来就是为了不憋着。在机关里，那种对面不相逢的感觉能把人憋死。

一天，我与老猴聊着聊着，老猴就感慨，日子过得真快。

我说，我咋觉得日子过得慢？

老猴说，咋慢？我进机关仿佛是昨天的事。

我说，咋不慢？啥时候我才能前呼后拥。

我想的是进机关的目标，老猴想的是人生。说者无心，听者有意。老猴情绪突然低落下来，叹气，我这辈子什么都好写，就是碑文难写。

我说，活得好好的，写什么碑文！

老猴半天不作声，显然是对我无语。

我知道老猴在想什么，老猴这辈子在寻常人眼里就是个一般干部，既无看得见的功可歌，也无摸得着的德可颂，碑文的确不好写。我心有不忍，便安慰他，不就是碑文吗？你百年之后我替你写！

老猴抓住我的手说，你真替我写？

我吃了一惊，才知道这话说快了。这事可不能口无遮拦，对活着的人可以不负责任，对死去的人还真不能信口开河。我哭笑不得，说话说得好好的，咋扯到写碑文上来了？这事关键还不是写碑文，而是老猴把玩笑话当真了。

我只有耍赖，开句玩笑，你别当真。

老猴的眼神霎时黯然下去了。

二

老猴是一个贬称。如果老猴有个一官半职，谁敢这样称呼他？问题还不是贬称，关键是老猴也认了。

说到老猴的真实姓名，又是一个笑话。

老猴老家是安徽。爹逃难来到江西，在江西招亲，做了上门女婿。做满月那天，老猴爹怕老猴忘了自己的出身来历，取名叫安徽。

老猴娘说，给你吃，供你穿，到头来还是个白眼狼。要叫也应该叫西徽，西是江西，徽是安徽。

老猴爹赌气说，儿子都跟你姓侯了，还要怎样？叫徽西，不能再改。

老猴娘甜蜜地笑，不改就不改，便宜你了！

老猴爹这才知道上了当，可是说男人说出去的话又不好更改。老猴爹是个老实人，不自觉就掉进了老猴娘的坑里，白白让老猴娘捡了便宜，姓丢了，名字也只捞回了半个，即便是排在前面，也弄得不伦不类。老猴爹老实，却长着一副恶相，眉毛浓得可以杀人。老猴的长相基本上像娘，唯独眉毛像爹。

老猴娘狠狠亲了老猴一口，又笑，你还别觉得委屈，不是看在这眉毛的份上，一个字都不给你。

老猴爹不甘心地说，再生了就跟我姓。

老猴娘在逗儿子，随口说，到时候再说。

老猴爹的委屈还不仅仅是取名字。老猴稍大一些也跟他添堵。老猴爹教老猴说安徽话，老猴总是学不会。老猴爹气得把巴掌举得高高的，就是不忍心落下来，巴掌在空中颤抖。

老猴仰着笑脸说，怎么不打呀？娘说了，要打也只能她打。

老猴气不过，巴掌又落下来了一点。

老猴又说，我们这就你一个安徽人，说安徽话谁听呀！

老猴爹这回彻底放弃了。不但放弃了教老猴说安徽话，自己也改学了江西话。

安徽人天生就有生意头脑，即使像老猴爹这样的老实人也不例外。老猴爹来到江西，那时江西人都进了大集体，干农活是大帮小伙，很少有人单干。江西人的理念，单干要割尾巴。老猴爹没有江西人的理念，来了不久便做起了鸡毛换灯草的生意。尽管老猴爹没这理念，鸡毛换灯草也没敢那么张扬，出门不走大路走小路，不走集镇走村庄。鸡毛换灯草男人不屑一顾，女人看到了却是喜上眉梢。老猴爹到哪都被一群大姑娘小媳妇围着。鸡毛换灯草不是真的换灯草，而是沿袭了以前的叫法，现在的人早不点灯草，而是点煤油。煤油是计划物资，老猴爹没那能耐搞到。他也就是买些女人用的针线、火柴、橡皮筋、纽扣、红头绳、蛤蜊油、生发油去换她们手里不值钱的鸡毛。换鸡毛也不完全是换鸡毛，还换女人的头发、破铜烂铁、乌龟壳，等等。老猴爹将这些换来的物什卖到废品收购站，再买女人喜欢的小百货，如此反复，钱就来了。

老猴爹每到一处村庄，只要把拨浪鼓一摇，喊一嗓子，鸡毛换灯草啰，女人便像蝴蝶一样飞过来。临走了，女人还不忘补一句话，再来！

老猴娘除了在子女的问题上不依他，啥都依他。老猴爹挑着货郎担回到家里，那也像是掉进了温柔乡。货郎担刚放下，一杯茶便端到他手里。饿了吧？吃饭，转眼饭到了手里。累了一天，早点睡，洗脚水又摆放在脚下。在床上，老猴爹想到再生了孩子可能跟自己姓，每次都很努力。老猴娘看着他大汗淋漓的样子，还是甜蜜地笑，这么上心干啥？还不知道跟谁姓！老猴爹上气不接下气，气却是真气，你说话不算数？老猴娘笑，我说啥话了？老猴爹说，再生跟我姓。老猴娘说，那也得生了再说呀。老猴娘第二胎生了一个女儿。老猴娘问，女儿你要吗？老猴爹说，再等等。再等还是女儿。眼看没指望，老猴爹唉声叹气，这是天意！老猴娘笑，姓侯就不是你儿子了？老猴爹赶忙说，是，当然是。

从此，老猴爹把心思放在老猴身上。

三

老猴身上拥有安徽人和江西人身上的基因，再加上老猴爹赚的钱，不出息都不行。老猴会读书，高中毕业那年，老猴爹在外面吹牛，我儿子考大学如探囊取物。

说这话的时候，刚好碰到老猴从学校回来。老猴满脸怒火，死安徽佬，探囊取物那也得口袋里有物呀！

老猴爹笑，口袋里咋没物呢？

老猴吼起来，我说没物就是没物。

老猴爹这才发现儿子脸上不光有怒火，还有眼泪，顿时有些惊慌，谁惹我儿子了？

老猴哭着喊，谁都惹我了。

老猴爹知道这是气话，把儿子哄回家细问才知道，高考取消了，上大学得推荐。

老猴爹有气归有气，却不敢赌气，愣了会儿神，笑了，推荐就推荐，推荐就不上大学了？

老猴哼了一声，你以为是鸡毛换灯草？

老猴爹又笑，还得鸡毛换灯草。

老猴一个暑假没理爹，跟着娘到田畈地干活，把自己往死里晒，那个黑就像一段会走路的木炭，那个瘦就像一根剥了皮的黄荆条。等到爹拿着江西共产主义劳动大学的录取通知书来的时候，老猴就像刚从窑洞里钻出来的人一样，让人心疼。

老猴问，咋来的？

老猴爹笑，你不说鸡毛换灯草吗？就算是吧。

老猴心里不齿，却也舍不得这机会。最后把气撒到鸡毛换灯草上，临别时没头没脑说了一句，爹，别鸡毛换灯草了。

老猴娘说，说啥鸡毛换灯草，就没别的？

老猴爹拉了拉她的衣袖说，这是儿子心疼爹呢！

老猴娘瞪老猴爹，拉啥，心疼爹咋不心疼娘呢？

老猴爹说，咋不心疼娘？

老猴娘说，咋不让娘别养猪呢？

老猴爹说，儿子不是没来得及说吗！

四

在机关，老的叫他老猴，小的也叫他老猴，唯独没有叫他侯徽西或者徽西。他爹当初为了徽西还是西徽，与他娘争得面红耳赤，谁知道是这样一种结果。

我与老猴在一起还有一种感觉便是一见如故，相见恨晚。一见如故是因为我们说话都喜欢一针见血，相见恨晚是因为话都能往心里说。如他告诉我他的名字是怎么来的，他的大学又是怎么来的，我笑他当初爹娘就不该给他取名字，更不该为取名字争吵，现在他的名字根本就用不上。老猴让我第一次知道世界上还有一种生意叫鸡毛换灯草，也让我知道鸡毛换灯草不仅仅是生意，还是一种为人处世之道。我也进一步明白我与老猴无话不谈不是一见如故，也不是相见恨晚，而是鸡毛换灯草。有一段时间，我有意疏远他。后来又想，尽管是鸡毛换灯草，也没坏心眼。有些不能乱说的话，找他鸡毛换灯草，比一般人更安全，虽无益，却无害。最终我们还是成了忘年交。

老猴之所以成了老布衣，有一个毛病就是嘴臭。老猴尖嘴巴，薄嘴唇，这些天赋都来自他娘。老猴是老三届，肚子里有真才实学，这是后天的。这两样结合起来就不得了，老猴那张嘴不仅出口成章，还出口成趣，说话如行云流水。老猴那口才要是做个大学教授，绝不亚于他爹喊鸡毛换灯草，得倾倒多少女学生。可惜老猴便赶上"社来社去"，到机关当了名干部。同样一张嘴，当干部，风险就大多了。老猴便是稍有不慎，成了臭嘴。我刚来时听说老猴嘴臭，以为是他喜欢吃大蒜、抽烟的缘故，所以说话尽量远离他那张嘴，可是后来发现不是那么回事。老猴呼出来的蒜臭、烟臭最多是让人不喜欢，对有同样嗜好的领导是感觉不到的。再说，说话时不靠得太近，或者是用手挡住嘴巴，让呼出来的气流在鼻子前面改变一下方向，也是可以避免的。老猴经常忘记刷牙，嘴巴里的残留物在唾液的作用下直接消化变成大粪，呼出大粪的味道，也不足以影响他的前途。他有时也说，有些领导嘴巴里的味道比我还浓！这句话有很高的可信度，只有味道更浓才能让他闻得到。

时间久了，我便知道老猴不是嘴臭，而是话臭。话臭不是老猴不会说话，而是太会说话，像鄱阳湖滩上跑汽车不着道，或者跑到哪哪就是道。老猴刚参加工作的时候，也是意气风发，踌躇满志。那时县革委会主任姓赵，没读什么书，原是一个公社干部，和老猴是同乡，靠造反上来的。世界上的事就是这样怪，读书人嫌弃读书人，没读书的人反倒喜欢读书人。老赵喜欢老猴，不是因为老猴是同乡，而是因为老猴是读书人，这一点老猴曾经验证过。有一次，老赵把老猴叫到办公室交代工作。老猴问老赵，听说你是四方舍的？我是秀才湾，就隔一座山。

老赵不冷不热说了一句，我跟安徽也只隔一条江。

老猴说，那不一样。隔一条江隔着一个省，隔一座山还是同乡。

老赵说，我看就一样。

老猴知道老赵不想认老乡，情绪低落地说，一样就一样。

老赵看出了老猴的情绪，又说，秀才湾自古出秀才，秀才好！

老赵不认同乡却丝毫不影响他喜欢老猴。老猴会写材料，老赵的汇报、讲话、心得体会甚至家里老人去世的祭文都点名要老猴写，老猴熬灯守夜也从没误过事。常言说，恃宠而骄。日子长了，老猴便有些得意忘形。也该老猴要出事，那年上面突然发邪，多年不高考又高考了。问题还不是高考，而是高考出了个交白卷的张铁生。其实张铁生也不是交了白卷，而是在考卷上写了一封信，说的是不该一考定终身。

老猴看到报道，想起当年自己想考没机会，现在有机会却交白卷，在机关里大发议论，不写信别人还不知道你交白卷。交白卷谁不会？

人说，他敢亮短揭丑。

老猴说，世上最无耻的是做了无耻之事却不以为耻。

人说，问题是他成了英雄。

老猴说，是英雄也是无耻的英雄。如果再给我一个机会，我考满分。

人说，他交白卷上了大学，你考满分别人还不敢要。

老猴说，这不是我的悲哀，是别人的悲哀。

如果仅仅是说张铁生也没事，谁也不认识张铁生，就是骂两句也没啥。问题在老猴越说越激动，说着说着就回到了现实，一个人不读书就不是人，一个民族不读书就不是民族。

人说，那是啥？

老猴说，是猪，一窝的猪。俗话说，养子不教如养猪。

又说，如果老赵当年好好读书，何至于要我这个拐棍。一个健康的体格为什么要拄拐棍！

说到这，老猴突然发现身边空无一人，这才打住，惊出了一身冷汗。不久老赵就找到他，你什么时候成了我的拐棍？又用巴掌拍打胸脯，我的体格不健康吗？老猴第一次觉得无助，也无语，肚子里有那么多理直气壮的话就是说不出来。他还想说明自己本意是骂张铁生，不是说老赵，可是发现此时再多的话都是多余的。别看老赵做报告要稿子，骂人骂两小时都不用打腹稿。老赵骂了两个小时，老猴屁都不敢放一个。

老赵最后骂了一句，你也不过是一头有文化的猪，滚！

之后，上面露出口风，以他攻击白卷英雄张铁生为由，让他下乡接受贫下中农再教育。这事传到老猴爹那，把他吓得魂都不在身上，透夜步行到县城，找老赵"鸡毛换灯草"。要说老猴爹的口才比老猴不只差十万八千里，但老猴爹确实把这事给办成了。老猴爹这次什么都没带，就带了一小袋干粮在路上吃。老猴爹不仅什么没带，还穿了一身平常干粗活穿的破衣裳。

老猴爹坐在老赵办公室眼泪汪汪说了一句话，我是侯徽西的爹。

老赵问，侯徽西是谁？

老猴爹没吭声。

老赵想想说，是小侯吧？

老猴爹仍没吭声。

老赵又说，我好像认识你。

老猴爹有些茫然。

老赵说，你到四方舍鸡毛换过灯草？

老猴爹说，那是资本主义尾巴，我是贫下中农，早不换了。

老赵笑了，换也没啥，我娘还经常念叨你。你觉悟比小侯高嘛，这次就算了。

老猴爹两眼泪汪汪，要的就是这结果。

五

在这之后，领导换了一届又一届，老猴因为在领导心里有拐杖的阴影，都不敢叫他写材料。老猴成了一个闲人，每天的工作除了搞办公室的卫生，到食堂打开水，再给自己泡杯茶，剩余的时间就是看报纸。开始老猴觉得挺好，不用熬夜，不用绞尽脑汁，更不用在领导身边小心翼翼。老猴看报纸看累了，便在办公室走几十圈。二十多平方米的大办公室，几十圈也就半里地。老猴心情好时还做一套广播体操，做完了又接着看报纸。可是日子久了，才知道这不是人过的日子。人不怕受累，累了睡一觉就不累了，也不怕受气，气了到没人的地方大骂一通，便想开了。人就怕憋，把人憋着没完没了，半死不活，想疯都疯不了，那才是精神上的折磨。老猴想过很多办法摆脱这种憋闷。他练过钢笔字，后来又练毛笔字，练了一阵之后，发现这种憋闷从心里走到笔端便再也走不下去了，最后仍回到了心里。他气得把毛笔折断了，把墨汁去养了窗台上那盆君子兰。既然憋闷走不出去，那就想办法让它走出去。他又开始写文章，文章都是围绕地方发展出谋献策的大文章，花的心思远比当初给老赵写讲话要多得多。当初给老赵写讲话一般都要得急，想用心也没那时间，再加上老猴骨子里看不起老赵，写深了怕他看不懂，往往是应付的时候多。现在环境变了，老赵被打回了原形，仍回去当了普通干部，没人找他写材料。新上来的领导又都是读书人，眼光高。老猴写完一篇文章，自己花钱到打字社去打印，又厚着脸皮逐一送到领导的办公室，嘴里还要说，请领导批评指正。领导对老猴是又倒茶，又递烟，接文章时还勉励几句，但事后都石沉大海。

老猴这种消解憋闷的方式注定是失败。就在老猴要彻底放弃的时候，我来了。

我与老猴聊到这个问题时，忍不住骂他，你始终没搞懂一个问题，读书人不喜欢读书人。

老猴问，那喜欢啥？

我说，喜欢奴才。

又说，如果当初你有这一半心思对老赵，何至于热脸去贴冷屁股。

老猴的话戛然而止，我们再也无法继续。

我虽然也是读书人，却不善于写机关的八股文，免不了时常请教老猴。这时我还没叫过他师傅。其实在机关私下里认师傅已经相当盛行，有点以前恩师、门生的味道，但又远不如以前严肃，大都是借此认亲或者认交情，有师徒之情，无师徒之实。老猴写文章行，教人写文章却不行，有时气得难受便说，读书读成你这样，说你什么好呢？

我笑，说什么好？

老猴骂，教而不会如教狗。

我也骂，你不但嘴臭，还毒。

老猴把手一挥，有多远滚多远。

我急了，脱口而出，师傅，帮帮忙！

老猴说，别叫我师傅。

我说，我心里早把你当成了师傅。

老猴说，当成师傅也不能叫。

我说，为啥？

老猴骂，你不以为羞我还引以为耻。

我说，材料怎么办？

老猴骂，教狗不如自走。

说实在话，我与老猴共事期间，领导分配给我的材料有一大半是老猴写的。我写材料因老猴而在领导面前名声鹊起，老猴也因我不再憋闷，有时还因我受到表扬而表现出莫名的兴奋。

我笑，我受表扬，你高兴个屁？

老猴也笑，你看过傀儡戏吗？我就是操纵木偶的偃师。

我骂老猴，亏得把你当成师傅，这样损我。

老猴大笑，你还真瞧得起自己。

我问，为啥瞧不起自己？

老猴说，你是木偶吗？充其量是连着木偶的丝线。

我恍然大悟，用手指指上面，你是说那位？

老猴笑而不答。

我笑着骂他，你是真损！

老猴彻底想开了，也真心把我当徒弟。我成了他的影子，感觉也特别好。当然，老猴也有失落的时候。老猴失落的时候常念叨一句话，女人怕失身，男人怕较真。

后来我当了局长，想公开我俩的师徒关系。

老猴说，别说我是你的师傅。

我问，又为啥？

老猴骂，不嫌我名声臭，就往身上贴。

六

老猴失身之后，也不是没有机会，而且碰到过一个大机会。

老钱媳妇熬成婆，当了县委书记。那时老钱和县长老孙住一层楼，共一个走廊。老猴早就不写材料了，在机关搞后勤，负责联系县长老孙。一次，老孙家电路坏了，老猴带人去修，在走廊里遇到老钱。

老钱停下脚步，盯着老猴看了很久才问，你是小侯吧？

老猴虽然很多事想开了，但遇到县委书记还是有点紧张，点头弯腰说，钱书记，我是小侯。

老钱说，你娘身体还好吧？

老猴愣了一会儿，很快想起一个人，并且把那个人和眼前的老钱重叠在一起，脸上流露出一丝兴奋，你是钱叔？还好，还好。

老猴想起的那个钱叔二十年前曾经在秀才湾蹲点，吃住在他家。那时老钱是经贸委主任，村支书老张见老猴娘伶俐，家里又干净，便把老钱安排在她家。老猴爹经常出去鸡毛换灯草，对老钱虽然客客气气，但见面少，话语不多，关系一般。老猴那时还在学校读书，难得见一次面。老猴娘则不同，她能干，好胜心强，把老钱住在她家当成是天大的面子。先不说村支书瞧得起她侯家，老钱是什么人？县里的大领导，能住她家那是几辈子修来的缘分。老猴娘是倾其所有来招待老钱。床上的棉絮被褥全部都是新的，隔三岔五就搬到太阳底下曝晒，半个月还要上上下下浆洗一遍。老钱说，用不着那么麻烦。老猴娘说，那咋行，你身份多金贵。老钱拗不过老猴娘，便由着她。在吃上更是一丝不苟，每餐四菜一汤必不可少。虽说老侯家在秀才湾算殷实户，但那时乡下日子都苦，还吃不上大鱼大肉。老猴娘便把素菜变着花样做，老钱后来不得不感叹，再在你家吃些日子，我都不想回城里了。老猴娘性格开朗，人也大方，自从老钱住进来，家里经常听到她咯咯的笑声。一个月过完了，老钱要交伙食费，老猴娘不肯收。老钱说，总不能让我犯错误。老猴娘咯咯地笑，这有啥错误？老钱说，交伙食费是纪律。老猴娘又笑，交就交吧。老猴娘把伙食费都买了酒，每餐让老钱喝上几小盅。老钱说，这点钱哪能喝酒。老猴娘说，我陪你。老猴娘陪老钱喝，老钱便不好意思不喝。老猴爹滴酒不沾，本来话就少，此时更是插不上话，老猴娘一个女人一台戏。

老钱蹲点结束离开的时候动了真感情，嫂子，什么都不说，就一句话，你是我亲嫂子。

老猴娘咯咯地笑，觉得亲就常来。

老钱走了之后便再也没来。没来不是觉得不亲，而是没机会来。老钱心里念叨这嫂子不知有多少回。现在在县委宿舍遇到嫂子的儿子，心里的亲近感油然而生，这才主动跟老猴打招呼。

老钱微笑着点点头，问老猴，进县委了？

老猴说，进县委了，在后勤上。

老猴想说他还能写材料，又说不出口。虽说老钱在他家住过，可那是二十年前的事，现在的老钱怎么想，他不知道。再说还有拐棍的事在县委流传，说多了丢面子不说，还弄巧成拙。老猴心里有这么多顾虑，二十年前跟老钱没话说，二十年后跟老钱仍没话说。

老钱不是这么想，他心里记着二十年前的嫂子，有心帮老猴，问的话自然有些多，你这是找谁呀？

老猴说，不找谁。县长家的电路坏了，找人来修。

老钱说，去吧。有空来我家坐。

老钱本来想直接提拔老猴到哪个局当副局长，还老猴娘当年那份情，又想这个小侯看起来不错，说不定还可以培养成心腹，便想再考察考察，临时决定让老猴到家里坐坐。没想到老猴只当老钱说客套话，完全没把老钱的话放在心上。没过几天，老猴去县长老孙家送煤气票，在走廊里又遇到老钱。老钱仍然是主动跟老猴打招呼，老猴现在知道老钱就是二十年前的钱叔，点头弯腰也多了一些真诚，临别老钱还说，有空来我家坐。在这之前，老钱对老猴做过一些了解，知道拐棍的事。老钱心想，那算什么屁事，只要你来坐，我就提拔你当县委办公室副主任，干好了，再当主任。可惜老猴一次都没有去老钱家坐。老猴没去老钱家不是老猴想开了，不想攀老钱这高枝，而是老猴没领会老钱的用意。老钱等老猴来等得有些厌烦，厌烦的时候在宿舍走廊再次遇到老猴。

老钱没打招呼，直接问，又去找县长呀？

老猴仍然是重复每次见老钱的动作，是，是的。

老钱彻底失望了。老钱失望不是忘了老猴娘的好，而是他与县长老孙是死对头。那时县委和政府分成了钱派和孙派，两派水火不相容。老钱现在不是喜欢老猴，而是厌恶老猴。县委办公室主任考虑老猴在机关工作年头长，跟老钱提出解决老猴的待遇。老钱说，算了吧，他是孙派。

老钱和老孙闹得不可开交，双双调离。县委办公室主任这才悄悄问老猴，老钱蹲点曾住你家？

老猴说，那是二十年前的事。

主任很惊讶，你为啥不是钱派，而是孙派？

老猴说，我啥派都不是。

主任感叹，就知道这里面有误会，都是命运使然。

说到误会，老猴才恍然大悟，虽然后悔莫及，却也只好暗自叹息。

我笑老猴，你是孙派？

老猴吼起来，我是孙子。

七

老猴的人生还有一次机遇，让老猴没办法不相信一切都是命运使然。

新来的县委副书记老侯是个外地人，在本地也没什么亲朋故交。换届在即，县委全权委托老侯组阁班子。老侯派出了六个强有力的考察组之后，自己反而显得很清闲。老侯坐在办公室看干部花名册，看着看着便发现一个问题，整个干部花名册里就只有一个姓侯的干部，就是侯徽西。老侯有些伤感，姓侯的咋就这么人丁单薄？伤感之后，便产生了一个念头，一定要用这名干部。既然要用，就见个面，好歹五百年前是一家。老侯在办公室约见了侯徽西。

老侯问，你是侯徽西？

老猴说，我是侯徽西。

老侯又问，你们这里姓侯的多吗？

老猴说，不多，就秀才湾一个村庄。

老侯说，秀才湾好，秀才湾里出秀才。我也姓侯。

老猴说，你是姓侯的骄傲。

老侯心里高兴，要换届了，有什么想法？

老猴说，我有一百个想法不如组织一个想法。

老猴句句应对得体，说得老侯心花怒放。老侯顾不得做领导的矜持，激动地说，你姓侯，我也姓侯，我不用你谁用你！

老猴也很兴奋，还是姓侯的跟姓侯的贴心。

老侯说，先不说贴心的事，你想去哪？

老猴说，你人生地不熟，我想在你身边。

老侯说，我身边正缺你这样的人，就搞县委办公室副主任吧。

人世间没有人能真正想得开。老猴说自己想开了，是因为老猴看不到希望。现在希望来了，老猴照样兴奋得睡不着觉。

没过几天，老侯又把老猴叫到办公室。也许是幸福来得太突然，这回老猴没有第一次见老侯那么坦然，心里七上八下，总担心有事情发生。老猴因为放不下，心事就多了。

老侯说，汛期来了，我想让你负责东风圩堤。水利局跟我说，这坝万无一失，汛期一过，你就是副主任。

老猴说，人生难得几回搏，不为副主任我也去。

老侯说，没看错你。

老猴在东风圩堤整整一个月没回家，先是雨淋，后是日晒。水利局的人不是神仙，东风圩堤还真出过两次险情。一次是台风经过，大雨倾盆，再加上风吹浪打，人站在堤坝上能感觉到坝体在摇晃。乡干部劝老猴回指挥部，坝上危险。老猴这时反而豪情上来了，谁劝都没用。老猴不是担心副主任被台风卷走，而是着实为东风圩堤捏了一把汗。雨过天晴，堤坝有惊无险。另一次是堤坝被洪水长时间浸泡，出现了管涌。老猴一夜没睡，组织专家及时处理，堤坝又一次化险为夷。洪水慢慢退去，老猴总算松了一口气，在指挥部美美睡了一晚。第二天醒来，坝倒了，眼看就要收割的千亩农田浸泡在一片汪洋里。老猴傻乎乎问身边的人，水都退了，坝咋倒了呢？

一个老百姓模样的人气呼呼地说，你过来。

老猴过去了。

那人说，靠紧我。

老猴又靠紧他。

那人突然把身子往后一撤，老猴一屁股坐在地上。

那人问老猴，明白了？咋派了这样一个傻蛋来指挥防洪！

老猴这回真傻眼了，坐在地上不想起来，退水还能倒坝，不是命运使然又是啥？

那人仍在气头上，问老猴，听说你姓侯？

老猴说，我姓侯。

那人说，老子恨不得杀猴祭坝。

杀猴祭坝的话很快传到县里，老侯又把老猴叫到办公室，唉声叹气，知道我现在想啥？

老猴说，想啥？

老侯说，我不想姓侯了。

老猴也叹气，连累你了。

老侯无奈说，我不杀你，副主任就别想了。

老猴到了这一步，不想开都得想开。

八

有一段时间，机关里疯传一段顺口溜：组织部部长说，谁关心我，我就关心谁；宣传部部长说，谁关心我，我就关心他的正面，谁不关心我，我就关心他的反面……追根溯源，大家都想到了老猴。一是这样的水平非老猴莫属，二是老猴几经挫折，凡事都想开了，想开了才无所顾忌。大家对老猴的猜测也不是空穴来风，老猴自从杀猴祭坝事件之后，的确放开了，尤其是嘴放开了。没事的时候，讲讲笑话，说说顺口溜，逗得大家哈哈大笑。现在出了这样的顺口溜，不往老猴身上想都不行。老猴浑身长嘴也说不清，干脆就不说清。一时间，老猴成了机关的热点人物，一些如老猴一般心灰意冷的人突然心热了起来。

人说，老猴，你简直是说顺口溜的天才。

老猴应，狗屁天才。

人又说，这个顺口溜可以流芳百世。

老猴冷冰冰回，为什么不是遗臭万年。

人答，殊途同归，一样，一样。

老猴骂，狗脑子，想遗臭万年也别来坑我。

人问，真不是你编的？

老猴说，爱怎么想就怎么想。

心热起来的不仅仅是这些人，领导的心也热起来了。

一天，组织部部长把老猴叫到办公室，拿出一条烟给他抽，笑着问他，我说过谁关心我，我就关心他吗？

老猴说，我没听说过。

组织部部长说，那就好。

不久，宣传部部长也找到老猴，拿了一条烟，外加一包茶叶。宣传部部长一边给老猴泡茶，一边若无其事地说，最难管的东西是一张嘴，精彩！

老猴条件反射，应了一句，那是，我一辈子吃亏就吃在嘴上。

老猴话一出口便发现自己犯了一个错误，想改都没办法改，只好把嘴闭上。从领导办公室出来，郁闷了好几天。

我见老猴闷闷不乐，逗他，这嘴让烟管住了？

老猴叹气，我这是招谁惹谁了？

我笑，别管招谁惹谁了，这样不好吗？

老猴骂，好个屁，以为谁都想领导关心？

老猴编顺口溜成了机关没有争议的事实，好在顺口溜不痛不痒，不伤筋不动骨，充其量是茶余饭后的笑料，没有对老猴造成伤害，相反，还让老猴获得更多的存在感。

顺口溜的风波过去不久，机关里又悄悄流传一个消息，老猴有一本密藏笔记，记录的都是机关里的秘闻，其中不乏历任和现任领导的隐私。这股风来得凶险，我都为老猴捏着一把汗。

我私下对老猴说，如果你真有密藏笔记，我什么都不说。如果没有，这可是一股阴风，你得当心。有吗？

老猴瞪着一双郁闷的眼睛，什么有吗，你也是个白眼狼。

我苦笑，我不是不相信吗！

老猴骂，猪脑子，不相信还问！

听完这话，我相信了老猴。可我相信没用，机关里人人都相信老猴有一本密藏笔记。老猴是个老三届，肚子里的墨水博而杂，经历的世事也多，在别人眼里就是一猴精猴精的主，用俗话说，是油坛里的西瓜。能做这事，不是他还有谁！

这股阴风刮得瘆人，我站在老猴身边都觉得瘆得慌，有意无意躲着老猴。老猴感觉到了我的怯意，也躲着我。我心里清楚，老猴躲我是保护我，他怕身上的腥味熏着我。

先前无实际内容的顺口溜，虽说能让一些人对号入座，却都是似是而非的东西，说真的像真的，说假的就是一笑料，只不过是把你司空见惯的东西说出你意想不到的结果。顺口溜要的是笑的效果。密藏笔记就不同，记的都是有名有姓的事。自己都只敢用脑子记的事，却让别人记在小本子上，等于是在屁股下放了一块针毡，不知什么时候就坐上去了。这种东西让人惶恐不安，也让人难以容忍。

在刮那股风期间，老猴办公室抽屉锁被偷偷撬开过，家里也进过贼，翻箱倒柜，像过了土匪。领导对他也旁敲侧击，逼他交出密藏笔记。老猴气得爆粗口，谁有密藏笔记谁是狗卵。

庸庸碌碌的日子过得快。

我有意无意躲着老猴，不知不觉便忽视了他的存在。突然一天，我想起老猴，发现他不上班已经半年了。我问同事，老猴呢？同事说，老猴病了。我又问，怎么会病，是不是心病。同事一副漠不关心的样子说，这谁知道！在机关里，不是人走茶凉，而是人未走茶就凉。一位快要退下来的领导发现部下最近不怎么听话，脾气上来了，在会上大骂。有人公开说，你还能骂几天呀？领导火气更大了，老子骂一天算一天。下面哄堂大笑。最后领导无奈，说了一句，人未走茶就凉了。这位领导从此一直到退下来都没发过脾气。同事对老猴的态度虽然让人寒心，但与那骂人的领导比，也不算什么。

九

我与老猴鸡毛换灯草有些年头，感情上无论如何都难以割舍，便趁着夜色去看老猴。

老猴躺在床上，皮包骨头，人都变形了，不仔细看，我还认为走错了门。

老猴蜡黄的皱纹在头骨上艰难地挪动，慢慢虚构成一张笑脸，算你有良心，还来看我。

我故作轻松地说，你是我师傅，能不来？

又说，这才多久没见，咋说病就病了？

老猴说，你一句话说得真长，都半年了。

我有些惭愧，把老猴忽视了半年，还说没多久。我努力掩盖自己因为惭愧带来的窘态，有半年吗？我咋觉得昨天还见过面。

老猴说，半年算啥，一辈子也就在说话之间过去了。我爹鸡毛换灯草还像昨天的事。

知我者莫过于老猴，他是给我台阶下。我说，既然病在说话之间，就不是什么大病。等病好了，我们还鸡毛换灯草。

老猴说话有些吃力，换不成了，我得的是脑癌。

我大吃一惊，怎么可能？肺癌还差不多。

老猴喜欢抽烟，我便想到了肺癌。有什么样的师傅就有什么样的徒弟，我的嘴怎么也变得这么臭？我想把话收回，却发现没有必要，老猴并不在意是肺癌还是脑癌，有气无力回，都一样。

我急了，怎么一样？你的脑子又没污染过，咋会得病？是不是医生搞错了。

老猴苦笑，就算别人污染我得病吧。

我心酸得想哭。老猴说，想哭就哭吧。

我被逗笑了，你这是想鸡毛换灯草？

老猴不是如我预期回我，而是闭上了眼睛。我猜可能是很久没见到我，话说得多了，有些累。我哭了，但没有出声。

老猴心里肯定还想鸡毛换灯草，怕我离开，很快又睁开了眼睛。

我想劝老猴放下包袱，一时又找不到合适的话。老猴对世事看得比我透，一般的话说了也是白说。沉默了半天，我突然想到一句话，心中无癌，怕啥癌！

这话触动了老猴，老猴叹气，鸡毛换灯草算是白换了，我的癌不在身上，在心里。

我再次无语，老猴病成这样，我还跟不上他的脑子。既然鸡毛能换灯草，灯草为什么不能换鸡毛？我笑起来，心里的癌算啥癌，放下了，癌就不在了。

老猴气息越来越弱，这次怕是没机会放下。

我一急，又说了一句臭话，你可别死，我账还没还清。

老猴愕然，什么账？

我说，师傅的账。

老猴笑，那算什么账！

我说，我没欠过别人的账，就欠你的。我没还你可不能死。

老猴说，有你这话，账就清了。

我又急，你说清就清了？我心里没清。

老猴脸上蜡黄的皱纹长时间滞留在苦笑上，突然目光闪动，那你帮我写一篇碑文？

我跟着目光闪动，以文字还文字，就像鸡毛换灯草，这主意好！

从老猴家出来，我便闭门造车，总想在老猴走之前让他过过目，当面把账清了。我坐下来，用脑子想想，才知道这碑文难写。老猴一生阴差阳错，一事无成，虽擅长写文章，却大都是为他人作嫁衣，自己没留下任何有用的文字。就是大学文凭也是他爹鸡毛换灯草换来的。老猴子女资质平庸，孝顺有余，胆气不足，看不出任何发展后劲。我苦思了几日，就写下鸡毛换灯草这几个字。我苦笑，这算啥碑文。就在我愁肠百结的时候，小猴来电话了，老猴刚刚走了。我匆匆忙忙赶去，老猴已躺在冰棺里，容貌倒没什么改变，只是蜡黄的皱纹再也不能挪动。这时我还没沮丧到极点，虽说不能当面把账还清，却还有交付的时间。我又在老猴的灵前冥思苦想了几个晚上，仍然没有结果。

恍惚间老猴从门外进来，笑着说，想不出来就别想了，无字也挺好。

我说，那怎么行，账还没清呢。总不能让我欠一个死人的账！

这回轮到老猴想哭，教你这么久，一个碑文都写不出来，不是你欠我的，是我欠你的。

我说，对不起，师傅。

老猴哭着说，别说我是你师傅！

民间流传（三题）

歪 门 邪 道

民间流传这样一个顺口溜：解决小问题开大会，解决大问题开小会，解决重大问题不开会。民间还流传这样一个故事。

乡长老宋让秘书小陈把他老家的王半仙接来。

老宋平时自己想看个前程，卜个吉凶，都是上门拜访，这回把王半仙接出来，可见事情非同寻常。小陈能当老宋的秘书，完全是因为他老家出了个王半仙。老宋想访王半仙，得找人带路，有人推荐小陈。小陈带了一回路，回来老宋对小陈说，给我当秘书吧。小陈狠狠地点了一下头，事就成了。

小陈把王半仙带到老宋的住处，给老宋打电话，老宋说，来会议室吧。小陈问，这样的事还能去会议室？老宋笑而不答，小陈就没有再问。

到了会议室，老宋和几位副乡长都在。小陈把刚跨进门的王半仙硬拉了回来，王半仙眉毛胡子皆白，一副仙风道骨模样，却禁不住这一拉，险些坐到地上。王半仙瞪着小陈，一脸不高兴。小陈轻声说，乡长办公会你也敢闯？王半仙知道小陈是好意，这才脸色转霁。里面的老宋眼尖，对着大门喊，进来吧，不是开会。

菩萨显远不显近。小陈老家人眼里没有王半仙，称王半仙也不叫王半仙，而是佬倌或者老王。老王不知什么时候阴魂附体，学会了说一些似是而非的话。外面人传言，老王是他娘与一游方道士的私生子，道士临别给了他娘一个红布包，叮嘱她三十年后才能打开，准保她和儿子荣华富贵。他娘没等到三十年便忧郁而终。老王穷困潦倒之时想起娘的临终遗言，这时正是三十年。老王打开红包，内面是一本算命看风水的线装古书。老王身体里有老道的遗传基因，凭着这本古书，无师自通。从此，老王时来运转，经常有人开车来找他或者派专车接他去看风水相面算运程。没几年，老王家里盖起了高楼大厦，纸烟抽上了软中华。

老宋笑呵呵地说，有人说乡政府是"歪门邪道"，我看看，还真是歪门邪道。大楼坐北朝南，与康庄大道不平行，大门紧贴康庄大道，进大楼的路是斜的，从大楼看大门是歪门。有人还说政府门前是肮脏大道。傻子都能听出来，这是在骂乡政府。

副乡长老李说，这几年大院里不太平，干部得癌症的不少。

副乡长老黄说，政府大门正对着医院，出门见医院，看着就不吉利。

副乡长老张说，还有人说政府大楼盖的是绿瓦，像带了一顶绿帽子。

副乡长老薛说，这幢大楼盖起来后，历经五任乡长，没有一任乡长从这里直接提拔过，一位乡长还被双规了。

老宋说，看来问题真不少，是不是请王半仙指点指点。

会议室响起了稀疏的掌声，不是开会也弄得像开会。

老王慢吞吞地道出了许多不为人知的隐情，说得乡长们背上凉丝丝的。

老王说，乡政府大院下面是一片乱坟岗，孤魂野鬼日夜在地下哀号，如果不是有乡长的大印压着，恐怕走的人远不只这些。尽管有大印压着，年长日久，免不了会阴盛阳衰，出点小问题。大院里古木参天，阴气太盛，各位大人虽然没有性命之忧，但仕途还是会受点影响。

老宋说，王半仙可有办法？

老王眼睛半开，不慌不忙地说，问题倒是不难解决，既不要把大楼推倒重盖，也不要把大门拆除重建。只要把大院里的古树全部砍掉，做一条环形路，右进左出，中间做草坪，既美化了环境，阳气又得以上升。草坪中央立一根旗杆，高过大楼。国旗既能镇邪，又能让老百姓认为乡政府心里有国家。斜道变成了环形路，就破了"歪门邪道"一说。

乡长们几乎异口同声说，精辟！

老宋若有所悟，抢过话头，让我也说说，乡政府门前的大道可以改为清源大道，取正本清源的要旨。

老王笑，县长聪慧过人，一点就通。

副乡长们思想也活跃起来了。

老张说，大楼上的绿瓦换成红瓦，是不是就成了？

老黄说，出门见医院，把医院搬了，是不是就行了？

老王又笑，搬医院劳民伤财，倒不至于。让医院把大门偏移十几米就解决了。各位大人都福至心灵，把这几件事办好了，不用多久就会官声远播，仕途平坦！

老宋呵呵笑起来说，王半仙说话既古典又现代，有传统的阴阳制衡，也有现代的以人为本，字字玄机，大家认为怎样，要不要表个态？

副乡长争先恐后表态，没意见，没意见！

老宋突然严肃起来，就这么定！算是解决重大问题不开会，注意保密，免生误会。

一个月后，乡政府大院内外都换了新装，感觉上更漂亮，更阳光。

民间并没有乡长们想象的那么关注乡政府大院的变化，歪门邪道的传言也没有刹住，反而增加了新的内容。

真 传

　　小三有父亲老扁罩着，大学毕业的第八个年头就当到了老扁一样的官。

　　用老扁的话说，三儿是站在我的肩膀上往上爬。老扁这话是在捧儿子，也是在捧自己，意思是儿子的成功，靠的是他的影响。

　　老扁混了一辈子，当到永丰公社的书记，光荣退休。小三才用八年，就当上了永丰乡的书记，接下来的势头更好，是鄱北县政府副县长的苗子。老扁乐呵呵逢人便说，三儿得到了我的真传。

　　别人是长兄当父，小三是把父亲当兄弟。小三把手搭在老扁的肩膀上说，把你当父亲就不能平等交流，我有很多心里话就不敢说了。老扁反手用抓痒的木耙儿敲打小三的头，笑着说，当兄弟就当兄弟，我们是干部家庭，讲的是民主。小三又逗老扁，你的真传就是公社书记，你要我现在就光荣了？老扁说，你现在光荣了就不是我儿子。小三趴在老扁肩膀上脸贴着脸说，不是你儿子正好做亲兄弟。老扁又敲小三的头，骂道，给你一点颜色就想开染坊！

　　一年后，小三没有当上副县长，也没有光荣，而是贬谪到县老龄办公室当了副主任。小三是因为睡了一个女人，女人逼小三离婚。

　　小三的老婆其实比这个女人更漂亮更贤惠，还生了一个聪明伶俐的儿子。小三只不过是八年都是吃一种菜，久了，有些腻。那女人粉嫩粉嫩送上门来，比老婆又会逢迎，小三便没有想那么多。换了一种口味，睡过之后又想，女人自然是百般迁就。小三家里红旗不倒，外面彩旗飘飘，感觉特别好。原来都是听同僚们开玩笑，谁是谁的情妇，谁的情妇又是谁，没想到自己也有一个，幸福指数明显升高。小三看到一个漂亮女人就想入非非，这个女人有没有可能成为自己的情妇？好像所有的女人，只要自己愿意，都可能成为自己的情妇。

女人与小三在床笫间都是以老公老婆相称。女人问小三，老公，我与你家母老虎谁更好？小三说，老婆，当然是你更好。女人说，那我们就好一辈子！小三说，你不跟我好一辈子我还不答应。女人说，那我们都离婚再结婚。小三心里一激灵，离婚再结婚岂不是要满城风雨，先不说对不对得起老婆儿子，自己的名誉地位还保得住吗？小三心里那样想，口里却不是那样说。小三对着女人的耳朵用蚊子叫那样的声音说，离婚再结婚我们就能天天在一起，在家里用不着穿衣服，也不用偷偷摸摸，想上你就上你。你先离我再离，这样的事情赶到一起，傻子也知道我们有鬼。小三想，女人要哄，床笫之间的戏言，当不得真，为了即将到来的快乐，自己必须这样说。女人果然被蚊子的叫声弄得痒痒的，疯起来差一点没把床拆了。

　　女人疯起来比男人更可怕。女人两个月下来，便离了婚。赤条条进去仍赤条条出来，油瓶也没有拖一个。女人认为这是最好的结果，当了官太太，什么都会有，就是不能有负担。小三听说女人离了，也很高兴，以为女人离了婚少了一双眼睛监视，顿时轻松了很多，与女人有小别胜新婚的感觉。女人也乐得在温柔乡里度蜜月。这样缠绵了半年，女人觉得无聊，就催促小三离婚。小三说，这样不是很好吗？不愁吃不愁穿。女人说，这样好是好，离了再结婚更好。小三说，再等等。女人说，再等等就再等等。等了两个月，女人又说，日子过得好无聊，我好想挽着你的手去逛街。小三说，我有空带你到南京城里去逛街。女人说，你以为在南京城里遇不到熟人？还是早些离了吧！小三说，男人女人在一起要的是感觉，这样就很好！女人说，女人跟男人在一起要的是什么，你知道吗？小三问，要的是什么？女人说，什么都要！

　　小三从来就没有想过要离婚，就是想把那女人养在那里，养是没有问题，除非有一天自己又腻了。小三不了解女人，甚至不了解自己家里的老婆。女人说出什么都要的话，让小三开始了解女人了。小三心里有些虚，但还是想继续哄那女人。小三说，老婆，你知道为什么我们在一起感觉一直很好么？女人说，老公，那是为什么？小三诡秘一笑说，不知道吧！那是因为偷！女人听出了小三话背后的意思，霍地坐起来，你想偷一辈子？小三笑道，如果你愿意。女人的脸上不知是什么时候长出了横肉，再一黑，又是一只母老虎。女人吼起来，做你的大头梦吧，老娘从来没有感觉偷有什么滋味！两个月内你不离，我找你们的组织。小三只好嬉皮笑脸说，离，离。后面的事肯定是索然无味，草草收场。

两个月转眼过去了。这两个月，小三忙着跑副县长的事，跑着跑着便跑出了眉目。女人越等越觉得寂寞，每天都要打电话给小三，小三不方便就把电话挂断了，即使方便也说不上两句话，女人便开始发躁，吵了几句，小三也发躁，把电话挂了。小三想抽空去安抚女人，又担心非常时期出问题。小三想，女人多时都等了，不在乎这两个月，尘埃落定了再去哄女人。

问题恰恰就出在这两个月。女人带着鼻涕眼泪找到了小三的老婆，要小三的老婆让位。小三老婆强忍着眼泪没有和那女人吵架，也没有和小三吵架，小三老婆拿出箱底的五万块钱给那女人说，小三正处在关键时期，你与小三如果有情有义就放过他。女人接过钱说，钱我要，人我也要。小三老婆说，钱是你的，人是我的。

女人找到了组织，小三没有当成副县长，却当了老龄办的副主任。女人没有再要小三离婚。小三离了婚，女人嫁他恐怕还要考虑考虑。小三丢掉的不仅仅是乡里的书记和副县长的帽子，还丢掉了男人的尊严。以前小三在家里是饭来张口衣来伸手，现在轮到小三老婆饭来张口衣来伸手。

小三走夜路踩到了牛屎，臭名在外，小辫子又抓在老婆手里，一辈子抬不起头。小三老婆赚到了贤名，不做母老虎都不行。

小三失足，最气的是老扁。老扁指着小三的鼻子骂道，没卵用的东西，老子睡一辈子女人，少说也有一个排。不像你，睡一个女人就栽倒在女人裤裆里，枉费了我一番心血！老扁又重新做回了父亲，小三不敢再与老扁称兄道弟，心里话闷在肚子里倒都倒不出来。老扁接着骂，知道你为什么栽倒在女人裤裆里吗？小三再也不敢把手搭在老扁的肩膀上，而是小心翼翼站着问，为什么？老扁说，不知道吧？老子再把压箱底的一招教给你，跟老婆以外的女人千万不要动真情，四个字，逢场作戏。小三嘀咕，是十九个字。再说，你也教晚了。

小三老婆推门进来，冷笑着对小三说，你要是早得到了你老子的真传，我哪来这幸福的日子！

乡长的钱袋

老钱提拔到一个一大二穷的乡当乡长，心里非常不乐意。

老钱进不惑之年还差一年，这样的年纪就是一路诸侯，其实还是有很多人眼馋。人的思想最复杂。没当上时想，只要能当乡长，哪里都去。当上后又想，在这当乡长还不如到深山里当和尚。如果真当了和尚，也许又会想，当和尚太寂寞，还是继续去当乡长。

老钱天生是个胖墩墩的身材，头上的头发大部分都提前隐退了，脑袋越来越空虚。加上当领导后，除了坐车，就是坐办公室，坐会议室，空手上二楼都累得气喘吁吁，看上去就像年过半百。民间流传，老钱去见领导，自称小钱，领导看到他这副模样，皱着眉头说，不小了，恐怕要叫老钱吧。老钱自然不好辩驳，跟领导说明来意。领导说话毫不客气，你这年龄我想提拔恐怕都没有机会。老钱一慌神便语无伦次，我是人老心不老。领导笑着站起来，意思是要送客。老钱更加语无伦次，也不是心不老，是人不老。领导笑，老有啥不好，自然规律。说完再也没给老钱说话的机会。老钱又通过关系再找到那领导，领导对他老的印象依然没有改变，不过话却变了，你这个年纪再不提拔恐怕错过了机会。老钱诚惶诚恐，那是，那是。其实领导提拔你能找到理由，不提拔你也能找到理由。

老钱上任的那天，老婆意味深长地送给他一个崭新的钱袋，把他一个月的工资换成新票子夹在里面说，出门在外，管好钱袋！倒没说系好裤腰带。老钱身体肥胖，在这方面欲望不强。老钱上任后才知道不用带钱袋，自己走到哪，后面都有很多人跟着埋单。他的钱袋比预想的管得好，新票子永远是新票子。他唯一要管的是一支笔，笔在他手里只要那么一龙飞凤舞，就能让一张张哭丧的脸喜笑颜开。

　　老钱的笔在走龙蛇之前，要在空中停留很久。他管的是穷财政，吃饭的财政，穷字就像一粒粒沙子堵在笔管里，下笔时总让他无法舒畅。上任时，他看每个要钱的报告都忧心如焚，甚至想这个乡长还能不能当到头。报告看多了，渐渐地变得抠门了，他琢磨着有很多人在背后算计他。开春了，各种流行病多了起来，医院院长一定会抓住机会打来一个要疾控经费的报告，第一年他照数全批十万元，院长眼睛眯成了一条缝。第二年院长打了一个二十万元的报告，他问院长为什么长了，院长搬出很多专业术语，他没听明白，但还是点点头，批了十五万元，院长脸上挤出很无奈的苦笑，但心里在乐，毕竟增加了五万。第三年院长打了一个四十万的报告，他警觉起来，不再问院长为什么，挥笔批了二十万元，胖大姐依然是一脸苦笑，心里偷着乐。乡长的钱来得容易，自己只要花个万把块钱，印几万份宣传单，再开两部宣传车在乡下转几天，弄几个医生，穿着白大褂在县城和主要集镇搞一次咨询活动，开一个分管领导干部会议，吃吃饭，发发纪念品就算完成了一年的疾病控制，热热闹闹，十八九万块钱就变成了院长自由支配的经费。

　　院长的小九九大家都知道，老钱一个没毛的脑子如何敌得过许多头发茂盛的脑子。老钱的头发越挠越少，心里骂，你们就是蛆，一刻不停地盯着我这块烂肉。想想不对，又骂，你们就是一群蚊子，一刻不停地吸我的血。大家琢磨老钱，老钱也在琢磨大家。这一琢磨，办法出来了。大道至简，他的办法是见经费报告就砍一半，心情不好的时候，财政紧张的时候，三分之二也砍过。渐渐地，老钱的脑门上长出了嫩芽。

民政助理老蔡的报告里经常可以看到小数点后面二位数，就是这样，老钱也不认为老蔡的报告里没水分，以为精确到小数就精确么？老钱心里暗笑，照砍不误！老蔡据理力争，老钱根本不听。这年头，自己对自己也不能全信，自己为戒烟都发过三次誓，手依然是越烧越黄。那份最低生活保障的经费报告也是砍掉了一半。老蔡摇摇头，走出门的背影很酸涩。

老钱一个月要安排半天时间接待老百姓。他最喜欢的一句话是我是农民的儿子，所以哪天要是遇上天灾人祸或者生活无着落的，他毫不犹豫挥笔就批，请蔡助理解决多少多少，老蔡也自然是照单全付。老百姓喊他钱青天，他就说，我是农民的儿子。

老钱接访，低保户找上门来骂老钱，看你脸上红润润的，心肠咋是黑的，低保的钱是保命的钱，你也敢克扣？老钱的脸立马变黑了，把桌子拍得咚咚响，骂道，老子从里到外都是红的，是有些人黑了。把老蔡找来。老蔡来了，老钱吼道，老子要处分你！老蔡对着老钱的耳朵小声说，是你砍了一半呀！老钱说，骗，你还要骗，再骗！老钱又把负责审计的老姜找来说，今天不把老蔡审计了，老子的钱字贴在他的裤裆里。

老姜自然不会让老钱把钱字贴在老蔡的裤裆里。一星期后，老姜向老钱呈送了审计报告，老蔡算的账分毫不差。

老钱又生气了，还骂老蔡，老蔡呀老蔡，让我骂你什么好？别人的报告都有水分，你为啥不弄些水分，诚心要我难堪吗！

算　计

一

七十九岁的陈希望两个月没有得到小儿子的音讯，产生了一种极不好的预感，但他已经无能为力。

陈希望躺在老屋床上"摇头"。乡下人把将死之人称为"摇头"，"摇头"之人要死未死，等的是子孙到堂送终。

有用的子孙在外讨生活，无用的子孙守在家里过日子。所有的人都想比别人过得好，于是拼命地把好东西往自己怀里扒，把坏事往别人身上推，累死累活，劳劳碌碌，到了天命之年后，才知道好活是一辈子，歹活也是一辈子。富人挣了金山银山，自己带不走，住进了小土包。贵人挣得一串虚名也带不走，名字在书架上扬灰压尘，骂声在民间到处流传。穷人看到富人和贵人尚是如此，心里偷着笑，原来自己比他们活得轻松自在，一辈子的不痛快便放下了，感觉死原来是一件快乐的事。

无用的子孙在身边，儿孙满堂，送终一个不落下，称之为有福。有用的子孙摇船驾车，现在还包括坐飞机，一路风尘仆仆，脚已经跨进村了，却听到家里大哭细唱，原来亲人已经走了，在生不能见上最后一面，称之为无福。当然，子孙到齐了，也未必一定有福。有时子孙齐刷刷守在床前，熬了几天几夜，心里想，未必有那么快就死，轮流到床上躺一躺，老人真要是死了，还要熬几天几夜，别弄得要死的人没死，先把活人折磨死了。等脱了衣服躺在床上，隔壁突然传来哭喊，老人断气了。这叫该死的时候没死，不该死的时候却死了，用算命先生的话说，命中无时莫强求。用老百姓的话说，命好福薄。

陈希望两眼直直地望着结满黑色尘埃的蚊帐顶层，不敢闭上眼睛，他心里还有事放不下，怕闭上了再也无力睁开。他眼睛睁得圆圆的也是枉然，看到的还是坟墓里一样的漆黑一团。一黑一白两个幽灵在空中飘来飘去，这是他两只眼睛之外的意识看到的。他躺着的床有百年历史，床的骨架是紫檀木，床脚在潮湿的地上站了一百多年，开始腐烂。床体油漆已经变成了死猪肝色，床门是一个圆形，圆以外是用香樟木雕的花板，雕花极其精致，这种雕花手艺已经失传了半个多世纪。这张圆形门的床送走过他的爷爷，也送走了他的父亲。他在这张床上出来，现在又要从这张床上走。他的一生就是在走一个圆形，起点和终点都在这张床上。他原可以在县城里小洋楼的豪华席梦思上走得更体面，又怕因此找不到回老家的路，见不到列祖列宗，死活要留在祖屋，躺到这从脚往上烂的雕花床上。死在县城小洋楼里，他的一生圆形就有一个缺口。冥冥之中，他还是要回到起点。

他小儿子陈树林还算孝顺，一个星期至少要给他打一个电话，一个月至少要回家看他一次。这回竟然两个月没有音讯，事先没有一点征兆，他预感出事了，这是他最担心的事情。陈树林的能力他不担心，为人处世他也不担心，那都是他的真传。唯有前年陈树林突然把县城一套别墅的钥匙交给他，他傻乎乎地问，你又不在县城，要别墅做啥？陈树林说，给你住。他又问，你买房的钱从何来？陈树林说，你问那么多做啥？他到别墅看过一次，没看出笑脸，却看出了担忧。陈希望知道自己的日子不多，让老大陈树木去找陈树林。陈树木去了，回来变成了闷葫芦。陈希望问急了，陈树木吼起来，出差了，哪像你闲得没事，躺在床上瞎琢磨。陈树木是一头犟牛，平时扁担打不出一个屁来，急了，就像火药桶，见谁炸谁。为这，陈希望在他结婚以后还打过他。你打你的，他炸他的，狗改不了吃屎。陈希望打着打着，理解了陈树木，陈树木心里有委屈。陈希望心里冷笑，有委屈又怎么样？你生出来就是为受委屈而来。这次陈树木吼他，他没有怪陈树木，倒觉得陈树木不是想吼他，而是想用吼掩盖着什么。往日陈树木吼他，眼睛还瞪他，这回不仅眼睛不瞪他，反而在躲他。陈树林肯定出了什么事，陈树木不想说出来。陈树木不想说，刀架到脖子上也不会说。你不说，老子也能猜个七七八八，要不怎么是你老子！

陈希望趁清醒时留下了一个锦囊，这时死死地捏在他枯骨一样的手里。他叮嘱陈树木，他没有断气不能拆开，这关系到陈树林能不能见他最后一面。

陈希望生了二子一女。在培养子女的问题上，他用了一个常人不用的狠招，丢二卒保一车。老大陈树木憨厚实在，老二陈树梅聪慧漂亮，老三陈树林长相和秉性与自己相当。陈树林就像他的影子，他就是想把陈树林培养出来。他手里唯一的资源就是一个憨头憨脑的大儿子陈树木和一个天生丽质的二女儿陈树梅。他的计划是，陈树木天生就是一个憨实的农民相，是农民就老老实实在家种田，照顾家里，维持一家人的生计。陈树梅天生就是一个"杨玉环"，不过没有杨玉环能歌善舞，更没有杨玉环知书达礼，只有杨玉环的姿色超群。那小模样也是回眸一笑百媚生，那身段，那胸脯，该细的地方细，该饱满的地方饱满。陈树木一天书都没有读，陈树梅只读到小学毕业，陈树林却读到了大学毕业。这些都在陈希望的计划之中，他要把有限的资源用在刀刃上，就像出拳要把全身的力量贯注到手上一样。陈希望后来人上托人，亲上托亲，把陈树梅嫁给了县长的妻侄三槐。陈树林天生就是一块当干部的材料，陈树林的前程要靠陈树梅，一家人的生活要靠陈树木。这样的算计，只能做，不能说。

二

　　陈希望是什么人？是一个精明的农民。

　　陈希望的父亲也是一个农民，给他取名叫陈旺财。父亲的计划是想他在土里刨出一个金娃娃，然后买田买地，做个土财主。陈旺财懂事后才知道父亲是在白日做梦，天底下有谁在土里刨到过金娃娃？叫什么名字是你做老子的权力，刨不刨土未必是你说了算。陈旺财跟父亲耍了一个小心眼，我还小，是一棵小树苗，压弯了就长不大了，爹和娘不缺我这个小帮手，我晚几年刨土，认几个字，将来爹做了财主，还要个管账的先生。父亲被儿子逗得分不清东南西北，憨憨地笑，把他送进了私塾。读了五年私塾，赶上村里搞土改，陈旺财脑子活，先是帮土改干部老帅带路，拿拿丈量工具，插插界桩，后来还帮忙记录。老帅问，你念过书？陈旺财说，念过几年私塾。老帅又问，想不想当干部？陈旺财说，我哪有那水平。陈旺财是欲擒故纵，其实他知道老帅的文化水平还没有他高。老帅说，你想当干部我就培养你。陈旺财跪下磕头。老帅笑着拉起陈旺财，现在不兴这个。陈旺财就这样跟了老帅。陈旺财唯独不帮老帅拉屎撒尿，其他样样都做，打洗脚水，洗衣服，倒夜壶，比侍候亲爹还周到。成立人民公社那年，老帅当了公社书记，陈旺财则当了铺里的大队书记。当大队书记那年，陈旺财改名为陈希望，希望什么？他对老帅说，青年人是早晨八九点钟的太阳，青年人是祖国未来的希望。老帅心花怒放，连声说，改得好，改得好。不管陈希望是不是他说的希望，反正老帅把陈希望当成了自己的希望。陈希望后来对小儿子树林说，我就是希望自己超过老帅，更希望你超过我。陈希望当了干部，名字自己说了算。

　　老帅不仅把陈希望当成了自己的希望，心里还把他当儿子。先是把陈希望提拔为公社党委副书记。陈希望那时就懂得什么叫谦虚，什么叫谨慎，什么时候该露，什么时候该藏。他佯装诚惶诚恐地说，我根基还浅，想在基层干几件大事给您看看。老帅听得心里美滋滋的，那你仍兼铺里大队书记。老帅是王八吃秤砣，铁了心想帮陈希望，他看陈希望也是关起门来看老婆，越看越喜欢。老帅把大炼钢铁标兵、粮食高产能手、省劳动模范的荣誉全部砸给陈希望，弄得陈希望像兜宝一样，一手拿一个，口里还叼一个，馋得其他大队书记眼里放绿光。老帅不仅如此，还把自己的远房侄女嫁给陈希望做老婆，陈希望运气来了门板都挡不住。陈希望也不是孬种，知道怎样哄老帅开心。要哄老帅开心，先哄他胖乎乎的老婆开心。陈希望现在用不着倒夜壶，但隔三岔五就要在大队池塘里捞两条鱼或者到山里打个野鸡兔子什么的，附带两瓶烧酒，人未进门，嘴先进门，阿姨，我又混饭吃来了。胖阿姨咯咯笑个不停，来得好，阿姨还怕多了你一张嘴！陈希望对胖阿姨的厨房比自己家还熟悉，用不了两盏茶的工夫，鱼烧了，鸡炖了。胖阿姨跟在后面用蒲扇为他扇风，不时还要帮陈希望揩汗，比疼亲儿子还疼。酒菜上桌了，老帅也回家了，老帅迫不及待用手抓一块野鸡肉丢进嘴里，胖阿姨用蒲扇打老帅，陈希望在，注意你的吃相。陈希望说，做了一桌菜就是为了吃，管什么吃相。大家嘻嘻哈哈吃起来。吃完了，陈希望把碗筷收进厨房，洗刷摆放整齐，再把卫生打扫干净才离开。陈希望上得厅堂，下得厨房，能不把老帅一家哄得开心？胖阿姨就盼陈希望来，三五天没来，就要捎口信，或干脆把摇把电话打到铺里大队。

　　陈希望把财力花在老帅家里，不用担心他会贪赃枉法。他除了利用职务之便，就是把自己的工资全搭上。陈希望是想借老帅的肩膀，只有站在老帅的肩膀上，才能站得更高。他也明白一个浅显的道理，如果自己真要在这个肩膀上摔下来，肩膀救不了他。这就是他为什么要牺牲树木，树木是六分劳力，不过他让生产小队记十分，这就是利用职务之便。树木一开始是为陈希望牺牲，后来才是为陈树林牺牲。陈希望的父亲养老送终，弟弟妹妹吃饭穿衣，全靠陈希望的老婆和陈树木在生产小队里苦苦支撑。

陈树木长到十八岁，陈希望要给陈树木说老婆，本意是为家里添一个劳力，减轻家里负担，没想到却差一点引发了陈家的权威坍塌。

这些年，一家几口的生活全靠自己的老婆和陈树木挣工分，家里年年是生产小队里的欠账户。欠账不可怕，最可怕的是他老婆三十多岁就成了老妈妈。老婆忙里忙外，身体搞垮了。身体搞垮了还在其次，性冷淡却让人受不了，刚进去就像催命鬼一样，快点，快点呀！光是说说也罢了，身子还不断扭动，手一个劲儿推，一脸的痛苦表情，这哪是享受，简直是上刀山下油锅！陈希望出家的心都有了。性冷淡也在其次，有求于大队书记主动送上门来的女人还不少，这里面也不乏让陈希望心动的女人，这样的诱惑更让人受不了。但借别人的老婆过不得夜。过不得夜也还在其次，老婆跟自己一同出门，知道的说是自己老婆，不知道的问他，小陈，这是你妈妈吧？真年轻！陈希望的面子如何挂得住？

陈希望刚放出口信，媒婆就把他家的门槛踩沉了。大队书记的儿子讨老婆，谁家女儿不想攀高枝？陈希望笑着对陈树木说，你的老婆你做主。陈希望心里对陈树木还是有一分亏欠，这句话算是对陈树木的最大补偿。就是因为这一丝善念，引发了一场家庭战争。

陈树木做主的老婆与陈希望心里想象的儿媳背道而驰。陈希望想象的儿媳与儿子一样的秉性，不多嘴多舌，埋头做事，不怕吃亏，孝敬公婆，当长嫂，在某种程度上取代母亲的角色，让自己的老婆享几年清福，把身子还原到他的老婆，而不是"妈妈"。陈树木憨是憨些，但也不是傻子。陈树木选了一个狐狸精类型的老婆，要长相有长相，要智慧有智慧，能说会道。陈树木说来也奇怪，自从与"狐狸精"谈上以后，话也多了，笑脸也多了，做事也勤快了。陈希望本来是想横加干涉，逼儿子按自己的想法重新选择，但碍于前面说出去的话，迟迟没有动手，后来又看到儿子的变化，也就麻痹了。

儿子拜堂后，按照铺里的风俗，第一年儿媳在娘家干活，到陈家仍然像做客。小俩口卿卿我我，甜甜蜜蜜。"狐狸精"对公婆也乖巧，嘴里总像含着蜜糖，叫爹，叫娘，能让陈希望和老婆甜到心里去。

拜堂的第二年，"狐狸精"正式在陈家挣工分。收工回家，"狐狸精"也帮婆婆做家务。婆婆感到轻松多了，脸上的皱纹开始舒展，重新找到了做陈希望老婆的感觉，因此对媳妇宠爱有加。这一年，"狐狸精"怀孕生子，诸事都要倚仗婆婆，一家人相敬如宾。陈希望也觉得自己的计划滴水不漏，每一步都踩在鼓点上，陈家正在蓬勃向上。

陈希望的老婆心情舒畅，又不觉得累，便主动要陈希望爱抚。陈希望适应了老婆的性冷淡，老婆突然不性冷淡了，反而不适应。有时在外面"吃饱"了，回家又赶上老婆兴趣高涨，有点力不从心。力不从心也高兴，毕竟是陈希望才有的幸福，王希望张希望就不可能有这幸福。高兴归高兴，陈希望有时也暗暗骂自己，这不是自讨苦吃！

到了第三年，陈希望的孙子满地跑的时候，家里的气氛悄悄在发生变化。"狐狸精"就是狐狸精，她到陈家的第二年就发现陈家是纸闭灯笼外面光。陈希望是大队书记不假，是公社党委副书记也不假，陈希望是陈希望，陈希望的老婆儿子儿媳还是农民，是农民就要面朝黄土背朝天，绝不可能背朝黄土面朝天享清福。第三年，"狐狸精"想清楚了这一层后，脸色就没有那么好看了。"狐狸精"不光是想清楚了这一层，慢慢又想清楚了第二层、第三层。陈希望偏心，陈希望永远只会对小儿子树林上心，其他人都是垫脚石。同样是自己身上掉下来的肉，何必两盅茶不喝，喝一盅茶？你不仁，就别怪我不义！"狐狸精"开始在陈树木耳边吹枕边风，陈树木不是木头，枕边风吹久了，积压在心里的怨气像就像豆芽菜一样在缸里膨胀。陈家山雨欲来风满楼，陈希望还在自己的蜜罐里自娱自乐。

三

点燃这场家庭战争导火索的居然是陈树林。陈树林从学校放学回家，看到侄子在外面与同伴打架，滚了一身泥，不是帮侄子打同伴，而是把侄子脸上打了五个血红的手指印，教训侄子这么小就开始惹祸，今后岂不是要做流氓！侄子传了"狐狸精"，四岁不到就知道挑别人的错，说自己的理。他哭到"狐狸精"那里，不说自己与人打架的事，也不说叔叔教训他的话，只说叔叔打了他。"狐狸精"看到五个血指印，什么"理"都不重要。树林你这个白眼狼，我和你哥勾头晒背仰头晒面养着你，供你读书，你恩将仇报。侄子纵然千错万错，你哥没有死呀，轮到你打么？"狐狸精"在堂前滚了一身泥，叫骂声把三间屋顶都掀了起来。

陈树木来了，一拳就把八仙桌砸了一个洞，坐在那一言不发。

婆婆来了，本来想先哄得媳妇不哭不闹，再来教训儿子，一场风雨就过去了。婆婆把媳妇想得太简单，媳妇早就想发动这场家庭战争，只有战争才能带来利益格局的重新调整。婆婆无奈了，也坐在地上，一把鼻涕一把眼泪。

树木的儿子对自己挑起来的这场战争显然没有思想准备，惊恐地摇撼着妈妈，姆妈，我脸上不痛，你起来。儿子是想结束这场战争，没有硝烟的战争同样恐怖。儿子没有想到，自己无意中又在火上浇油。"狐狸精"哭喊声本来小多了，她在休整，在寻找新的"战机"。儿子楚楚可怜的话，引发了一场遭遇战。"狐狸精"号叫起来，白眼狼，听听你侄子怎么说！你这个扶不起来的阿斗，不如到你爹的卵上碰死去。陈树林是怕侄子野性难驯，今后没有出息，气急之下，手上没轻没重，打下去后也很后悔。这回让嫂嫂缠上了，心里只有苦笑，没有真生嫂嫂的气。现在嫂嫂不仅骂他，连爹也捎上了，火气一下就上来了，泼妇，你骂谁？"狐狸精"爬起来就往陈树林身上撞，骂你，你还要打老娘不成？陈树林冷笑，懒得与你这个泼妇说，给我滚出去。最后，"泼妇"没有滚出去，陈树林却逃了出去。

陈希望来了，瞪了一眼地上蓬头散发的婆媳，满脸寒霜，没有吱声。看到八仙桌上一个大洞，他火气上来了，一巴掌把低头生闷气的陈树木从椅子上打到了地上。陈树木站起来，握紧拳头，瞪着父亲。陈希望火气更旺了，你还敢对老子动拳头？又甩出一巴掌。这回一巴掌走到半空中，就让陈树木的右手隔开，陈树木左手顺势一推，陈希望摔倒在地上，嘴没有啃到泥，却啃到了自己老婆的奶头。

陈希望杀儿子的心都有了，爬起来操起门角落里的锄头就要挖过去。陈希望的老婆上来死死抱住陈希望，你要儿子死就先打死我。陈希望没有想到老婆的力气比自己大，当干部把气力都当小了。

陈希望挣扎了几下，心力衰竭，丢下锄头，坐在凳子上喘粗气。陈希望在想怎么制服这头犟牛，不制服这头犟牛，今后这个老子没法当！祸是这个女人惹出来的，要制服犟牛，就要牵住牛鼻子，这个女人就是牛鼻子。陈希望叫陈树梅过来，对她耳语了几句，陈树梅匆匆走了出去。在这场家庭战争中，陈树梅和陈树林是站在父亲这一边，他们需要父亲的权威维系。陈希望的老婆是脚踏两只船，手心手背都是肉。

晚上，"狐狸精"的父母来了。陈希望让老婆炒了几个菜，陈希望陪亲家喝了几杯，席间陈希望闭口不谈家庭战争的事。陈希望对亲家说，家里有什么难处么？要粮票布票煤油票只管开口，再怎么说也是儿女亲家。亲家是一个木讷的农民，说话木讷，想问题木讷，点头却不木讷。亲家母头发梳得一根不乱，眼珠子像天上的流星，抽起纸烟口里吱吱地响。亲家母说，除了栗柴无好火，除了儿女无好亲。亲家不为难，粮票布票煤油票都拿些。陈希望知道是亲家母当家，随手从口袋里拿出早已预备的粮票布票煤油票给了亲家母。

就怕你们不要，要了，这场家庭战争就是自己赢。

"狐狸精"在房里听到自己母亲的话，心里恨得直痒痒，但她还是把陈树木叫到房里。陈树木憨笑道，今天总算打服了。"狐狸精"冷笑，狗屁，老不死的想牵住牛鼻子。陈树木问，谁是牛鼻子？"狐狸精"捏住陈树木的耳朵骂道，还有谁？老娘呗。陈树木也抓住老婆的奶子问，怎么办？"狐狸精"把陈树木的耳朵拧起来，嗔道，怎么办？不分家你就永远别想碰老娘！

酒足饭饱，三方会谈开始了。会谈一开始就没有把陈树林作为一方，都知道陈树林是个导火线。"狐狸精"的父母来了，"狐狸精"只能坐在门角落里，陈树木才是一方。陈树木不藏不掖，提出分家。陈希望说，要分家，除非我死了。剩下就是"狐狸精"父母的事。"狐狸精"的父亲埋头不作声。母亲左手夹着纸烟，骂郎像骂儿子，分什么家？吃不得三天饱饭？要分家，我今晚就带女儿回家。陈树木傻头傻脑地看着丈母娘，你这是帮谁呀？陈树木怕老婆，更怕丈母娘。陈家的事最后是丈母娘说了算，亲家在外当干部不容易，家里的小事咋能让亲家分心？谁不听亲家的就是和我作对。亲家母把陈家的事拔得这样高，所有的人都面面相觑，但细想之下，又想不出亲家母哪里不对。

"狐狸精"发动的战争根本算不上战争，最多算闹剧。第一次战败就败得一塌糊涂。"狐狸精"从此没有再发动过战争。

四

陈希望把所有的希望放到老帅身上实际上也犯了一个天大的错误。老帅是公社书记，提拔他当到公社党委副书记已经到顶了，陈希望十年后才想清楚这一层。

陈希望想清楚这一层要感谢公社里的一场"窝里斗"。公社干部"窝里"根子在私人恩怨上。有人想整老帅，说老帅腐化堕落，找陈希望取证。陈希望开始不配合，有人点醒了他，希望啊，看来没有希望了。陈希望如梦初醒，不仅把他在老帅厨房里那点事全说了，还站到了整老帅的第一线。

陈希望把老帅从床上揪起来。胖阿姨顾不上自己只穿了短裤背心，跪在陈希望的脚下，抱着陈希望的大腿哀求，老帅一直把你当亲生儿子！陈希望一抬腿，胖阿姨仰面朝天，两只麻袋奶跳了出来，好奇地瞪着这群陌生人。来的人都嘎嘎怪笑。胖阿姨顾不得麻袋奶，翻身起来还想抱陈希望的大腿，倒是老帅吼住了她，我宁愿站着死，也不跪着生，不要给畜生下跪！老帅让陈希望不分白天黑夜地批斗，把积攒了十多年的一身肉全掉光了。胖阿姨每次陪斗都要经受心灵的煎熬，总觉得以前吃下去的野鸡兔子在啄她的肝咬她的肺，她无法忍受陈希望对老帅的摧残，老帅不让跟畜生下跪，我跟侄女下跪总可以。胖阿姨跟侄女下跪，侄女又跟陈希望下跪。陈希望眼一瞪，不要拿封建那一套来要挟革命干部，你不觉悟，也去陪斗。陈希望的老婆毕竟是地地道道的农民，跟陈希望下跪没有注意场合，是当着上面领导的面下跪，陈希望说也去陪斗的话也是当了上面领导的面说，陈希望的老婆不陪斗都不行。如果是在自己家里，关起门来老婆给老公下跪，老公看在儿女的分上，心里有数，批斗时手下留点情，少批斗一两次也不是没有可能。陈希望的老婆救叔父不成，还把自己搭进去了。

陈希望的老婆又气又恨又羞，回到家里什么话都没有留下，也许觉得留下话也是多余，一仰头把一瓶农药喝了下去，喝农药的姿势就像陈希望喝啤酒。陈希望安葬了老婆，站在老婆的新坟前，不伤心反而长笑，笑完后贴近坟头说，这样也好，免得又要去划清界限。

老帅被彻底整倒，陈希望当上了公社书记。陈希望想，知道是这样，我早"窝里斗"了！

俗话说，皇帝轮流做，明年到我家。几年之后，"皇帝"又轮到老帅。老帅的老领导怜惜一身才气，把老帅调到手下当领导。陈希望听到这个消息，龟缩在自己的公社里，小门不敢出，大门不敢迈。

是福不是祸，是祸躲不过。陈希望以为开会称病能躲过一劫，没有想到老帅带着组织部长找上门来了。陈希望叫老帅老领导，老帅没有拿正眼瞧他。老帅在公社机关转了一圈，没有和一个人说话，最后走到食堂，看到大师傅老张，激动地拉着老张的手，老张，你还在呀。还是你好，宠辱不惊，没有谁整你。老张笑道，谁会想到整我！老帅也笑道，也对，整你就要饿肚子。老张准备动手给老帅做饭，老帅说，老伙计，今天不吃你做的饭，我看到一个人，不吃饭就饱了。老帅临走时说，老张，愿意到县里工作吗？老张说，我一个做饭的，能做什么工作？老帅说，仍干你的老本行，我让你吃皇粮。老张说，老书记需要我就去。老帅说，你收拾收拾跟我走。老帅走到公社大门口，故意回头看了一眼陈希望，问组织部部长，这人是谁呀？怎么一直跟着我们。组织部部长笑道，领导咋把他都忘了？他就是公社书记陈希望呀。老帅说，陈希望？这个人怎么还在公社里混，还能当公社书记？我看当大队书记也不够格。

明眼人都知道老帅是了结恩怨来的。老帅带走老张，是因为老张曾经对老帅有一饭之恩。当初陈希望心血来潮，都说一个人不吃不喝，最多只能撑七天，我们为何不在老帅身上做一次实验！老帅饿到第五天就撑不住了，是老张偷偷给老帅一碗饭，让老帅坚持了七天。老张于老帅不是一饭之恩，而是救命之恩。

老帅走的第三天，陈希望背着被子回家了。陈希望就是按老帅说的那句话，当大队书记也不够格，才回家做了农民。

陈希望做农民是真不够格，犁耙水车没有一样在行。比较起来，陈希望还是适合做干部。

五

陈希望没有想到自己这么快就结束了政治生涯，他甚至没有想清楚是怎么回事，就跌进了泥潭里，连翻身的机会都没有。

在陈希望绝望的时候，发生了两件大事。一件是恢复了高考，另一件是农村实行了家庭联产承包责任制，田地分到了户。

一个人一生会有很多机会，关键看你能不能把握。哪怕是把握一两个，人生就算是成功。如果全部都能把握，那就是大富大贵。

陈希望当然发现了这个机会，他让儿子陈树林足不出户，备战高考。

陈树木也发现了这个机会。机会当然不是陈树木发现的，陈树木四方木头一个，机会叫他，他也未必能听得见。陈树木有一个智囊老婆"狐狸精"，"狐狸精"吃一堑长一智，这回没有发动战争，也不上火线，而是让陈树木与老子抬杠。陈希望当然不傻，不就是"狐狸精"肚子里那点小九九，不就是想分家过小日子！陈希望也知道自己再也没有力量赢得下一次战争。

陈希望想了一个下午，晚上便召开了一个家庭会议。陈希望直截了当，再不直截了当，很多事难以预料。陈希望以退为进，我当了半辈子干部，没有为儿女留下什么。现在落难了，文不能文，武不能武，但我还是一家之主。老子不行了，你们的路还长。俗话说，家和万事兴。这个家不能散。老大的心事我清楚，等到弟妹成家立业了，不分家我还不赞成！还是那句话，树林考上了大学，树梅出嫁了，这个家自然就分了。

什么话都让陈希望说了，陈树木没话说，"狐狸精"也不好再说什么，再说就要与小叔小姑结怨了。树林今年已经参加了高考，树梅也老大不小，分家就是这一两年的事。

一场风波又平息了。

陈树林考上了大学，"狐狸精"表现得最高兴。她没想到这个小叔子第一年就考取了，年内小姑子再有了中意的，明年这个家不就分了么！"狐狸精"的能干在铺里早就出了名，陈树林金榜题名经她出面一张罗，陈家又再现了往日的兴旺。

陈希望也很得意自己这一石三鸟之计，三只小鸟都朝一个方向飞，他这只老鸟也乐得逍遥自在。

这样的和平环境保持了两年，新的危机又出现了。这回不是陈希望与老大的矛盾，而是陈希望与女儿的冲突。陈希望与女儿都同时相中了各自的对象。

女儿相中的是树林的大学同学李凡，李凡来树林家玩了一次便与树梅一见钟情，是那种男才女貌的老一套。别看李凡与树林是同学，李凡比树林大多了，首届参加高考的学生，年龄相差都很悬殊。

陈希望相中的是县长的妻侄三槐。陈希望自己没有能力为树林今后铺平道路，但他打听到了县长的老婆正在为侄子三槐张罗婚事，县长又与老况老帅面和心不和，这是陈家的又一次机会。陈希望把树梅的照片托人捎给县长的老婆，县长的老婆没有主意，问县长，县长说太妖媚，三槐抢过去一看，说非树梅不娶，大事就这样定了下来。

陈树梅像生儿子一样，花了三个晚上才拼好一封情书。写情书的确为难她，她只有小学毕业。陈树梅正准备出门寄给李凡，媒人却领着三槐上了门。陈树梅粉面通红，把三槐的看礼丢到门外，对父亲说，要嫁你嫁！头也不回出去了。陈希望把看礼捡回来，对媒人说，婚姻大事由不得她。

在陈树梅的婚姻大事上，陈希望和"狐狸精"是喝一盅茶，都支持嫁三槐！陈希望是想搭上县长那条线，"狐狸精"是想陈树梅尽快嫁出去，好种自己的责任田，过自己的小日子。至于陈树梅自由恋爱，那得自由到什么时候？再看陈希望态度坚决，陈树梅胳膊扭不过大腿的可能性很大，与其这样耗着，不如支持陈希望，尽快把小姑子嫁出去。"狐狸精"教陈树木唱黑脸，自己唱红脸，一个逼妹妹嫁三槐，一个劝小姑子要讲现实，读书人在社会上的生存能力都很差。陈希望有了儿子儿媳的支持，逼婚的等级逐步提高。先是讲人伦道理，上下几千年，谁的婚姻不是父母做主。接着是骂，再接着是打。打女儿，女儿站在那像树桩，鞭子也像打在树桩上。陈希望见打女儿没用，就打自己，把自己的脸打肿了还是没有用。陈家每天都在鸡飞狗跳。

陈树梅也不示弱，先是喝农药，多亏了"狐狸精"警觉，及时发现，一屋子的人手忙脚乱把陈树梅送到卫生院抢救，捡回了一条命。陈希望开始是一个人坐在空荡荡的屋里发呆，后来听说女儿活过来了，气又上来了，对报信的"狐狸精"说，她要是走了她娘的老路，我就当没有生这女儿。"狐狸精"又把陈希望的话悄悄传给陈树梅，陈树梅到鬼门关走了一趟，还有什么想不开？对"狐狸精"说，为这样的老子死不值，我现在就当没这爹！陈树梅让"狐狸精"打电话把有文化的弟弟陈树林叫回来，就说不回来就要家破人亡了。在儿女里面，陈希望就是与树林贴心。树林与李凡是同学，于情于理都要成全这一段爱情。陈树梅没有想到她是饮鸩止渴。陈树林开始的确是支持她，专程请假回家。陈希望把陈树林骂了个狗血喷头，接着又把陈树林叫到房里，把自己的计划和盘托出。陈树林没有哼声，第二天清早"逃回"了学校。陈树林回到学校，想到父亲坎坷半生只对自己好，感情上完全发生了逆转，找到李凡，来了一招釜底抽薪，把家里闹翻天的事告诉了李凡。最后说，我为你们俩的事专程回家助阵，你不希望我们家出事吧？李凡自然听出了陈树林话里的弦外之音，他与陈树梅不过是一面之缘，再说文化程度也相差悬殊。他们之间的事本来就是陈树梅追他。李凡虽说对陈树梅动了心，却不是刻骨铭心。李凡很快选择了放弃。李凡写了一封信给陈树梅，说树梅妹妹，你可能是误会了我的意思，树林是我的同学，同学的妹妹就是我的妹妹。陈树梅把信撕得粉碎，为这样的薄情郎去死更是一文不值，就是赌气也要嫁给三槐。

这事说起来又是一部人生，就此打住。

六

三槐是一个不学无术的公子哥，但三槐有三槐的长处。

三槐一表人才，西装革履穿戴起来，头发再打上摩丝，那也是一个俊俏的美男子。三槐胆大脸皮厚，虽然什么都不会，却会哄女人。他挑了一个有风暴雨的上午，给树梅送一盒姑父从上海带来的巧克力，他把自己变成落汤鸡，用名牌西装包巧克力，不让巧克力淋雨。陈希望说，你真孬，巧克力比你的身体还重要？陈希望给了他表现的机会。他说，巧克力淋湿了不好吃，我淋湿了擦擦就干了。陈希望说，你等雨停了再送不迟。他又说，我想在第一时间给树梅送来。其实巧克力放在他家里有半个月，他就是等这场暴风雨带来的效果。三槐巧妙地与陈希望导演了一出双簧。陈树梅再铁石心肠，也不得不羞答答递上干毛巾让三槐擦干身上的雨水。这样的小花招，三槐满肚子都是，陈树梅接了三招便招架不住。三槐在县里就没有办不成的事，这跟他姑父有关系，跟他姑父怕姑姑有关系，也跟他脑子活点子多有关系，这不能不说是他长处之长处！三槐对陈树梅发过三招之后，眉头都没有皱一下就把陈树梅调进了县政府机关事务局当上了国家干部，谁有这样的气魄？有人问，你就不怕陈树梅翻脸不认人？三槐说，怕，我就怕她不来当干部！三槐就有这样的自信！

陈树梅是先上床，再与三槐谈恋爱。陈树梅没有觉得不好，反而觉得父亲强扭的瓜越来越甜，让自己少走了许多弯路。

陈树梅也掉进了泥潭。

在陈树梅与三槐甜甜蜜蜜的时候，弟弟陈树林大学毕业了。陈树林可没有陈树梅好打发，陈树林要的是当领导干部。三槐拍拍胸脯说，小舅子要去哪？包在我身上！小舅子当了领导干部，等于我当了领导干部。陈树林按陈希望教的说，年纪大的人当不了团县委书记，我去正合适。三槐说，我看你也合适，就当团县委书记。

三槐的牛皮吹破了。姑父骂三槐，你以为县委是你家开的杂货铺？按干部年轻化的要求，本来也没有什么不可以，但老况与我面和心不和，老帅又与陈希望是生死对头，今后再说吧。三槐不甘心，老况不是明年退下来吗？姑父吼道，现在不是还没有退下来么！姑姑在旁边笑道，你吃铳药了？三槐是在帮小舅子，也是在帮你。姑父不怕老婆发火，就怕老婆笑，老婆是一铳消，发火之后是笑，但笑的后面是发火。姑父笑道，怎么成了帮我？姑姑说，你这块顽石不要几个可靠的小石头帮衬？姑父又笑，你说帮我就是帮我吧。姑姑说，明年老况下了，你就给安排。

第二年，陈树林当上了团县委书记。陈树林有了这个支点，像撑竿跳一样，三十五岁一竿撑到市里，当上了副市长。

陈希望的眼光和机智，陈树木信服了，"狐狸精"信服了，陈树梅和三槐信服了，连他的对头老帅死之前也留下话，陈希望是人精，不服不行，服了又伤心！

七

陈希望没有等到有用的陈树林来送终，倒是没用的儿子女儿媳妇女婿眼睁睁看他断气。

陈树木扳开陈希望冰冷刺骨的手，取出"锦囊"。几颗脑袋都围了上来，都想在"锦囊"里找到陈树林。父亲的后事，没有当官的弟弟到场，岂不是大煞风景！

陈树木取出锦囊里的纸条，看了又看，摇摇头说，它认识我，我不认识它。"狐狸精"抢过来，讥笑道，你怎么不认识它，不就是一群蚂蚁在纸上爬么！"狐狸精"没有正眼瞧纸条，她也是认识蚂蚁不认识字。"狐狸精"递给陈树梅，陈树梅看了半天看不明白，她是看到的字少，看到的蚂蚁多。三槐想去接纸条，陈树梅瞪了他一眼，骂道，你比我看到的蚂蚁还要多，逞什么能？陈树木的儿子在旁边说，姑姑，给我看看。陈树梅咯咯笑起来，怎么没想到我们陈家的小秀才！

"小秀才"一本正经地念纸条。

树木、树梅吾儿：

　　鸟之将亡其鸣也哀，人之将死其言也善。汝父半生
　　风光，半世坎坷，虽小有成就，亦备尝艰辛。唯将光宗
　　耀祖之希望寄予树林，对汝兄妹多有亏欠。然为陈家之
　　大计，敢不忍痛割爱！
　　树林初倚裙带，少年得志，心高气傲，能官居府衙，
　　是陈家列祖列宗之庇佑，亦是列祖列宗之荣耀，吾含笑
　　九泉矣！当今之时，世事纷乱，贪墨成风，吾独忧其名
　　节难保。树林生性至孝，如吾驾鹤西归亦难回家奔丧，
　　其必身陷囹圄。树林不能送吾，吾死不瞑目矣！近闻百
　　姓上访能使民意上达，吾意汝等扶孝赴省府，叩首以诚，

恳请诸公垂怜，必使其返乡见吾之最后一面。切记！吾于奈河桥翘首以待哉！

愚父绝笔

"小秀才"像朗诵一篇散文，言辞之间充满着感情，只不过中途被树林打断了几次，"小秀才"不得不把文中的意思一一解释，否则更能煽情。陈希望断气时没有一个人哭，此时一家人尽管只听了个半懂，却都哭成了泪人。一哭父亲到死的时候幡然醒悟，心里原来还装着陈树林之外的人。二哭弟弟没有回家原来是坐牢了，弟弟在任上，他们都雨露均沾，现在弟弟这座靠山倒了，叫人如何不悲伤。三哭父亲还在奈河桥孤零零等他们的消息，可怜的父亲！

陈希望绝情一世，临死却留下一封"情书"。"情书"把一群儿孙的心又捏在一起。

都说三个女人一台戏，"狐狸精"和陈树梅两个女人同样能唱一台戏。陈希望和陈树林在时，陈家男人说了算。现在都不在了，陈家就是女人的天下。"狐狸精"没有念过一天书，胆子更大些。"狐狸精"开始主事：树木去了也是白去，在家守灵。我和树梅还有几个孩子都披麻戴孝去省城，三槐在外围照应，大家只哭不闹，把官老爷们看烦了，听厌了，看他们放不放树林出来！陈树梅拍着小手掌说，谁敢把妇女孩子怎么样？我们就来一个王熙凤大闹宁国府。"狐狸精"笑道，是大哭宁国府，说了不能闹。

一群着素帽素服素鞋的妇女孩子跪在省政府门口，的确有伤大雅。过路的人都认为此必冤深似海。麻木的人还是少，抱不平的人还是多，抱不平的看热闹的围得里三层外三层，把天都围黑了。后来，来了一伙人驱赶。"狐狸精"轻声对陈树梅说，快哭，越伤心越好。陈树梅想想对父亲的恨，又想想喝农药时的痛楚，哀从中来，先流泪，再放悲声，哭是真哭。"狐狸精"演技本来就很出色，虽然没有死自己爹娘一样伤心，但在陈家也生活了二十多年，假哭也逼真。两个女人一哭，小孩跟着呜呜，三槐在围观人群里起哄，孤儿寡母，可怜啊，什么世道！这种煽情很快引起了共鸣。

一个不小的干部出来对"狐狸精"说，有什么诉求跟我说，在这哭多不好。"狐狸精"说，你们放了树林。不小的干部说，谁是树林？"狐狸精"说，你们抓的那个人。不小的干部想了半天问，是那个贪污受贿的树林？"狐狸精"说，贪污受贿是你们说的。围观的人听说是为贪腐官员抱不平，都一哄而散。是贪官呀，恶心！什么世道，贪污受贿也理直气壮。"狐狸精"一伙只好跟着不小的干部去恳请诸公垂怜。

"狐狸精"说，你们放了陈树林，他的父亲躺在门板上。那干部说，不可能。陈树梅问，你们干部没有人情味？干部说，我们也想有人情味，但老百姓不答应。陈树梅说，我是老百姓，我答应了。干部说，你不是老百姓，是嫌疑人的亲属。"狐狸精"说，凭你说我不是老百姓，我就可以告你。干部笑起来，伶牙俐齿。"狐狸精"说，我不告你，你我都退一步说，你放陈树林回家给他父亲叩个头，仍让他回来。干部还是笑着说，也不可能，陈树林还在"双规"。陈树梅说，我们再退一步，让我们与陈树林见一面。干部说，还是不行。"狐狸精"说哭便哭，树林你可怜的爹啊，你命比黄连还苦。亏得你一心想儿子当干部，当干部都这样铁石心肠，干部不当也罢！我们管不了你，就在这里陪你的宝贝儿子，你要是让老鼠偷吃了眼珠子，可怪不得我们。"狐狸精"还真能演戏，一把眼泪一把鼻涕，且泣且诉，把一个机关变成了灵堂。干部劝他们回去。陈树梅说，我们想回去呀，是你不让我们回去。干部说，我什么时候不让你们回去了？"狐狸精"说，你不放陈树林就是不让我们回去。不小的干部气跑了。

"狐狸精"见干部气跑了，立刻不哭，反而咯咯地笑。

第一天就这样结束了。三槐在外面安排了宾馆。陈树梅骂道，都落到这步田地，还要讲究，死的不是你爹？"狐狸精"说，讲究就讲究，睡足了明天才有精神。

第二天，"狐狸精"他们仍是先站在大门口，等来了一个更大的干部，接着又说了半天无聊的话，把更大的干部也气跑了。

第三天，更大的干部把市里的干部骂来了。市里的干部拿出陈树林写的一张字条给"狐狸精"他们看。"狐狸精"说，纸条认识我，我不认识它。更大的干部说，我念你听。陈树梅冷笑道，你们说一千道一万，我怎么知道是不是陈树林说的？市里的干部骂骂咧咧，胡搅蛮缠，还讲不讲理？"狐狸精"说，会讲理我也当了干部。更大的干部对市里的干部说，你回去用专车把陈树林带到这里来，让他们死心。

陈树林来了，隔着玻璃窗口说，你们回去吧，我不想见爹。

"狐狸精"说，你怎么不想见爹？你是爹疼到心里去的人！

陈树梅哭着说，爹爹死了，就想见你最后一面。

陈树林说，我恨他！

"狐狸精"惊讶地说，谁都可以恨你爹，你怎么能恨？

陈树梅说，是不是他们威胁你？

陈树林说，是爹逼我走上了这条不归路。

"狐狸精"说，你疯了，谁不想当干部？我要侄子跟你学呢！

陈树林叹了一口气说，回去吧，别学了。

陈树林步履蹒跚转身走了出去，留下一句语带沧桑的话，回去吧，想当官，先做人。

快乐的疯人院

一

三月的鄱阳湖，已经能看到湖滩青青绿草，湖里浅浅绿波。

那个脑满肠肥挺着个酒坛肚一天到晚嘴里散发着酒精味的家伙，场长叫他黄小毛，又把我从家里劫了出来。我趁他不注意，偷偷地将他的茶杯拿来喝了一口，呸，全是酒精，这是什么人？早晨居然也喝酒精。我试着逃离他，他却像长了后眼，反手一抓，像抓小鸡一样把我提上了小船。

他这是又要把我关进太阴岛上的疯人院。他们说三月天下大事多，让我到远离尘嚣的岛上去静养一个月，免得在外丢人现眼。他们天天做丢人现眼的事，不说丢人现眼，却嫌别人丢人现眼。我怎么就丢人现眼了？我能影响天下大事？奸诈的家伙，还真瞧得起我！

每年到了这季节，我就觉得体内万物复苏，脑子特别清醒，很多在混沌的冬天记不起来的事或者想不清楚的事，这时全能记得起来，想得清楚。

这时我觉得脑子像一口古井，冷静而深邃，陈年旧事像井底冒出来的气泡，一个气泡接着一个气泡。一个气泡里坐着一个精瘦的人，坐的地方像会议室，哎呀，这不是牛头吗？这个死牛头，怎么每次见他都在讲话？讲话时还口吐白沫子，他是要把几辈子的话都讲完吗？牛头姓牛，是我的局长，局里人见他都弯腰点头，当面叫牛局长，背后又都叫他牛头。叫牛头有两层意思，一层意思是骂他牛头，另一层意思是恭维他，姓牛的当头。不管是哪层意思我都认为欠妥。如果是骂他像牛，等于是赞美他，牛的形象比他强多了。如果是恭维他牛头，牛的头，岂不是把自己也骂了？我喜欢叫他老板。牛头用指头敲打我的头笑，私人场合叫叫可以，公众场合不能叫。牛头认为我在恭维他，我其实心里在骂他，做局长做得像老板，能是什么好东西！我怎么看他都像皮包公司的经理，做的是不要本钱的生意，坐的是老板椅，枕的是老板桌，唱的是情歌，跳的是扭屁股舞。请他吃饭的人要订三米以上直径的旋转大桌，小了，他的脸阴森得吓人。再看他吃的菜，野生鱼的心，满地跑的猪骨髓，天上飞的鸟脑浆，这是人吃的东西吗？别看牛头天天吃山珍海味，却不长肉，长的是黑色素。他太阳晒不到，雨淋不到，皮肤却黑黢黢的。我怀疑他有病，但我怀疑有个屁用。

我也没脑子，或者说没心没肺，平时都知道叫他局长或者老板，便有一次喊了他牛头。那一次我埋头在走路，猛然一抬头，看见牛头，慌忙之中只记得弯腰躬身，却忘记了改口，把肚子里喊的话喊了出来，叫了一声牛头。这一叫如晴天惊雷，引得人哄堂大笑。牛头黑着脸，傲慢地走了过去。我闯祸了，心惊肉跳了好几天，竟然没出事。

我叫牛头老板，不仅仅是他坐老板椅，他还会做生意。项目能换钱，帽子能换钱，他爹妈的药罐子能换钱，他爹妈的棺材也能换钱。我猜他十年前就是百万富翁。

看着气泡里的牛头，我笑，别吐白沫子了，你的白沫子不值钱。

下去。人高马大的黄小毛命令我下船。他用手把头上黄毛往后抹的习惯性动作很潇洒。

我现在不怕牛头，怕黄小毛。黄小毛口里不吐白沫子，也懒得吐白沫子。他的白沫子里有酒，金贵。黄小毛最不值钱的是力气。我下船动作稍慢些，他马上像抓小鸡一样把我丢下船。

三月的鄱阳湖还是枯水季节，乘船去太阴岛水路不到半个小时，旱路却要走三个小时，这叫看山跑死马。走在这一望无垠绿地毯似的湖滩上，迎着温润的春风，让人神清气爽。再在嫩绿的草丛中摘一朵小花闻闻，更是飘飘欲仙。

黄小毛好像对这样的美景视而不见，一双大脚板肆意践踏着草地上的小花。呸，没有爱心的家伙。我朝黄小毛的背影轻声骂了一句，便躺倒在草地上，看着蓝天白云，又浮想联翩起来。

其实我知道牛头什么时候会偷什么卖，却不知道他怎么卖，卖多少钱。有一次，我好奇地用不完全统计法推算牛头把他出嫁的女儿偷卖了多少钱，哇，有几十万。我把演算的结果写在香烟盒纸上，顺手丢进一棵大树上的小木箱里。这次恶作剧让我快活了好几天。可是几天后，我就感觉到很多人用白眼看我，看得我毛骨悚然。到仓库领器材的人都是用手势和我说话，领完后就飞快跑了出去。平时这些人都是没话找话套近乎，我都懒得理他们。今天是怎么啦？中邪了，还是这仓库里有恶鬼作祟？人就是不能胡思乱想，这么一想，我便觉得毛骨悚然。

牛头让人清点我的器材仓库，说少了几万块钱的器材。怎么会少？我的头昏昏沉沉。我除了偶尔下乡与老婆睡一觉，就在这仓库盯着，平时进库和发放都是小心翼翼，反复核对，因此还造成很多人对我不满。他们吼我。我说，吼啥，等着。他们还是吼，老子事急，耽误了你负责？我也吼，你急老子就要急呀？说完便停下来，你们吼吧，老子歇会儿。他们只好收起怒火，赔着笑脸说，不吼，不吼，你累了就歇会儿。我说，错了你赔？这才又开始发放器材。有了吼的教训，他们下次来还要带些好处孝敬我，我就喜欢这样的聪明人。我说的好处千万不要认为是贿赂，那只不过是一个苹果、橘子或者一支烟。现在想想，那时我也是仓库里的牛头，挺牛。说这些不是说我是牛头，或者挺牛，而是说我不会错。

我不会错，那是谁错了，难道真有鬼？

很快全局的人都说我是小偷。牛头也在大会上骂我，这是小偷吗？是大盗！小偷也就算了，大盗绝不能容忍！我头脑突然清醒了，是不是牛头在搞鬼？就因为香烟纸上的恶作剧？我也没署名呀。难道管小木箱钥匙的人跟牛头是亲戚，亲戚让牛头认出了我的笔迹？除此之外，我想不出其他的可能。我脑子咋就这么笨，恶作剧没有恶作到牛头，反而恶作到了自己。牛头让大盖帽把我带进了铁栏栅里。之后，我的头更昏了，过去的事渐渐记不起来，整天痴痴呆呆，他们说我疯了。我说，我没疯，就是头昏，想事差些。一个好心人也或者是我的一个远房亲戚私下对我说，傻呀？疯了好，疯了就不用坐牢。这句话让我脑子突然清醒了，我怕回铁栏栅里，开始故意装疯卖傻。一个大盖帽好像看出了我的心事说，装的吧？我说，不是装，是真疯了。那大盖帽又说，我就说是装的，哪有疯子说自己疯了。我这是弄巧成拙，暗地里狠狠抽了自己几个嘴巴。最后他们还是把我放回家了。事后听说，领导骂了那大盖帽，你是精神病专家？鼻子上种大蒜！大盖帽想纠正，是鼻子上插大葱。领导反驳，北方人插大葱，南方人就叫种大蒜。这里我得声明，骂大盖帽的领导绝对不是我亲戚，他帮我应该是出于正义。这次我回家虽然算不上衣锦还乡，但待遇挺高。局里派专车先从铁栏栅接我出来，我说单位上还有东西，他们又送我到单位仓库，把我一床发霉的被子和几本捉鬼的小说卷在一起搬上车，一直把我送到家里。

在家里，我终日昏昏沉沉，只有老婆雀儿的眼泪能让我清醒片刻。

你哭哭啼啼干啥，我要是真偷了东西能不交给你，还怕我外面有女人？我轻声吼她，生怕邻居听见。

都说你偷了，没偷也是偷！单位咋不要你？雀儿的眼泪流得越快，我的脑子就越清醒。

小偷，不对，大盗，嘻嘻嘻。人要是倒霉在盐缸里都生蛆，村里几个小孩也把脑袋伸进大门笑我。我刚要开骂，小脑袋又飞跑了。这是牛头口里的话，难道牛头在村里也有亲戚？以前也没听说过呀。

不跟你说，我去告牛头！我怕女人流眼泪，尤其是怕雀儿流眼泪。这次我真的偷跑了一回。牛头骂我大盗我没生气，因为我没做那事，生哪门子气？雀儿的眼泪让我烦，烦过后便对牛头有气，恶作剧是我们男人之间的事，凭啥要让一个女人流眼泪？偷跑出来之后，在外面游逛了几天才知道，我告牛头是假，逃避雀儿的眼泪是真。

外面的世界是灰蒙蒙的，特别是城里的天空更是浑浊不堪。离开了雀儿的眼泪，我又开始发昏，仿佛没有了躯壳，只有灵魂跟着感觉到处飘荡。街上的甲壳虫真多，头咬着屁股，飞速地爬行。我站在街道中央，像我家门前小溪中的一块大石头，甲壳虫像流水绕开大石头，嗖嗖地流过。我伸出手去触摸，甲壳虫竟然像鱼鳅一样灵活。跑个屁，真以为自己是鱼鳅，不就是小汽车，以为我不认识呀！

穿过大街，哇，好大的一个八字门，很多和自己一样穿着破棉袄蓬头垢面的男女往里挤，看西洋景呀？我也跟着往里挤，不时搭着破棉袄的肩膀往上跳，但什么也看不到啊。

喂，你过来。一个高过我一个头的男人提着我的后领，把我拉出了人群。

做么的？我想吼他，但声音小得像蚊子。

跟我来吧。那男人竟直走进一个用玻璃隔开的小房间。

我怯生生地跟了进去。我天生就对比我高的男人有一种恐惧感。

你要告状？那男人脸上微笑，声音低沉，凸起的眼球闪烁着飘忽不定的亮光，准确地说，那也不是光，是眼神，因为飘忽不定，又像陷阱。

不告状，真的，以为是看西洋景。你飘忽不定的眼神早告诉我，你的话也是陷阱！

别害怕，我能帮你！有状纸吗？那男人又说。

你真帮我？那我告牛头。我在破棉袄口袋里摸索了半天，拿出那张写着演算数字的香烟盒纸递给他。原来的香烟纸投进了大树的木箱里，这是当初留的草稿。

到一边等去吧。那人嘴角渐渐露出冷笑，在不停地打电话。接着，他又与后面和我同样的人说同样的话，然后打电话，再叫他们到一边等去吧。

在一边等的人越来越多，等到黄小毛的酒坛肚挺进大厅的时候，我才明白，什么帮我，狗屁，就是个人贩子，把我卖给牛头，我还傻头傻脑帮他数钱。

我缩在人群里，慢慢移出了黄小毛的视线，远离了这人声嘈杂的大厅。

哈哈，阳光懒洋洋地照在我身上，我突然觉得浑身舒畅，自由的空气真好！让你们人财两空，我得意扬扬地走在大街上，看大街上的车流如看家门前的小溪。

起来，快晌午了，看你人不人鬼不鬼的样子！黄小毛不知道什么时候又着腰气喘吁吁地站在身边，用脚踢我。草地上无数的小花让他践踏得不成样子。这个不爱惜大自然生命的家伙！

二

太阴岛在丰水季节很小，只有几个操场那么大，在枯水季节很大，四面环水，湖滩伸得很远很远。

小岛上树木葱郁，没有人烟，只有一个疯人院。疯人院也不是真的精神病医院，而是由几间简易的平房围成的一个院子，平常没几个病人，也没几个医生，不用铁栏栅，更不用上锁。岛上唯一的一把锁是用来锁那小船的，钥匙由院长侯三亲自管。

黄小毛把我直接带进了侯三的办公室。

老朋友，把他交给你了，老规矩，一个月后我来领人。黄小毛瞪了我一眼，从口袋里摸出一把钱交给侯三。这个可恶的人贩子，又把我卖了。

放心，一只鸟都飞不走。今年年成好，中午请你喝老烧，吃野生团鱼。尖嘴猴腮的侯三让我作呕，什么喝老烧，我看就是骚尿。

黄小毛是侯三的老主顾，用局里的钱也大方，别看是侯三请客，变着法仍是黄小毛埋单。

你在这里有朋友，难道我就没有朋友？你是酒肉朋友，我是兄弟！我自言自语。

滚一边去？黄小毛或许是听清楚了我说的话，也或许是抑制不住对酒的喜悦，佯装吼我。

听到黄小毛的吼声，我比听到下课铃声还激动，脚步如飞地跑了出去。

书生，鼻涕罐，二百五，憨头，乌龟壳。我站在院子里随口便喊出了一串名字。

欢喜哥哥！呜呜呜。鼻涕罐第一个跑出来，鼻子还流着鼻涕，鼻涕罐大概是感觉到了，用手背一擦，鼻涕在脸上画出一道弧线。二百五、憨头、乌龟壳也跑出来了，自动站成一排。二百五喊，立正。这是我教他的，一个集体要有一个集体的样子，不能像散兵游勇。二百五喊口令也是我安排的，二百五是一个兵。

自从他们说我疯了之后，我对名字就不大感兴趣。玻璃房间里的暴眼男人问我名字，我就说不记得，暴眼男人把笑挂在嘴角上骂，哪有不知道名字的人，你是树洞里钻出来的？我想了半天说，我不是树洞里钻出来的，我有名字。暴眼男人问，叫什么？我说，欢喜。暴眼男人查了半天说，查无此人。我也疑惑了半天说，可能是小名。我把暴眼男人气笑了。我的兄弟们也不记得名字，他们的名字都是我的疯言疯语。

名字就是一个符号，无所谓好坏。叫癞皮狗的，未必是一身狼疮，用四只脚走路。我的局长叫牛廉洁，不就是自我标榜？我娘给我取的小名叫欢喜，我一辈子就快乐？这样的名字要不如不要。

我这几个兄弟都是由特定的主顾送到疯人院来的。我年长，他们都叫我欢喜哥哥。我原想让他们喊我苦闷哥哥，书生说，苦闷人在一起再天天喊苦闷，不是苦闷死了？我说，那还是叫欢喜哥哥吧。

我一边梳理他们蓬乱的头发，擦拭他们脸上的污垢，一边说，想死你们了。

春去春回又一年，泪水在我脸上像蚂蚁在爬。

鼻涕罐，你哥呢？我突然发现少了书生。

跳湖了，湖里咕噜咕噜冒着好大好大气泡。鼻涕罐用手比画。

我先是愕然，后来忍不住吼起来，咋就跳湖了？把鼻涕罐吓得直往后缩。我心里涌出的怒火迅速把我脸上和眼里的泪水烘干，眼眶里干得冒火。

书生是大学生，而且有点迂。现在的读书人迂的并不多，书生的迂便显得尤其难得，也尤其让人怜惜。读书人不管油滑还是迂，总是受人尊敬的，所以我给他取名叫书生。书读得越多，懂的规矩越多，知道的羞耻越多，面皮也就越来越薄，不像没读书的人无知无畏，胆大面皮厚，没有不敢说的话，没有不敢做的事。书生本来也瞧不起我这个老牌的劳动大学的大学生，认为劳动大学就是绣地球大学或者叫篱笆大学。

开始书生对我很冷淡，讥笑我，干脆说农民，我们不就清楚了？我急了，咋能说是农民，虽说半工半读，但也是干部身份。书生听说我是干部身份，才不吭声。他是大学生不假，出来还当不了干部。书生刚到太阴岛时，以为我们都是真正的疯子，谁也不理，一个人坐在湖边，三天三夜一动不动。

二百五闯过去把他推倒，骂，神气个屁，大学生不是照样成了疯子。

一旁的鼻涕罐吓得大哭。乌龟壳也推了二百五一把说，疯子跟疯子能一样吗，你疯了跟别人过不去，他疯了跟自己过不去，不行啊？

我也骂二百五，人家疯了也是大学生，你疯了还是二百五。

我劝不回书生，便陪着他坐，自言自语讲我的身世。你也别总是觉得自己委屈，活在这世上谁不委屈？人除了死了才不委屈。说远的，我爷爷帮薛五捕了一辈子鱼，只留下我爹和两间茅屋，才三十多岁就死在湖里。我爷爷命都丢了，薛五还说我爷爷把他的渔船弄沉，让我十多岁的爹以身抵债。我爷爷不委屈？我爹爹不委屈？我爹十八岁在湖边冰洼里捡回我娘，娘也成了薛五家的长工，我娘不委屈？后来，爹爹当了生产队长，保荐我上了共产主义劳动大学。爹娘吃了太多的苦，积劳成疾，都是年纪轻轻就病死了，爹娘不委屈？

说着说着，我也伤心了，眼泪不自觉地往下流。我偷偷看书生，书生也在流眼泪，我笑了，不怕你疯，就怕你没眼泪。

我又继续说我的委屈。你想读书就能读书，我想读书能读书吗，我读的大学那叫大学吗？上课讲劳动，劳动也是上课，还要走出学校闹革命。课本是讲劳动的课本，除了讲劳动的课本，就看不到别的书。都说我是贼，那时我真做过贼，我偷过一个右派老师的书。偷的书看完了，又偷偷送回去，再偷下一本。读书人要偷书读，你说我委屈不？毕业后，我分配到鄱阳湖水产场，水产场管着在鄱阳湖围起来的万亩水面。场长喜欢我，那是因为他女儿雀儿喜欢我，但是我不喜欢雀儿。我不喜欢不是雀儿长得丑，而是雀儿是农民。我爷爷是渔民，爹爹是农民，我好不容易当了干部，又去找一个农民，那不是又倒回去了吗？那时我的人生目标是做城里人。场长对我好也不是真好，而是冷一阵热一阵，就是想我娶雀儿。场长知道我的人生目标后说，只要娶雀儿，我让你进城。我心动了。其实雀儿除了是农民，什么都好。她穿雪白的的确良衬衫楚楚可怜的样子，胸前藏着两只小白兔的样子，笑起来甜甜的样子，眼睛带着钩子看我的样子，那什么都依我的样子，还真是迷人。

我偷偷看书生，书生嘴角挂着浅浅的笑。

场长说话还是算数的。场长调到县里当水产局长，我也到水产局当了技术员。我想把雀儿也调进城，雀儿爹眼一瞪，你是什么身份，雀儿是什么身份，能一样吗？我说，身份又不是一成不变，你是局长啊。雀儿爹说，你以为水产局是你家开的？我说，雀儿是我老婆，还是你女儿，你忍心她一个人在乡下？雀儿爹说，忍心怎样，不忍心又怎样？我说，你忍心我就退还给你。雀儿爹气得眉毛不是眉毛胡须不是胡须。我也不是真想退还雀儿，而是故意气她爹。

书生扑哧笑了。我心里说，鬼崽俚，终于笑了，我就担心你想不开。

夕阳的余晖在水天之间向四周散开，把整个世界都染红了。书生的笑脸在夕阳里原来都这么有活力。

雀儿爹被我气了之后，刚对雀儿的事有点心动，便从局长的位子上退了下来，你说雀儿委屈不？更委屈的还不是雀儿爹退下来，而是后来的局长牛头是雀儿爹的对头。牛头把我赶去看仓库，我想回水产场都不行。牛头来了，我的噩梦也开始了。雀儿爹这个老糊涂，一个人闲居在城里，儿女一个都没安排，四散了，你说雀儿爹委屈不？委屈这东西你想它，它便无处不在，你不想它，它屁都不是。牛头说我疯了，他当然想我疯，只有疯话才没人相信，只有疯子才会黑白颠倒。牛头怕我告状，所以他只能把我疯的事做实。牛头要我疯，我不疯也得让他逼疯。疯了就疯了吧，没疯还觉得一肚子委屈，疯了啥都不委屈。没疯的时候，我的世界像仓库一样小，疯了以后，蓝天白云下都是我的世界，我想去哪就哪。我去看过天安门，我跪在巨大的毛主席像前三呼万岁，不疯我敢吗？他们不让喊，把我抓回家，那又怎样？还能守我一辈子，我想去还去，想喊还喊，气死他们。我还要告牛头，看他还敢胡作非为不！你有啥委屈告诉我，我为你抱不平。

欢喜哥哥。书生把头埋在我怀里，哇哇哭起来。叫我欢喜哥哥？这称呼我喜欢，很久没人这么叫我。伤心就哭，使劲哭，哭完了咱回去吃饭，吃完饭就睡觉，吃饱了睡足了，再慢慢把你的委屈告诉哥哥。

三

小岛的夜静静地含着一弯新月进入梦乡，一群大雁咿呀咿呀地叫着飞过头顶，顿时整个世界都纯净起来。

欢喜哥哥，来，过来。二百五腋下夹着一瓶老烧，端着两大盘剩菜从门外蹑手蹑脚走了进来。

哪来的？我轻声问。

偷来的。二百五说，给欢喜哥哥接风。

没想到老子的贼名又一次让你这二百五做实了。我拍着二百五的脑袋笑。

做啥实？又不是你偷的。二百五说，到哪都说是我偷的，怕啥呀！

我吃了就等于是我偷的。我说，真是个二百五。

欢喜哥哥不吃，跟谁接风呀？憨头眼睛盯着老烧，手悬在残盘上空。

贼就贼吧，不差这一回。我心里不忍。

我们借着微弱的月光，先向窗外洒了一点酒，祭奠书生，然后对着酒瓶一人一口，我喝着他们的笑容，他们喝着对我的依赖。

风卷残云之后，他们都睡了，我却难以入眠。

书生怎么就不听我的？不是说好今年三月小岛再见么？书读多了，傻了不成？我的傻书生啊！

20个世纪80年代初，书生的父母在湖上宗族械斗中双双身亡。书生和鼻涕罐是孪生兄弟，书生是天才，鼻涕罐是痴呆。

那场械斗太惨烈了，土炮土铳大刀长矛都用上了。一柄渔叉刺向书生爹，书生娘用身体挡渔叉，渔叉竟然穿透了书生的爹娘，两个人都死了。书生爹娘的血衣还保存在渔村的祖厅里，用来教育子孙不可忘记这血海深仇。械斗中留下的孤儿由渔村人抚养，书生和鼻涕罐吃着百家饭长大。械斗中成为孤儿的还有蒜儿。蒜儿是她娘在渔船上生的，她娘说船上煮鱼不可无蒜，湖上的女人就像佐料，叫蒜吧。书生白天带着蒜儿和鼻涕罐吃百家饭，晚上带着蒜儿和鼻涕罐睡。蒜儿和鼻涕罐就像书生的尾巴。蒜儿的成绩不好，书生要打蒜儿。蒜儿说，别打了，反正是你的佐料。书生本来就没想真打，看着蒜儿一脸不在乎的样子，小手再也落不下去。书生的成绩越来越冒尖，蒜儿却是长得越来越水灵。

书生考上了海洋大学。上学的前一天晚上，书生低声在蒜儿耳边说，走之前我想让你吃颗定心丸。蒜儿红着脸拒绝了，你将来会有更好的女人，把俺当亲妹妹吧。说这话时，蒜儿眼泪止不住往下流。书生用舌头舔着蒜的眼泪说，我读完大学就回来，还要化解鄱阳湖里的恩怨呢。蒜儿心里早认定是书生的佐料，哪经得住书生用舌头舔，乖乖地躺倒在床上，任由书生爱抚。狂风暴雨之后，书生用蒜儿送他的汗巾带走了蒜儿的处女红。两个人整晚都没睡，说一会儿话，又缠绵一会儿，再说一会儿话。

外面有好女人你就把我忘了吧。蒜儿说。

哪会，我带着你的处女红呢。书生说。

俺的处女红不值啥。蒜儿又说。

那我还算啥？书生也说。

蒜儿一感动，又缠上了书生。

第二天天刚蒙蒙亮，蒜儿划着小雁排，送书生去县城搭班车。几十里水路，蒜儿划得轻燕如飞。

为节省路费，书生读大学就没回过家。四年大学生活没有改变书生，蒜儿带着鼻涕罐在家苦苦等待。书生放弃了留城的机会，回到了鄱阳湖。书生找到县长，希望能进入人才绿色通道，回报家乡。县长说，非常欢迎你回报家乡，只要下面单位有用人需求，报县长办公会议研究，我一定让你通过。接下来的两个月，书生跑遍了县里大大小小的单位，却没有找到一个有用人需求的单位。不是小缸养不活大鱼，便是人满为患，多个人多份开支，就差说百无一用是书生。书生伤心了，怎么就不想我能为你们带来财富。昏暗的路灯下，书生漫无目的地走着，自信让这些人一点一点地抽走。还是回去看蒜儿吧。书生烦的时候就想蒜儿，想了蒜儿就不烦。可是今天晚上想蒜儿，不是不烦，而是越想越烦。四年了，拿什么回去给蒜儿？

救命呀！一声凄厉的尖叫声从小巷传来。

书生看看小街上的行人，似乎没人理会，或者说没人想去理会。书生开始还以为是小巷里在放映暴力剧，想想不对，也听不到其他配音呀。真出事了！书生以百米赛跑的速度跑进小巷。两个小流氓已经撕碎了一个小姑娘的上衣，微弱的月光下两个洁白的乳房已暴露无遗，书生闯上去打散了两个流氓。小巷里空无一人。书生扶起小姑娘，又脱下自己的衬衣裹在小姑娘的身上。小姑娘惊吓过度，什么也问不出来。书生把小姑娘扶到巷口，一个老太婆过来瞪着书生问，这是怎么了？没等书生开口，老太婆便把书生推开，扶着小姑娘走了。老太婆显然认识这小姑娘。书生苦笑，这老太婆，瞪我干啥？小姑娘走了很远，书生才想起自己的衬衣还在小姑娘身上。书生想去追，又想小姑娘上身也没完整的衣服呀，便回了旅馆。

第二天书生收拾东西准备下乡去见蒜儿，门被服务员打开了。

这是你的衬衣吧？警察老裘走进来。

是我的。咋找到我的？书生傻呵呵的，心里还有一份感动，小城啥都迟钝，就这警察反应敏捷。

这也是你的？老裘没有回答书生的问题，拿出一本学生证又问。

是我的，有照片呢。书生笑。

那跟我走一趟吧。老裘迅速拿出手铐把书生铐上了。

为啥要跟你走？书生脸涨得通红。

你涉嫌强奸少女。老裘说。

就是他。别看一表人才，连畜生都不如。一个老太婆进来指着书生喊。

你是谁呀，谁不如畜生？书生认出了昨晚从他手里抢走小姑娘的老太婆。

我是小姑娘的邻居，昨晚强暴小姑娘的就是他。老太婆对老裘说。

强暴小姑娘的是两个小流氓，我是见义勇为。书生说。

小姑娘的父母已经报案，走吧。老裘声音越发严厉。

你们问问小姑娘不就清楚了。书生说。

小姑娘已经神志不清。老裘把书生往外推。

我是大学生，怎么会做这猪狗不如的事！书生叫屈。

大学生就不强奸女人？只要下面那东西硬了，就具备作案条件！老裘冷笑。

强盗逻辑，我乡下有老婆，用得着强奸别人吗？书生有点声嘶力竭。

乡下老婆玩腻了，才到城里来。老裘哈哈大笑。

你这是凌辱斯文。你去抓那两个小流氓呀。书生近乎号叫。

你说有两个小流氓就有两个小流氓？你找出来看看！老裘说。

你们是吃干饭的呀？书生已经是有气无力。

书生被带进审讯室。书生刚坐下，老裘一脚把书生屁股下的椅子踢飞，书生重重摔在地上，胯骨顿时被震裂。站起来，熊样！老裘又像抓小鸡一样把书生抓起来按在椅子上，书生屁股疼得直冒冷汗。老裘要书生招供，书生死不开口，老裘就让书生站着，用两千瓦的镁光灯照着书生的眼睛。三天三夜，书生什么都不想，就想睡觉。老裘说，想睡？招呀！招了，天天能睡觉。到了第七天，书生实在熬不住，招了，判了三年有期，缓期执行。

在看守所，蒜儿来看过书生。蒜儿眼里全是哀怨，哭着说，不管你做了啥，俺都原谅你。书生吼起来，不要你原谅，我啥都没做。蒜儿说，我也没说你做了。书生努力克制自己不对蒜儿发火，这事毕竟跟蒜儿没关系，你走吧，找个好人家嫁了。蒜儿说，要走一起走，我等你。又说，俺们没能力化解鄱阳湖的恩怨，就按你说的让鄱阳湖渔业充分发达了，还有械斗。书生说，为啥？蒜儿说，世上本来没有恩怨，只有欲望，欲望填不满，就得械斗。书生不说话，蒜儿也陪着他不说话，直到探监结束。

书生不是蒜儿，书生认同蒜儿没有恩怨只有欲望的话，却放不下自己的冤屈。冤屈跟欲望无关，只与对错有关。书生出来的第一件事是上诉，你们可以玷污我的清白，但绝不能玷污法律。二审维持了原判，书生便带着鼻涕罐踏上了漫长的申诉路，直到最高人民法院。

蒜儿跪着求书生，你已经耻辱了一回，还要再耻辱一回？书生说，为了对和错，我愿意耻辱一百回，一千回。蒜儿说，你就是一头牛。书生说，我还不如一头牛，牛埋头拉犁累是累，但没有屈辱。书生听说小姑娘清醒了，就去找小姑娘做证，书生连小姑娘的面都没见着就被她父母打出了门，臭流氓，见你一次，打你一次！

去年三月在太阴岛上的日子，是书生最快乐的日子。

那时书生没疯，是有人想他疯，或者认为他疯了更好，才把他送到太阴岛。在那段日子里，我与书生谈了很多关于鄱阳湖渔业发展的事。我搞了一辈子水产，却发现在书生面前还是个学生。书生对水产养殖技术掌握和对鄱阳湖渔业发展前景展望让我再疯一回。

我原以为去年三月书生在太阴岛上想开了，都约好明年再来，原来他心里的结没有解开。书生也不是心结没解开，而是小姑娘真疯了，他再也没机会证明自己的清白，绝望了。去年，我们离开太阴岛不久，书生又去找小姑娘，书生偷偷溜进小姑娘家，没找到小姑娘，一打听，小姑娘也住进了太阴岛。小姑娘在父母的温室里封闭得太久，心灵也太脆弱，没能经得住人生第一轮暴风雨，疯了。书生听说小姑娘疯了，绝望之后也疯了。书生太聪明，聪明反被聪明误。书生不仅聪明，还是读书人，聪明的读书人疯起来不是一般的疯，而是疯狂。书生疯了之后，连对蒜儿的那点牵挂都忘了一干二净，直接就跳进了鄱阳湖。蒜儿在后面追书生，见书生跳进湖里，也跟着跳进湖里，两个人再也没上来。这是殉情吗？我反复问自己。我的结论，不是。蒜儿水性好，原本没想到死，跳进湖里是为了救书生，哪知书生疯了之后还是一头牛，没法拉回头，蒜儿无奈，突然伤心了，伤心了便跟着把生命放弃了。

春天鄱阳湖的月夜格外凄迷，我带着鼻涕罐到湖边遥祭书生，插了三根枯树枝，摆放着二百五偷来的残羹剩饭，再把半瓶老烧洒进湖里。做完这些，我便看到书生在水里笑。

笑个屁，我恨不得跳进湖里揍你。以为死了就不冤？我骂书生。

你冤，你有蒜儿冤吗？我想想又骂。

我骂完了仍不解气，捡起一块大石头扔进湖里说，再也不跟你做兄弟了，滚！

四

　　早晨七点钟起床，一般症状的患者做操，跑步，由侯三院长亲自吹哨子。症状严重的由护士扶着散步，小姑娘便是由护士扶着。鼻涕罐怒视着小姑娘，两只拳头上的青筋像一条条蚯蚓。我拉住鼻涕罐说，别怪小姑娘，她也挺可怜的。鼻涕罐傻傻地看我，像是说，她可怜？我又说，她不可怜怎么又会疯？又说，要怪就怪你哥偏，他不偏咋会害了自己，又害了蒜儿。鼻涕罐看看我，又看看小姑娘，拳头松开了。我想，鼻涕罐心里放下了。傻人自有傻福，如果书生也像鼻涕罐一样放下了，能是今天这样吗？

　　我和鼻涕罐、憨头、乌龟壳属没有明显症状的疯子，吃药是愿吃就吃，不吃就把药偷偷丢到湖里去养鱼。鄱阳湖里的鱼只要有我们在就不会疯。鱼疯了是啥样？直接往岸上跳。我在太阴岛待了这么久，就没看见这样的鱼。

　　做完运动，我们准备去吃早饭。

　　今天说两件事。侯三又说。

　　侯三，能不能少惹点事。二百五在惹事。

　　别闹，有大事要发生。我看见侯三身后一个人很眼熟，有点像牛头，便拉住二百五。

　　二百五不闹了。侯三接着说，一是给大家介绍一个新朋友，牛局长。牛局长可是个大人物，犯了点事，疯了。你们不能欺负他哟。

　　我心里很震撼，这个牛头，我到哪你就跟到哪，阴魂不散呀？

　　这时牛头从侯三背后走出来，一边走一边向大家挥手，哈哈，同志们好！

　　同志们好，嘻嘻。鼻涕罐接上。

　　我心里充满着恐惧，头开始发昏，躲在二百五身后不敢露面。二百五像一座山，躲在他身后很安全。

还有一件事，前两天晚上厨房进贼了，偷了一瓶酒两盘菜，查出来我让他饿三天不吃饭。侯三又说。

别查了，我偷的。二百五挥动着拳头说。

是你呀？算了，下不为例。侯三有点怕二百五。只要二百五不惹事，侯三就谢天谢地，哪还敢饿二百五。

啥下不为例？老子想偷就偷！二百五还牛上了。

那不是偷，是抢。侯三有些无奈。

抢又咋样？二百五说。

抢也不能咋样。侯三彻底让步了。

散了之后，我躲进了病房。我怕看牛头阴森森的目光。疯人院只有男、女两间大病房，躲过了初一，躲不过十五，我急得在病房里团团转。

欢喜哥哥，咋不吃饭？二百五端着一碗粥，拿了两个馒头，送到病房。

我怕牛头阴森森的目光。我对二百五实话实说。

啥阴森森的目光，我咋没看到？二百五大声嚷嚷。

就是他黑眼珠子发出来的光。我说。

那把眼珠子挖出来不就没事了。二百五伸出中指和食指，比画了一个挖的动作。

挖出来不是更可怕吗？我又说。

那咋办？二百五再也想不出更好的办法。

二百五疯不是真疯，傻是真傻。在二百五的傻里面只有好坏，没有对错，或者说只有亲疏，没有是非。我就是他心里的好人，或者说亲人，我说错的也是对的。当初我给他取二百五的名字，心里其实在骂他傻，他却不这么认为。他只问了一句，我姓啥？我说，姓二，名百五。他立即拍手叫好，好呀，姓二好。我哥不要我，我认你做哥，欢喜哥哥，你就是我的亲哥哥！我听后也傻眼了，他认我做亲哥哥，我不也姓二吗？这是搬起石头砸自己的脚。我问二百五，你哥为啥不要你？二百五便给我讲了一个故事。

二百五上过前线，脑袋让炮弹震傻了。转业后，跟在家种田的哥哥生活，伤残补助也是哥去领。哥一家四张嘴，靠两亩水田糊口，农闲时再出去打些零工，日子过得很艰难，没能力为傻弟弟成家，再说谁愿意把女儿嫁给一个傻子？二百五虽说傻，却喜欢打抱不平，惹了祸哥就去擦屁股。嫂嫂养的鸡下了蛋，侄子侄女别想吃，都让哥拿去赔不是了。二百五自己也经常被打得头破血流。嫂嫂埋怨，人家傻得安分，不像你弟弟，总不忘记摆当兵的派头，啥当兵的荣誉呀？开始嫂子是背着二百五数落，次数多了，也顾不了那么多，当着二百五的面骂他哥，你弟弟被炮弹震傻了，你的脑子也让狗吃了。

泼妇，敢骂我哥，我揍你。二百五亲疏分明，哥就哥，嫂子就是嫂子，哥亲，嫂子没法亲。二百五手指摇上了嫂子的头。

你打，你打。嫂子心里憋着火，正想找地方发泄，号叫着把干瘪的身子往二百五身上贴，吓得二百五心惊肉跳。嫂子知道二百五不敢打她，胆子更大了，直接跟二百五的哥提条件，要么你让他打死俺，要么咱们离婚。

就没有第三条路？哥说。

没有。嫂子也说。

哥，你要泼妇，还是要弟弟？二百五也火上浇油。

哥一句话也不说。不说话不是没话，而是心里藏着狠话。晚上，哥钻进二百五的"猪窝"，对二百五流眼泪，把二百五剩下的生活补助给了他。

二百五说，给钱干啥？

哥说，我可以没有你，但不能没有你嫂子。

二百五说，嫂子算啥？你就一个弟弟。

哥说，你是我弟弟，也是公家的人，你找公家去吧！

二百五说，你不要弟弟了？

哥说，算是吧。

二百五第二天就从水源村消失了。不久，二百五便成了民政局局长的一块心病。民政局局长采取了县里的通行做法，重要时期把二百五哄到太阴岛上。没想到二百五喜欢上了太阴岛，每年三月，便主动到民政局报到，不送他去太阴岛都不行。

同志们，开会了，一个个懒洋洋的样子，还想不想待了？牛头正襟危坐在他的床铺上，把铺板拍得嘎嘎作响。

呀嘿，开会还开上瘾了？二百五把牛头从床铺上抓举起来，狠狠地摔在地上，又用脚踩在他身上说，叫爷爷。

爷，爷爷，好爷爷。牛头哪怕是疯了，见风使舵的本事也比常人强。

看电视去。二百五命令牛头。

哪有电视？牛头目光茫然地看着二百五。

你傻呀？就是趴在尿桶上看自己。乌龟壳笑。

我去，我去。牛头屁颠屁颠地趴在尿桶上说，看是好看，就是有点暗，味道也有点重。

嫌味道重就别看了。二百五说。

我看，我看。牛头诚惶诚恐。

味道是有点重，那就把电视机关了。二百五捏着鼻子说。

开关在哪？牛头用手摸尿桶四周，在找开关。

又傻呀？那是让你把尿桶扛出去倒了。乌龟壳又笑。

牛头比尿桶高不了多少，提尿桶很吃力，出门的时候，尿桶底碰到门槛，人与尿桶一起滚了出去。这时门里传出一阵狂笑。

欢喜哥哥，还怕吗？二百五问我。

他的目光好像没以前阴森了，他阴森的目光去哪儿了？我自言自语。

掉尿桶里了。憨头说。

又是一阵狂笑。

五

　　我见牛头有一种恐惧感不仅仅因为阴森的目光，还因为我认定他出事跟我有关，他是追到疯人院找我算账？也不对呀，这也用不着他亲自来，更用不着以疯子的身份来卧底。他亲自来能咋样？没搞定我，倒让二百五搞定了。我心里的疑虑在偷听到侯三一番话之后，全部打消了。木箱里的香烟纸没害到他，暴眼男人拿去的香烟纸也没害到他，他是让自己给害的。

　　侯三把牛头的事当笑话讲。一个老板家被贼偷了，贼没偷到钱，却偷到了一个账本。贼看了账本笑起来，这老板比贼还精。说到这，侯三感叹，老板精是精，还没有贼精。贼按照账本去收钱，收到牛头这。牛头说，凭啥？贼说，凭你收了老板的钱。牛头说，收了钱就要给你呀？贼说，不给我难道还打算给纪委？牛头笑，给纪委也不给你。说到这，侯三又感叹，贼精是精，还没有牛头精。牛头心里冷笑，想诈我？没门！我早交了一笔钱给廉政账户，以不变应万变。牛头对贼说，你去纪委告呀。贼心虚了，这牛头咋有恃无恐呢？但仍贼心不死，用匿名把牛头捅到了纪委。纪委找到牛头，牛头说，收了，都在廉政账户呢。纪委的人问，什么时候收了多少？牛头记得那老板某月某日送的是五万，毫不犹豫就回答了。纪委的人又问，及时交到了廉政账户？牛头说，及时交了呀。纪委的人说，时间不对，金额也不对。牛头说，咋不对？纪委的人说，某月某日你没交钱到廉政账户，你在廉政账户上交了两笔，但没有一笔是五万。说到这，侯三再次感叹，牛头精是精，还没有纪委的人精。牛头彻底心虚了，咋就不对呢？纪委的人把牛头带走了。牛头出了一个漏洞，跟着就是漏洞百出。纪委的人说，你还编！牛头说，不编，我全说。牛头说完了，就再也出不来了。牛头出不来，心里就想一件事，咋没想到纪委不是算总账，而是一笔一笔地算？牛头把脑袋想破了，人就疯了。牛头疯了，脑子里不是记得纪委，而是记得贼，咋就没听贼的话呢？

侯三是讲笑话的天才，把我逗得情不自禁笑起来。

我和几个兄弟是唯一不用打针的疯子，药也给得极少。没病谁愿意吃药？就是拿药去养鱼那也是心血来潮，鱼疯不疯关我屁事。问题出在送我们来的人打针吃药的钱照付了，二百五又在找到事。

侯三，出来。二百五在院长办公室门外喊。

侯三出来了。

把我们打针吃药的钱换酒菜来。二百五说。

好说，好说。侯三摸透了二百五的脾气，能不正面冲突就不正面冲突。

二百五也就是没事找事。其实侯三不拿酒，二百五也会去偷。没发现叫偷，发现了就抢。侯三也不想逆来顺受。有一次他就发狠了，带着医生护士埋伏在院长办公室，二百五刚进门，他们便一拥而上，想先把二百五捆起来，打一针镇静剂，再好好治他。没想到二百五就一个哆嗦，他们都仰倒在地上。

知道老子是干啥的？二百五哈哈大笑，特种兵，再来几个也得给老子趴下！

自从那次之后，侯三就有意识留一些劣质酒在办公室让二百五偷，真要逼得他抢，谁都不好过。只要二百五偷到酒，太阴岛就能太平。

我们喝酒也不是为酒，而是为了酒话。

憨头是个闷葫芦，喝了酒之后便不是闷葫芦。

酒到了你的闷葫芦里咋就变成了那么多话呢？我问憨头。

俺咋知道？憨头笑。

平时不说话，憋得难受吗？我问。

那有啥难受？憨头喝酒以后问一句能答一句，没喝酒问十句都难答一句。

憨头干了一辈子养路工，年年是劳模。就在憨头荣誉证书越积越厚的同时，他的名字却消失在养路队的档案室里，由一名正式工变成了临时工。他的身份让人换了。我给他取名为憨头，就是因为他的身份让人换了，他居然不知道，或者说屁都憨不出一个。沙石路改造成了柏油路，养路队要裁员，憨头成了第一个回家的对象。憨头终于憨出一句话，俺是劳模。新来的领导说，劳模是你的工作表现，临时工是你的身份。憨头又憨出一句话，都干了一辈子，还是临时？新领导说，没转正下辈子还是临时。憨头回家了，在家抽闷烟，把家里三间破瓦房点着了，儿子离家出走了，老婆回了娘家。憨头不会说话不等于肚子里没话，这些话憨在一起，憨出了一个理，临时绝对没有一辈子长。憨头挑着两蛇皮袋荣誉证书去上面找领导。上面的领导说，你的临时是有点长，但还得辞退。憨头再憨出一句话，临时工也能当劳模？领导笑，临时工可以当劳模。临走的时候，领导对憨头说，别用蛇皮袋装荣誉证书。憨头怔怔地看着领导。领导又说，这东西太扎眼。憨头没有听懂领导的话，继续挑着蛇皮袋过街。上面的领导给县里打电话，你们还要不要脸？县里领导说，这脸也没办法要呀？上面的领导说，你没办法，有人有办法。县领导吓出了一身冷汗，最后打听到太阴岛上有这么一个好去处，才把脸藏到这里来了。

我先是认为我们兄弟是酒亲。憨头平时不说话，见了酒才有热切的眼神。鼻涕罐傻呵呵的，见了酒舌头伸得比狗舌头还长。二百五不必说，乌龟壳见了酒总是第一个抢过去说，俺尝尝。他一尝便去了半瓶。二百五骂，还没有尝出味道？乌龟壳嘿嘿地笑，喝得急，俺再尝尝。二百五又骂，嘿个屁，再尝都要喝西北风。他们都如此热衷于喝酒，不是酒亲还有啥亲？后来又想，这不是酒亲。有酒才有话，还是话亲。

乌龟壳的话匣子就是酒打开的。乌龟壳喝酒后说，我是最没用的男人。

你咋成了最没用的男人？憨头喝酒后也抢话说。

老婆跟别人睡觉，我还得看门。乌龟壳又说。

咋还要看门？二百五讥笑。

她不要脸，我还要脸。乌龟壳叹气。

你要到脸吗？我问。

没有。乌龟壳回。

乌龟壳的老婆长得有几分姿色，与隔壁的张大嘴私通。张大嘴不仅嘴大，而且牛高马大，拳头像铁锤，弟弟干公安，红道黑道都有市场。乌龟壳虽然身材瘦小，人却灵活，还学过几天拳脚。乌龟壳知道老婆与张大嘴私通，但不敢捅破窗户纸。不敢捅破不是怕张大嘴的拳头，也不是怕张大嘴的弟弟干公安，而是丢不起这人。乌龟壳每次回家，只要见房门反锁，就知道是张大嘴来了，他便站在门外抽闷烟，直到老婆收拾妥当出来，他才走开。乌龟壳怕事便有事。一次，老婆身上来了脏东西，乌龟壳认为张大嘴不会来，就没有站在门外抽烟，直接推门进去了。张大嘴觉得乌龟壳不敢声张，胆子也变大了，房门都懒得锁。乌龟壳一进房门便傻眼了，张大嘴趴在老婆身上，老婆躺在鲜血上。看到这一幕也没啥，乌龟壳一只脚已经退到门外。就在这时候，张大嘴转头瞪着乌龟壳，还骂他，绿乌龟，没见过呀？乌龟壳没忍住，也骂，见你妈！又一个空中飞腿，皮鞋狠狠踢在张大嘴的下身。乌龟壳踢完仍不敢声张，一溜烟跑了。他在外面躲到天黑，刚进门，一副手铐铐在他手上。张大嘴的弟弟在他家等候多时。

你哥搞俺老婆，咋铐俺？乌龟壳觉得冤。

张大嘴搞你老婆俺不管，你犯法俺就得管。张大嘴弟弟说。

这是啥法，你张家的法？乌龟壳没想明白。

你知道那一脚的后果吗？张大嘴弟弟问。

啥后果？乌龟壳也问。

张大嘴下面废了，卵囊坏死。张大嘴弟弟说。

活该！乌龟壳磔磔怪笑。

乌龟壳坐牢了，老婆也没有再跟张大嘴来往。老婆去看乌龟壳，就知道哭。乌龟壳说，哭啥，不是正中下怀？老婆说，中啥下怀？恨不得踢的是俺。乌龟壳说，到现在还护着他？老婆说，俺不是护着他，是想护着你。乌龟壳说，咋是护着俺？老婆说，你踢了俺，俺还能要你坐牢？又说，踢了俺是活该。乌龟壳没见老婆时，恨老婆恨得咬牙切齿。现在见到老婆，对老婆恨不起来，又恨起了张大嘴的弟弟。老婆被人睡了，面子丢了，还得坐牢，这都是让张家的法律给害的。乌龟壳出来后便到处申诉，告张大嘴的弟弟。

乌龟壳，想想张大嘴你不冤。二百五说。

咋不冤？乌龟壳沉着脸。

要不把你踢废了，我去坐牢？二百五哈哈大笑。

我们都哈哈大笑。

我们躺在草地上，沐浴着温暖的阳光，浑身说不出的舒坦。我想，天堂也不过如此！

六

闷死了，钓鱼不？二百五突然从草地上爬起来，喊碎了我的好梦。

梦里我变成了雀儿，雀儿变成了我。我天天种责任田，操持家务。雀儿疯了，天天往外面跑。我对雀儿流眼泪，问雀儿，能不能不往外面跑，有啥想不开？雀儿诡异地笑，正要说话，被二百五吵醒了。

你能不能不一惊一乍？我骂二百五。

对不起，哥，钓鱼去。二百五说。

钓鱼就钓鱼。我说。

钓鱼是我的绝活，我学的水产技术现在只剩下钓鱼了。竹竿鼻涕罐随身带着，鱼钩和丝线在我口袋装着。憨头和乌龟壳听说钓鱼，便自觉在草地上找蚯蚓，见有蚯蚓拉的屎，就用手指往泥土里抠，一抠就是一条。这时，我也找好了下钩的地方。第一次鱼钩下水，我就让鼻涕罐把我的眼睛蒙住。

蒙眼睛干啥？二百五好奇。

这叫盲钓。我说。

啥盲钓？这是钓瞎眼睛鱼。憨头说。

我不说话。不到一根烟的工夫，一条条鱼便在草丛里跳跃了。

鱼眼睛真瞎了。憨头又说。

要不你试试。我笑。

试试就试试。憨头说。

憨头把蚯蚓试完了，一条鱼都没钓上来。

你去挖蚯蚓，我也试试。乌龟壳说。

乌龟壳也一条鱼没钓上来。二百五也说试试，试完了蚯蚓说，还是哥来，鱼就喜欢哥。

不是鱼喜欢哥，是哥知鱼性。我又笑。

今天我没有盲钓，运气也特别好，一条青鱼咬钩了，看水里的漩涡，还有鱼竿上的冲击力，这鱼有十多斤重，我有点紧张。我紧张不是怕钓不上来，而是怕竹竿承受不了。我绷紧鱼竿，让鱼在我控制的范围游动，我累了，鱼也累了，这才缓缓地把鱼拖上了草地。鱼刚拖上草地，二百五扑了上去，把青鱼压在身子底下，憨头和乌龟壳又扑在二百五身上，鼻涕罐也嘻嘻哈哈扑到乌龟壳身上。

我们笑累了，与青鱼一起躺在草地上。夕阳也累了，沉入了湖底。

我去偷锅碗瓢盆。二百五一溜烟不见了。一会儿工夫，二百五回来，抓了牛头做小工。牛头头顶着一口大锅，背上背了一个大包裹，一身皱巴巴的浅色名牌西装上沾满了锅灰。

谁让你把他带来的？我瞪了二百五一眼。

他像跟屁虫一样跟着，我就把锅扣在他头上。二百五嘿嘿地笑。

跟屁虫，我是跟屁虫。牛头向我谄媚。这个牛头，天生就是个贱骨头。

跟屁虫，捡柴去。憨头、乌龟壳去搬三块大石头把锅架起来。二百五像在指挥一场战斗。

湖水煮湖鱼最是鲜美。我们吃着鱼，喝着二百五偷来的酒。

滚。牛头用乌黑的手抓锅里的鱼，惹怒了二百五，二百五手臂横扫过去，牛头顿时四脚朝天。

吃饱了，喝足了，我们又躺在草地上看星星，看月亮。

二百五把剩下的鱼头、鱼刺浇到草地上，又在碗里撒了半碗尿。二百五的尿飘着酒香。牛头啃草地上的鱼头鱼刺，喝飘着酒香的尿，一样津津有味。

躺在草地上的憨头和乌龟壳，头靠着头在嘀咕，嘀咕完了对我说，欢喜哥哥，划船到湖上去玩不？

船是侯三的命根子。我说，再说也没钥匙。

没钥匙我去偷呀。二百五又凑热闹。

二百五没等我答应就跑了。太阴岛疯人院的自由都系于这把钥匙。平时二百五偷酒偷菜，侯三睁一只眼，闭一只眼，偷是明偷。真要偷侯三的命根子，砸疯人院的牌子，侯三就没有那么好对付。这回二百五不敢明偷。暗偷也没啥，二百五特种兵出身，偷一把钥匙还是能做到神不知鬼不觉。

我们划着小船，摇动一轮明月，荡开含着月光的波纹，在湖上自由自在地畅游，湖上的一切都睡着了，唯独我们醒着……

欢喜哥哥，放俺走吧。一直沉默不语的憨头对我说。

为啥要走，在这不快乐吗？我问。

不是不快乐，俺得找回俺的身份。憨头说。

也放俺走吧。乌龟壳也说。

你要找啥？我又问。

俺想找回俺老婆。乌龟壳说。

你想害哥呀？二百五骂。

没啥，害就害吧！我望着天上的月亮，心里跟月光一样忧伤，别的也帮不了你们，走吧。

船靠到对岸，我送走两个黑黢黢的背影，脑袋又渐渐变得昏昏沉沉。我想，得尽快离开这昏昏沉沉的岸，回到岛上去。

船回到了太阴岛，我心里一直忐忑不安，总觉得有事要发生。可是，一连几日，岛上出奇地平静，啥事都没有。

一个星期后的晚上，侯三突然请我们喝酒。喝酒就喝酒，怕啥！这晚我们都喝醉了。醉了之后，医生尤为热情，又是打针，又是吃药。我问医生，这是醒酒的药吗？医生说，这是让你们镇静的药。药还真灵，晚上我做了很长很长的梦，梦里我成了牛头，说话也吐白沫子，肚子里的话像泉水一样往上涌，总也讲不完。这药不但灵，性还烈，开始是晚上做梦，后来白日也做梦。二百五跟我差不多，我醒了他在做梦，我在做梦或许他也曾醒过。二百五睡的样子特别丑，舌头露在外面，还说梦话，流口水。他的梦话只有自己能听懂。唯独鼻涕罐没啥变化，鼻涕快掉下来时，习惯性用手一擦，鼻涕在脸上画出一条弧线。

一天醒来，黄小毛来了。

满月了。我问。

还没满月。黄小毛说。

那你来干啥？我笑。

你的事弄清了，该去上班了。黄小毛说。

我疯了，不回去。我说。

啥疯了？还装！黄小毛说。

要装也是你让我装。我说。

该装时装，滚蛋。黄小毛很不耐烦。

这儿挺好，不回去。我说。

真不回去？自己掏钱！黄小毛转头就走。

去还不行吗！我跳了起来。

我起来得急，头昏昏沉沉，急匆匆跟在黄小毛身后。

太阴岛渐渐变成了一粒尘埃钻进草丛里。

· 乡土卷 ·

　　酒桌上很多人不懂，都一脸茫
然，唯独老书记若有所思，许多往事
在脑子里一幕一幕地走出来。万波来
的第二年春天，村里很多人得了传染
病。他听医生的建议，在全大队大搞
爱国卫生运动，买了不少石灰让社员
撒在村前屋后，消毒杀菌。

与 民 同 乐

　　一年的事忙完了，准确地说是一届的事都忙完了，明年开春就要换届。乡长老刘还有最后一个日程安排，就是到一处寻常百姓家里去过年，与民同乐。这是老刘躺在床上想了半宿才想出来的一个创意。

　　按照机关惯例，还有三天就要放年假。这三天是不是还能做一件惊世骇俗的事？如果能，不是又可以在本届政绩上添一道亮丽的色彩么！老刘心里首先是想，肯定能。他总是在别人认为不可能的情况下，让脑子多转几个圈，然后就能了。不但是能了，而且做出几年工作都换不来的效果。这种效果就像写文章，有一个意想不到的结尾。老刘是这么想的，三天中有一个小年，过年都是与家里人团圆，我便不与家里人团圆，而是与老百姓团圆，等于是把老百姓当家里人，这要是宣传出去，是一个什么样的效果？只有想不到，没有做不到。

　　腊月二十四，乡下过小年，也是传说中灶王爷上天向玉皇大帝汇报的日子。灶王爷是玉皇大帝的耳报神，民间的喜怒哀乐，玉皇大帝能知道，那都是灶王爷报告的。老刘想，你灶王爷不是午夜去天上汇报吗？正好把我与老百姓在一起过年的事也汇报了。恐怕玉皇大帝也未必能想到我老刘在寻常百姓家里过年。就是要你想不到，想不到才会觉得我老刘非同小可。

　　老刘不仅是想到自己要在老百姓家里过年，他还把与贫苦百姓在一起过年的想法提到会议上去研究,让每一位副乡长自选一户可怜的人家,带米带菜上门,与民同乐。这样就不是一位灶王爷向玉皇大帝汇报今年过年来了乡长,而是十位灶王爷都向玉皇大帝汇报,我们家里也来了乡长。玉皇大帝肯定笑呵呵地说,老刘这个人很不错,德才兼备。

政府办公室为老刘选了在苦竹村醉三斤家里过年。醉三斤人勤快,田地耕作得也不错,就是不知道什么时候好上了一口,缸里没米他不急,罐里没盐他不急,瓶里没酒他急。急了他屁股就坐不住,像狗转窝,拿米去换酒,拿盐去换酒,家里有什么就拿什么去换酒。醉三斤一斤清醒两斤醉,再来一斤照样吃,所以得了一个醉三斤的绰号,真名反而没人记得。为了酒,老婆跟人跑了,两个儿子退学。

醉三斤大年都没着落,小年更是没想过。村里的王支书通知他,刘乡长去他家过小年。

醉三斤抓抓头皮,很是尴尬,乡长来过年好是好,就是不知道乡长喜欢吃啥。

醉三斤抓头皮是装,尴尬也是装,装的目的就是想说,我家啥都没有,就是做饭的女人也得你请来。

王支书是人精,哪不知道醉三斤心里想啥,冷笑说,乡长喜欢吃山珍海味,你有吗?

醉三斤摇摇头,转身就跑,边跑边说,还是让乡长去你家,我又不想当官。

王支书抓住醉三斤的后衣领骂道,乡长去你家过年,是前世修来的福气。我也想,他会去吗!

醉三斤脱掉外衣又跑,我把福气送给你,换两瓶酒,好不?

王支书知道追不上,干脆站在原地笑,别跑了,我知道你想啥。

醉三斤停下来,我想啥?

王支书说,酒菜我准备好。

醉三斤说,那是应该的。

王支书又说，我还请了三九家的寡妇小玉帮你做年夜饭。

醉三斤嘿嘿傻笑，你早说呀！

王支书骂道，狗头上没有四两肉，不是没来得及说吗。

醉三斤眼睛眯成了一条缝，知道我狗肉不上枰还卖关子？

又说，有酒有菜，我就能陪好你的县长。

小玉人长得好看，那是在苦竹村人眼里，菜做得好吃，也是在苦竹村人口里。至于能不能打动乡长，那还真难说。要不说王支书是人精。他是这么想，乡长到平民百姓家过年吃苦菜都得说苦菜香，当然真要让乡长吃苦菜，他肯定得吃，但吃苦菜之后，他就算不计较，你小日子也不好过。乡长馆子里进，酒店里出，啥没吃过？让乡长吃地地道道的农家菜，换换口味，说不定能收到意外的效果。小玉长得好不好看倒在其次，只要不影响食欲就行。如果因为换口味让乡长有更多的遐想，那更是意外之喜。借醉三斤家过年是其次的其次。按常理，醉三斤听说有酒喝比兔子跑得还快，但这次不仅仅是喝酒，是乡长来过年，喝酒便不是喝酒，而是帮忙。既然是帮忙，醉三斤就会趁机要好处，如明年的救济是不是可以长长，危房改造指标是不是也给一个。王支书不想醉三斤趁火打劫，就想起了小玉。醉三斤自从老婆跑了之后，破罐子破摔，谁劝都不听，唯独小玉的劝能听。小玉人好命苦，丈夫病死了，留下一双儿女，也没打算改嫁，穷日子苦过，见谁都笑，见谁都帮，在苦竹村人心里是贞女烈妇般的存在。小玉劝醉三斤，三斤哥哥，少喝两口，酒多伤身。又劝，儿女是自己身上的肉，为了儿女也不要喝了。小玉的话在别人看来再正常不过，但醉三斤却不这么想，他与小玉一个丧偶，一个独身，这不是关心，是有意。一个有情，一个有意。醉三斤很想说，小玉妹妹，哥哥听你的，不吃酒，和你一起过日子。甚至想只要把水嫩嫩的小玉抱在怀里，这事就成了。醉三斤想得多，却不敢去说或者去做。过了些日子，没听到小玉劝，也不见小玉有进一步的动作，醉三斤的想法又淡了，酒又喝上了。这时醉三斤喝酒不仅仅是酒瘾发作，还隐隐约约有一种期待，小玉妹妹，你来劝我呀，只要你来劝我，我就要了你。醉三斤的心事苦竹村人都知道，王支书自然也知道。王支书请小玉做年夜饭，醉三斤果然没有提任何条件。

王支书低声对醉三斤说，选中你家，是看中了你的酒量。你要陪乡长喝好酒。

醉三斤心里想，你乡长喝不喝好关我什么事，有小玉做年夜饭，我一家就团圆了。但口里还得说，拼了一倒，也得把你的乡长陪好。

醉三斤想起做年夜饭，便觉得自己已经坐在灶门口，柴火一闪一闪照在自己的脸上和身上。小玉脱去了外套，紧身的红羊毛衫把两只大奶子包住，蓝花的围裙把腰束住，该大的地方大，该细的地方细。这还不是主要的，主要是小玉在忙碌，两只奶子跟着不断地晃动，把他的心都晃醉了。这时醉三斤不但敢说，还敢做。他悄悄地来到小玉背后，把小玉两只奶子托住说，累了吗？累了就歇会儿。小玉扭动身子说，干啥呀？烧火去。醉三斤捏了一下奶子说，不干啥，就是怕它掉下来。小玉咯咯地笑，馋猫，还让不让乡长吃年夜饭了？醉三斤说，我吃你，让乡长吃西北风去。醉三斤满脑子都是小玉，哪还想到跟王支书提条件。醉三斤就想，乡长来过年真好！

老刘从醉了的夕阳里走来，往苦竹村后的炊烟里走去。山里人没见过乡长，把年夜饭都丢在灶台上，挤进窄小的村道，无意中组成了一支夹道欢迎的队伍。老刘没想到会有这么多人来迎接他，笑呵呵带头鼓起掌来。山里人看见老刘鼓掌，虽然不知道乡长是啥意思，但也知道这不是坏事，也跟着鼓掌，掌声比过年放的爆竹还热闹。电视台的记者赶紧抢下了这难得一见的镜头。这一刻，老刘坚信他的决策无比正确。

到了醉三斤的家门口，老刘握住醉三斤的手问，欢迎我到你家过年吗？醉三斤虽然想，这不是脱裤子放屁吗？但还是笑着说，看您说的，好像我醉三斤穷在深山无人问似的。醉三斤说话有点不按常理出牌，让老刘脑子一时转不过弯，应该是穷在闹市无人问，咋改成了深山？又想，深山还真是改得好，这是说穷在深山有人问。老刘心花怒放说，你很会说话，我老刘今天就是来跟你结亲。这回轮到醉三斤脑子短路，乡长与我结啥亲？醉三斤脑子短路也就是刹那间的事，很快又说，我知道了。老刘问，知道啥？醉三斤说，酒亲。老刘愕然了一会儿也适应了醉三斤的思维方式，大笑，酒亲，哈哈，酒亲！等会儿你出菜，我出酒，一醉方休。

王支书在醉三斤的瓦房里换上了两百瓦的大灯泡，摆上了一个大圆桌。老刘拉着醉三斤一同坐在上位，乡里村里的领导在两边陪着。屋里屋外里三层外三层，看过年的比过年的多出好几倍。看他们的笑脸，也快乐好几倍。

醉三斤从西边房里拿出两瓶酒，问老刘，我是孬酒，乡长喝不？

老刘说，不是说好了，你出菜，我出酒？

醉三斤说，那就喝乡长的好酒。

老刘今天完全被乡下人的纯朴感染了，端不出架子。他看出了醉三斤的尴尬。醉三斤说自己的酒孬，乡长的酒好，言下之意是说乡长看不起他醉三斤，这便不是酒的好坏，而是人品的好坏。老刘说，世上只有孬人，没有孬酒，先喝你的，再喝我的。

醉三斤哈哈大笑，先喝我的，再喝你的。

醉三斤高兴起来就得意忘形，早把王支书教他的话全忘了。王支书教他不要乱说话，就是喝酒，酒喝错了还能吐出来，话说错了能收回来？醉三斤是性情中人，与老刘说话也对路，总觉得乡长来过年，自己啥都不出，心里过意不去，换作平时，他还真舍不得那两瓶酒。王支书在旁边暗暗骂醉三斤，猪脑子，谁让你拿酒？你这是糟蹋我的台词，演砸了看我怎么揍你。又想，我没教他台词呀！就是因为怕他记不住，才不敢教他台词。王支书用斜眼瞪醉三斤，醉三斤根本就不看王支书的眼神。戏既然开场了，就没有导演什么事儿。但没过多久，王支书便知道，自己的担心是多余的。醉三斤与老刘说的是酒话，对的是酒路。

醉三斤说，我把乡长的话改改。

老刘说，咋改？

醉三斤说，世上只有孬酒，没有孬人。

老刘说，你说得也对，只要没孬人，孬酒算什么。

话越说越不像话，王支书使眼色都没用，只好抢到前台来说，三斤，我们可是说好了，你出菜我出酒。

醉三斤愣愣地问，你啥时候说过？

老刘瞪王支书，我到三斤家过年，凭啥你出酒，你是要我老刘白吃白喝？

王支书再也无力回天。

醉三斤转开酒瓶，给每人倒上一大杯，两瓶酒一巡就见底了。

王支书放了一挂爆竹，请示老刘，开始吗？

老刘笑着问醉三斤，开始吗？

醉三斤站起来说，开始，祝您步步高升！便把一杯酒一口干了。老刘先是一愣，哪有这么吃酒的？又一想，话倒是一句吉言！说者无心，听者有意。老刘也干了。老刘也不是徒有虚名，而是出了名的三个一八，一米八的身高，一百八的体重，一斤八的酒量。

老刘干了，一桌人都争先恐后地干。

醉三斤刚才是脑子发热，一口干了。现在看看大家杯中空了，又后悔起来，没酒了。老刘虽说出酒，也没见酒呀？

老刘还真不相信醉三斤敢给他这么一杯苦酒，心里有气，但看到醉三斤傻站着，又想笑。他对醉三斤说，说好了现在喝我的。老刘怕醉三斤又拿出两瓶酒来，他当场就得吐。

秘书小卫从车上搬来了一箱茅台。

看热闹的人听说是茅台，一瓶酒能换一头牛，似信非信。

人说，打死我也不信。

人说，用一头牛去换一瓶酒，败家子才会这么做。

人说，不知道喝下一头牛是啥味道？

人说，让乡长给你尝尝。

人说，乡长，他想喝下一头牛。

老刘见一屋的人都在关注茅台酒，也来了兴致，大声说，想喝就喝，谁能一口气喝一瓶，我送他一头牛。

老刘是豪爽之人，酒兴上来了还真能说到做到，可惜苦竹村没人敢站出来。

老刘问，有吗？

醉三斤说，我算不算？

王支书再也忍不住，骂醉三斤，你的皮咋比牛皮还厚呢？

苦竹村的人原本也是把老刘的话当酒话，见王支书骂醉三斤，谁还会厚着脸皮站出来，但心里都对王支书不满。

人又说，乡长也不要拿一瓶酒吓人，不就尝尝吗！

老刘送牛是真心，让王支书一骂，变成了假意，心里也不满，拿眼睛瞪王支书，但想想王支书也没错到哪去，又笑起来，尝尝就尝尝。

老刘让小卫给想尝尝的人都倒了一杯酒，他站起来祝酒，祝老乡日子越过越红火！

苦竹村人心里的不满顿时烟消云散，也大声祝福，祝乡长步步高升！

老刘没有想到老百姓心里的愿望这么一致，一高兴，又干了一杯。

第三杯酒，村里的领导争着敬老刘。老刘脸一沉，敬我干啥？要敬就敬老乡。一来二去，看热闹的人跑得没剩几个，这酒果然比牛还要烈。一桌的人除了老刘和醉三斤像没事人一样，其他的人都喝得有些高。

王支书装着上茅厕，走到醉三斤身边，用胳膊碰了碰醉三斤，又给醉三斤丢了一个醉眼，意思是让醉三斤敬老刘的酒。开始醉三斤没弄明白，顺着王支书背影消失的地方看，他看到小玉靠在后门框上朝这边笑，顿时心领神会。小玉的围裙还没有解下来，胸脯高耸。醉三斤想，这时小玉最想看到啥？当然是想看自己把老刘干倒，在座的人谁敢干倒乡长？他敢。干倒了乡长，不就干倒了小玉。

醉三斤说，老刘，划拳不？

醉三斤不知道什么时候改口叫老刘了。

老刘说，来呀，谁怕谁！

醉三斤说，一心敬呀。

老刘说，哥俩好呀。

醉三斤偷偷看了一眼小玉说，七个巧呀。

老刘说，你输了，喝一杯。

醉三斤一心两用，伸错了指头，输了一杯。

醉三斤喝了一杯说，再来，六大顺呀。

老刘想自己文治武功，总算是六六大顺，脱口说，十全功呀。

老刘也一心两用，伸错了指头。醉三斤哈哈大笑，你输了，喝一杯。

两人各怀心思，互有输赢。醉三斤由两斤醉转向醉照吃。老刘平了一斤八，也不行了。小卫悄悄地把空瓶装上井水，站到老刘身边，专门为老刘倒酒。看热闹的只顾看热闹，不看热闹的发现小卫作弊也不敢说出来，划拳仍在继续。醉三斤又输了一杯，酒杯空了，瞪着小卫说，小卫，倒酒呀。小卫没有理他。醉三斤对老刘说，老刘，你的秘书不咋样，像树桩。老刘自然知道醉三斤是为啥，瞪着小卫说，给三斤倒酒。小卫心里不情愿，但还是给醉三斤倒了一杯。醉三斤再输时吃下这杯酒，把酒杯摔了。酒杯清脆的碎裂声把一屋迷迷糊糊的人全惊醒了。

醉三斤骂老刘，你不是个东西！

王支书反应最快，把醉三斤拖到灶屋，骂道，你是东西？你是个啥东西？

老刘让酒烧得没搞清楚头脑，摇摇晃晃走过来问，什么东西，三斤你醉了？

醉三斤用手指着老刘的鼻子说，你跟老子划拳喝的是水。

老刘转身问王支书，我喝的是水吗？

王支书说，乡长咋会喝水！

醉三斤骂道，装啥糊涂，树桩你说是不是水。

醉三斤开始骂小卫树桩，小卫心里有气，后来骂乡长不是东西，现在又要他证明乡长喝水，心里的火直往外冒。小卫把手里的酒瓶砸在醉三斤的脚下，瞪着眼珠子问，树桩骂谁？醉三斤被酒瓶的碎裂声惊醒，胆子也突然小了很多。小玉生怕醉三斤与小卫打起来，紧紧抱住醉三斤，嘴对着醉三斤的耳朵轻声骂，喝啥骚尿，喝不得就别喝。又说，乡长是谁，你不想在家过年了？醉三斤原也没想与小卫打架，又在小玉软绵绵的怀里躺着，早失去了斗志。

这时老刘肚子咕噜咕噜叫，说要方便。王支书把老刘带到茅厕里。醉三斤虽然没了斗志，嘴上仍不服输，老刘，喝水好吧？屙死你！哈哈哈……

老刘在茅厕里蹲了半天，出来是由王支书和小卫搀扶着。

老刘苦笑说，三斤，你小子喝酒是真英雄。

醉三斤本来心里还有气，见老刘认输了，气就消了，笑道，喝酒你不行。

老刘也笑，我不行，但有人行，下回到乡里我还请你喝酒。

醉三斤牛劲又上来了，只要不喝水，我扫平你乡政府。

老刘说，牛皮总有吹破的时候。

屋里的气氛又恢复到从前。

酒喝到了子时，灶王爷该上天了。醉三斤送老刘上车，老刘咬着醉三斤耳朵问，你开始拿的是啥酒？

醉三斤也咬着老刘的耳朵说，小卖部赊的，十块钱两瓶。

老刘说，你把我害苦了。

老刘浑身乏力躺在车上想，不知灶王爷咋看？

衣锦还乡过个年

　　冬日的太阳已高高地照在墨绿的湖滩上，沿湖村庄上的炊烟才懒洋洋地向湖里飘散。

　　一辆银色的小轿车急驰而来，划破了堰上村浓浓的年味。

　　眯子当老板的女儿翠竹回家过年了，这是翠竹当老板后第一次回家过年，堰上村不见翠竹有十年了。

　　眯子匆匆地从土庵跑出来，放了一挂长长的爆竹，一头白发溅了好些红红的爆竹皮。一群顽皮的小孩冒着炮火想踩灭爆竹，让眯子赶得作燕子飞。翠竹娘边用围裙擦湿漉漉的手边说，你爹一大清早就请人把过年猪杀了，中午还请了老大队书记陪你吃酒。

　　翠竹穿一身紫色呢子长裙，戴着墨镜，没有一点渔家姑娘的土气，往这沧桑的堰上村一站，像一朵出水芙蓉，只可惜荷塘显得有些衰败。后面跟着个戴高度近视眼镜的清秀后生，提着大包小包，见着老人就鞠躬。

　　养育翠竹的小渔村比十多年前还要破败，横七竖八的土坯房摇摇欲坠，好在清新的冬日阳光为渔村着上了一层清亮的底色，才不显得太黯然。翠竹心里有点甜，又有点酸。那心情有点像住惯了金窝银窝，突然看到以前的狗窝，虽然感到亲切，但也有点不是滋味。

中午，眯子在土庵里拉开了八仙桌，屁眼大的地方打不得转身。

翠竹来啦，怪不得早晨堰上紫气腾腾！浑厚的笑声与一穿着齐整的瘦老头一同钻进了土庵，声音和人不协调，人与零乱的土庵也不协调。

翠竹说，你咋也笑话俺，来，叔坐上。

眯子说，老书记上坐。

老书记说，今天破破规矩，翠竹陪俺坐上，你做老子坐下边陪，姑爷坐侧边，翠竹现在是俺沿湖村最大的老板。

大家坐下，翠竹娘已把八仙桌摆满了菜。翠竹拿起筷子就吃，边吃还边说，娘做的菜就是好吃。沿湖的规矩，客人要等主人招呼才能动筷子，客人没下筷子主人先尝视为不敬。老书记看着翠竹的吃相，显得很尴尬。眯子自然明白其中的道理，拿起筷子邀老书记，客气啥，吃呀。翠竹似乎也想起了这些规矩，含着菜在口里说，大家吃，老公，到车上拿茅台酒来。翠竹娘注意力都在女儿身上，痴痴地看着女儿狼吞虎咽，流下了几滴浑浊的泪。老书记心里不快，仍然没有动筷子。眯子又拿筷子朝老书记晃动，动筷子呀。老书记这才干笑两声，拿起了筷子。

眯子说，翠竹呀，你难得回家过年，多陪老书记喝几杯。要不是老书记把你荐到他干崽那做保姆，哪有你今天。

老书记说，都是翠竹八字好。

眯子说，翠竹八字好，还得你人好。

翠竹虽然保留了沿湖人身上的爽快性格，这些年心里也多了许多禁忌。她不想捡起陈芝麻烂谷子，便直接打断了爹的话，啥八字好人好，倒酒。

老书记心里再次掠过一丝不快，又把筷子放下了。他想起三十年前的往事。那年冬天，鄱阳湖滴水成冰，老书记的干崽万波到沿湖插队落户。那时万波还是十几岁的孩子，正赶上围湖造田，兴建巢湖万亩圩堤。巢湖上人山人海。万波跟着挑土大军，只一天时间，肩上便磨出了血泡。

万波找老书记请病假。老书记问，这哪是你们干的活，你有文化，帮我搞搞宣传吧。最难熬的冬天竟然就这样过去了，万波心里对老书记万分感激。第二年春天，老书记又找到万波说，就觉得跟你有缘，来大队做个文书吧。万波说，我也觉得老书记亲。老书记笑，咋亲？万波说，像我父亲一样亲。老书记说，你也有这感觉？那就做俺干崽吧。万波身在难中，自然是求之不得。老书记又说，干崽只能放在心里。万波说，放在心里就放在心里。放在心里好办事，没几年，老书记得到一个机会，把万波推荐上了大学。老书记送万波走的时候说，现在知道俺为啥只能把你放在心里吧？万波说，哪能不知道，放在心里才是真亲。老书记看着万波离开，心里想，俺心里亲，就是不知道你心里亲不亲。万波走了很远又折了回来。老书记问，你回来干啥？万波说，我现在能喊你一声干爹吗？老书记眼泪出来了，喊吧。这一刻，老书记才知道万波心里也亲。万波恭恭敬敬喊了一声干爹。老书记说，心里记得干爹就行，去你该去的地方吧。老书记把大队几年来唯一的一个大学推荐指标给了万波，在沿湖引起了不小风波，加上万波一走便杳无音讯，沿湖人都笑他鸡飞蛋打了。老书记笑，啥鸡飞蛋打，他本来就不是俺林里的鸟。人说，都认了干崽，咋不是你林里的鸟？老书记说，他认俺做干爹是真心，俺认他做干崽未必是真意。人又说，咋不是真意？老书记说，俺就是想帮帮他。

很多年以后，万波派人来找老书记，带来了很多礼物。当年的万波下海了，已经是董事长。万波想请个保姆照顾他爹，他说沿湖人朴实厚道。老书记听了这话就乐了，这个忙得帮。他用好酒好菜招待来人，又把眯子找来。老书记对眯子说，俺看翠竹就合适。眯子是天上掉下一个金元宝，哪有不乐意的，老书记说合适就合适。来人带走了翠竹，又是杳无音讯。老书记没事情找干崽帮忙，也懒得花那路费，彼此极少来往。

老书记退下来那年，有人劝他，你有一个有用的干崽，咋不去找他？说不定能拿份退休工资。老书记眼一瞪，俺腰挺了一辈子，临了为啥还要弯？人笑，俺看你认干崽是真心，干崽认你才是假意。老书记问，为啥？人说，这事不用你弯腰也得办了。老书记郁闷了半天，最后憋出一句话，心是啥？

酒过三巡，大家脸上都红扑扑的。老书记心里的那点不痛快也被酒冲散了，桌上的气氛又渐渐活跃起来。

老书记问，你不是在万波家做保姆吗，咋就当老板了？

翠竹在酒的刺激下，少了很多禁忌，手一挥，哈哈大笑，这得感谢万波他爹。

老书记又问，你当老板跟他爹有啥关系？

翠竹说，那老头，越老越小气，见了万波就骂，万波后来干脆躲着不见他。老头就听俺哄。

老书记说，这跟当老板还是没关系。

翠竹又说，有关系。万波对俺说，只要把他爹服侍好了，送走了，就培养俺当老板。他爹走了，俺就进了他的公司，后来又买了一个大学文凭，再后来我就单干，自己当老板了。

老书记说，原来这么简单。

翠竹说，要说复杂，与叔也有关系。

老书记说，与俺有啥关系？

翠竹说，万波还记着叔那份旧情。

眯子说，那是，翠竹呀，谁都可以忘，就是别忘了叔。

又说，你才初中毕业，咋就能当好一个老板？

翠竹说，当老板比服侍万波他爹容易多了。

眯子说，服侍万波爹难是难，再难也没有当老板难。

老书记也说，当老板咋容易？俺读了五年书，当个大队书记都觉得力不从心。

翠竹说，胆大脸皮厚，老板就当好了。

老书记问，当老板跟胆大脸皮厚有啥关系？

翠竹笑而不答。

老书记又问，这些年都是万波教你的？

翠竹笑，这有啥怀疑的。

酒桌上很多人不懂，都一脸茫然，唯独老书记若有所思，许多往事在脑子里一幕一幕地走出来。万波来的第二年春天，村里很多人得了传染病。他听医生的建议，在全大队大搞爱国卫生运动，买了不少石灰让社员撒在村前屋后，消毒杀菌。万波说，为何不组织社员用石灰水把房子也刷一刷。他想，刷就刷，也花不了两个钱！一个月下来，沿湖大队杂草除了，道路宽了，绿树掩映着洁白的村庄，进来就给人眼前一亮的感觉。万波不久就拿着一张省报给他看，头版一篇《水乡巨变》就是报道沿湖大队社会主义新农村建设。十多吨灰就换来了水乡巨变。原来万波脑子里是先有这篇报道，才有后来的石灰水刷墙。他因此成了县里的典型。在县里的领奖台上，他脸上火辣辣的，说话结巴巴的，说了一句话，也没啥变化。领导说，你就别谦虚了再谦虚就等于骄傲。老书记说，俺没谦虚。领导笑，那你是说省报吹牛？老书记心里犯怵，再也不敢接话。当了典型，接下来参观学习的络绎不绝，接待没完没了，把他弄得筋疲力尽。他赌气把这些事都推给了万波，万波正求之不得，跑上跑下，乐此不疲。他推荐万波上大学，多少也与此事有关系。如果说万波胆大脸皮厚他信，但这与做生意也没关系呀！五十岁之后，乡里要老书记把村里唯一一片良田开挖成精养鱼池，他没忍住，与乡长拍桌子，该养鱼的地方养鱼，该种稻谷的地方就得种稻谷，只听说吃饭能吃饱，没听说吃鱼能吃饱，你们是咋想的？老书记拍完桌子就回家了。后来领导说他年纪大了，让他卷铺盖回家。那时他是不愿意弯腰才没找万波。现在想，当初找了万波，他就能听进吃鱼吃不饱的话？

老书记到了这种年纪，经常是说得少，想得多，想着想着就觉得眼前的茅台酒索然无味了。

翠竹这种年纪刚好相反，是想得少，说得多，越喝越兴奋，越说越放得开。她屁股下的椅子早就成了摆设，站在那像做报告，十多年没回家，想不到沿湖还是这么穷。人说，咋没想到？不一直是这么穷吗？翠竹说，一直穷就不能变？人说，咋变？翠竹说，明年俺找县里捞个新农村指标给堰上，再弄几个项目给村里，把路修好，把村里搞得漂漂亮亮。翠竹意犹未尽，又说，爹娘年纪大了，大哥留在身边，俺找县里弄份工资给你，老二随俺到城里做事。这房子也该换了，盖栋小洋楼吧。

土庵里里外外聚集了不少看热闹听"报告"的堰上人，听说明年要搞新农村，人群里响起了一片笑声。

土庵里唯独老书记脸上没有笑容，他心里不好受，自己在沿湖干了几十年，咋觉得还不如翠竹的一番话？

翠竹低头看着冥思苦想的老书记问，叔，想啥呢？

老书记说，人老了，想啥都没用了。

翠竹用手指着老书记的鼻子咯咯地笑，叔是不是想，自己做了几十年的梦，咋还不如俺几句话值钱？

老书记原本在自责，被翠竹说到他实处，又见翠竹无所顾忌地用手指着他鼻子，他火了，你除了话值钱，还有啥值钱？

又骂，你能给你大哥发工资，能给沿湖人都发工资吗？

又骂，你能盖小洋楼，能给沿湖人都盖小洋楼吗？

老书记越骂越有气，突然站起来把八仙桌掀了个底朝天，八仙桌对面的眯子成了落汤鸡。屋里屋外的笑声也戛然而止。

老书记仍不解气，又用手指着翠竹红扑扑的脸蛋骂，万矮子胆大脸皮厚，不但胆大脸皮厚，心还黑。

老书记骂完，把双手放在背后，头也不回地走出了土庵，消失在暖融融的阳光里。

一群小孩在老书记背后追着笑着唱着，酒疯子，酒疯子……

同 根 兄 弟

赵怀璧和赵奇兄弟俩三十年后终于见面了。

兄弟俩住在同一座小城，想见面很容易，没见面是因为不想见面。前二十年是赵奇不想见赵怀璧，后十年是赵怀璧不想见赵奇。

这次见面，是因为赵奇觉得该见见赵怀璧，见面多少有点迫于无奈。赵奇见赵怀璧还必须请赵怀璧喝酒。

赵怀璧与赵奇光屁股在一起长大，有四同：同村，同根，同年，同学。论辈分是没有出五代的兄弟，同属太公一条根上的人。他俩虽然是兄弟，命运却相差很大。

赵怀璧是源头大队书记的儿子，如同"东宫太子"，是同辈中人人敬仰的人物。赵奇是源头大队赵地主的儿子，生来就是地主崽，走到哪都得夹着尾巴做人。赵奇是学名，在学堂才用，平时就叫地主崽。赵怀璧能指挥一个儿童团，随时可以向赵地主发起进攻，就像一群蚂蚁向一块臭肉发起进攻。在向赵地主发起进攻时，赵怀璧首先要问赵奇，站在贫下中农一边，还是站在地主一边？赵奇开始对贫下中农和地主两个概念分得不是很清，对向地主发起进攻和伙伴之间游戏也分得不是很清，遇到这种非白即黑的抉择，自然而然就想，赵地主是爹，赵怀璧是兄弟，总不能要兄弟不要爹。赵奇用商量的口吻问赵怀璧，能不能站在中间？赵怀璧说，不行。赵奇心里有气，自认为对兄弟仁至义尽，赌气说，那我站在爹一边。赵怀璧说，这里没有爹，只有地主。赵奇心里更气，不知道地主是我爹呀？又说，那我站在地主一边总可以吧！没想到赵怀璧毫不留情，把小手一挥，冲啊，揍地主崽。一群蚂蚁扑上去，把赵奇打得鼻青脸肿。斗地主崽的战斗结束后，一群蚂蚁又向赵地主碾轧过去，赵地主也鼻青脸肿。在同伴看来，斗地主就是一场游戏，只不过都想把游戏演得更逼真。赵奇也认为是游戏，希望同伴不要演得太逼真。没想到赵怀璧不是把斗地主当游戏，而是当革命。斗地主游戏结束之后，赵地主抱起赵奇摇摇晃晃往家里走的时候，赵奇哭着对赵地主说，他不是兄弟，我恨他。赵地主叹了口气说，哪有啥兄弟，你不能恨。不但不能恨，还要说站在贫下中农一边。赵奇问，为什么？赵地主说，好汉不吃眼前亏。赵奇说，我不怕吃亏。赵地主又说，你吃亏抵不了爹吃亏。赵奇听了爹的话，赵怀璧再问赵奇站哪边时，赵奇说站贫下中农一边，但看到爹被打得头破血流时，没法不恨赵怀璧。

赵奇虽然学会了畏缩不前，还是不能让赵怀璧满意。赵怀璧有时会心血来潮，要赵奇第一个冲上去斗赵地主，赵奇自然不愿意，赵怀璧便临时改变主意，今天不斗赵地主，斗地主崽。于是同伴又把赵奇打得头破血流。那时，赵怀璧性格外向，说话跟他爹一样一套一套的，把跟他同样大的孩子迷得七颠八倒。赵怀璧睁着眼睛说，闭着眼睛还说，口里叽里咕噜，冷不防还来一句，冲呀，杀呀，把他娘吓一大跳。他爹在一旁笑，这孩子是根好苗。赵奇性格内向，一天到晚难得说一句话，闭上眼睛还是没话，连呼噜都没一个。有一次赵奇挨打，晚上睡在床上没动静，他娘以为出事了，用手去探他的鼻息，这才放心，骂他，闷头牛，你要吓死娘呀！赵地主微笑着点头，别看是闷头牛，赵家翻身还得靠他。

赵怀璧和赵奇除了在地位上差距大，性格差距大，家里的生活照样不能同日而语。赵奇吃野菜度春荒，赵怀璧就吃油盐炒饭，赵奇吃稀饭，赵怀璧就吃大鱼大肉。赵奇皮包骨头，赵怀璧又矮又胖。看外表，赵怀璧像地主崽，赵奇像贫下中农。赵奇被迫成为赵怀璧的跟屁虫，除了少挨打，还有一样好处，就是赵怀璧上树掏鸟窝、到生产队鱼塘偷鱼得来的荤腥，在野外烤着吃，也会分一小份给赵奇。赵奇吃着嗟来之食，虽然尝到了顺从带来的好处，心里却也是五味杂陈，吃归吃，恨归恨。

恢复高考后，赵怀璧靠当大队书记的爹托关系进了粮校。赵奇靠拼实力考上了农大。赵奇考上了农大却没有读上农大，究其原因，竟然是赵怀璧爹给害的。这事要深究，还是赵地主给害的。赵奇刚考上农大，赵地主就自认为翻了身，买了一挂长长的鞭炮到祖宗面前去放。人问，赵地主，很多年没见你放这么长的鞭炮，这是有啥喜事呀？赵地主答，很多年没放就等今天放，赵奇考上农大了。人说，这下总算是咸鱼翻身了。赵地主说，咸鱼翻不翻身倒是其次，关键是为赵家祖宗长了脸。人问，赵奇算是为赵家祖宗长脸的第一人吧？赵地主说，除了我家赵奇还有谁？人又问，书记家的赵怀璧没考上？赵地主说，听说有些玄，就算上了也是中专。人说，这就是三十年河东四十年河西。这番对话看似应话托话，却是赵地主多年积压在心里的话。这些话本来害不了赵奇，但通过中间人传出去便变了味。赵怀璧爹拍案而起，我儿子玄吗？又说，赵地主的儿子真能给赵家祖宗长脸吗？又说，咸鱼也能翻身吗？刚恢复高考，家庭成分还是十分敏感。赵怀璧爹毫不客气在赵奇的政审表家庭成分一栏填上了地主，赵奇因为赵地主的关系没有读上农大。这事如果赵怀璧爹顾及同宗兄弟之义，手下留情，赵奇也就上了农大。赵怀璧爹恨上了赵地主，赵奇便被所有的大学拒之门外。

赵怀璧上粮校的确有些玄。不是玄赵怀璧还不会喜欢上爹，最多是觉得爹亲。赵怀璧读书三天打鱼两天晒网，还跟同学谈恋爱。谈恋爱不是真谈，也就是想尝尝禁果，偷偷冷饭。乡下人总说偷冷饭吃，他什么饭都吃过，就是没吃过冷饭，冷饭是啥滋味？这一偷还放不下。后来把同学的肚子搞大了，又是爹出面才摆平。高考时，别人考大专，他自降门槛考中专。考中专也只刚刚上线。赵怀璧说，今年没发挥好，明年再来。爹说，你已经很给我面子了，后面的事我来办。赵怀璧爹背着菜油花生，再在花生里藏了两条烟，到省城去找人。赵怀璧爹在省城没熟人，通过人上托人终于敲开了高招办领导的大门。门进了，东西也送进了，消息却没有出来。别看等消息就是一个等，没有良好的心理素质还真扛不起这个"等"字。赵怀璧爹前十天觉得轻松，还有点兴奋，后十天便觉得这个"等"字有千斤重。不但是觉得重，而且还胡思乱想，越重越想，越想越重。是人上人的分量不够，还是所托之人分量不够？或者是所托之人分量够，送的东西分量不够？或者是东西分量够，时候还未到？赵怀璧爹想了一宿又一宿，觉得不能再想了，还得去探路。他又背了个蛇皮袋去省城，说是去问讯。赵怀璧爹进门后，又不问讯，而是故意把蛇皮袋放到不起眼处，把袋口松开。高招办的领导主动开口，来问消息？说了有消息会通知你。赵怀璧爹说，也不是问消息，就是顺便带了些土特产。领导说，别拿土特产了，没地方放。赵怀璧爹说，是，下次不拿了。说完起身告辞。人没出门，领导的老婆尖叫起来，这是什么东西，吓死我了。赵怀璧爹闻声又回来了，把爬到领导老婆脚下圆背尖嘴的小东西翻了个身，用手指抠住后腿处两个肉窝窝，提起来笑，别怕，这是甲鱼，听说城里人喜欢，就顺便带来。领导老婆问，这就是甲鱼？领导也说，这是稀罕物。领导老婆说，这牙尖嘴利的东西，谁敢吃呀？赵怀璧爹说，别看长得丑，做出来可是美味。领导说，你会杀甲鱼？赵怀璧爹说，不会杀甲鱼还算水边的人？不但会杀，还会做。赵怀璧爹现在想走，领导也不会让他走。赵怀璧爹做了一餐甲鱼宴。领导高兴得手舞足蹈，美味必须要配美酒。美酒领导家有的是。领导对赵怀璧爹说，喝点？赵怀璧爹说，喝点就喝点。吃着美味，喝着美酒，还有什么话不好说。领导说，你做事很用心。赵怀璧爹说，为了儿女，不用心也得用心。领导老婆说，可怜天下父母心。领导说，为了天下父母心也得把这事办了。赵怀璧爹回家没多久，赵怀璧粮校的录取通知书就到手了。赵怀璧爹把录取通知书摆放在祖厅神龛上，也放了一挂长长的鞭炮。赵怀璧爹恭恭敬敬祭告祖宗，不肖子孙赵怀璧终于给祖宗长脸了。人说，真是好事成双，前有赵奇，后有赵怀璧。赵怀璧爹说，赵奇黄了。人问，咋黄了？赵怀璧爹说，地主的儿子能上大学，除非母猪能上树。人又问，赵怀璧岂不是成了赵家第一人？赵怀璧爹说，你还能找出第二人？又说，第一也不算啥，怀璧进了粮校，等于一辈子进了米缸，吃喝不愁。

赵怀璧喜欢上爹的同时，赵奇却恨上了爹。赵奇从小到大，遭冷眼能忍受，挨打也能忍受，唯独把前途断送了，他无法忍受。他跳过河，绝过食，都让赵地主救活了。赵奇问赵地主，救我干啥？活着比死还难受。赵地主说，好死不如赖活着。赵奇说，活着为啥？赵地主说，活着就是为了活着，还能为啥？赵奇说，你当地主我不恨你，你说这话我恨你。赵奇恨爹，不想见爹，但又没办法不见，要在一个生产队劳动，在一个锅里吃饭，在一个屋里睡觉。赵奇恨爹唯一的选择就是不和爹说话。

赵奇除了恨爹，还不想见赵怀璧。赵怀璧考上了粮校，春风得意，想与当年的同伴告别，赵怀璧喊破嗓子就是没找到赵奇。赵奇从后门溜出去，在后山上整整躲了一天。赵奇不想见赵怀璧不是恨赵怀璧，也不是恨赵怀璧爹。小时候斗地主现在想起来没什么，那就是一场游戏。赵怀璧爹不肯改他的家庭成分也没什么，改是情，不改是法。赵奇不想见赵怀璧是因为觉得他们的命运不在一条道上，相见不如不见。

赵怀璧和赵奇三十年不见就是从这时候开始。

三年后，田地分到户，人人都成了土地的主人，赵地主便渐渐被人遗忘了，赵奇的家庭成分自然也没人提起。赵奇不改初衷，仍考取了农大。

赵怀璧粮校毕业，大队书记爹爹照着方子抓药，中专生留在城里。赵奇毕业，赵地主现在尽管害不了他，却也帮不了他，分配到了农村。同根兄弟赵怀璧和赵奇的关系就是这样疙疙瘩瘩，看似前生有缘，却是对面不相逢。前二十年，赵怀璧顺风顺水，没有躲赵奇的意思。不但没躲的意思，有时还想赵奇，想与他痛痛快快打一架，或者痛痛快快喝一顿酒，然后都把以前的事忘了，下半辈子好好做兄弟。赵怀璧是以一个胜利者的心态想这件事，赵奇人生一波三折，却不是这么想。赵奇想，赵怀璧你也就是猪命又生在猪窝里，你现在有的能算是你的吗？既然不是你的，我为什么还要做你的尾巴，听你吆喝？我虽然时运不济，命途多舛，但是等我想吆喝的时候，你什么都不是！

前二十年赵奇不想见赵怀璧也不是没见，而是见了面装作不认识。

三十年后相见，赵怀璧和赵奇除了都长了白头发，体形上又倒了一个头，赵奇成了地主，赵怀璧成了贫下中农。赵怀璧又矮又瘦，皱纹钻到骨头里，手上的青筋像蚯蚓在打架，全是饱经风霜之后的无奈。赵奇又高又胖，脸上流油，头发发亮，挺着一个像八个月孩子的肚子。

赵怀璧前二十年见不见赵奇无所谓。自己是米箩里的粮油所长，要什么有什么。赵奇在乡下虽然也谋取了一官半职，但只能算有什么要什么。后十年，赵怀璧不想见赵奇，他下岗了，有户口无职业，算不得一个完整的城里人。赵奇时来运转，不仅是一个完整的城里人，还做了副县长，变成了显赫的城里人。

赵怀璧和赵奇在一间豪华星级酒店小包间里，握三十年没见面的手没有一丝力量，手刚搭上就分开了，情分淡得像一杯白开水。

赵奇为了拉近两个人的感情距离，故作感叹，有三十年没见了！

赵怀璧说，准确说是三十年没说说话。

赵奇问，为什么不来找我？

赵怀璧说，为什么要去找你。

赵奇说，听说你处境不大好？

赵怀璧说，与你无关。

赵奇说，现在有关了。

赵怀璧说，还是无关，至少与你个人无关。

赵奇说，我说有关就有关，兄弟！

赵奇不悲戚，却要装悲戚，悲戚成了春风得意。

赵怀璧说，你说了不算。好日子过完了就是苦日子，没啥。

赵怀璧不轻松，却要装轻松，轻松成了沉重。

赵奇没有叫任何人陪酒是因为他想在两个人的酒桌上，让赵怀璧捡起一件事，又放下一件事。赵奇在没有当副县长之前，对三十年前的事完全没有怨恨，那是假的。当了副县长，心里豁然开朗，把三十年前的苦难当作财富，原来过去的屈辱就是为今天当副县长做准备的。他现在对赵怀璧没有怨恨，甚至还有些感激。今天请赵怀璧喝酒不是为了感激，而是想捡起一段兄弟感情。尽管那段兄弟感情在赵奇的感情里不算啥，但有可能让赵怀璧放弃一件事，一件赵怀璧正在谋划针对他或者说他这个副县长的事。赵奇认为，解决男人与男人之间的问题最好的方式就是用酒。他想用酒燃起赵怀璧那段情，放下他对自己或者说副县长的那段恨。

　　赵奇倒满两大杯酒，酒清澈见底。

　　赵奇举起酒杯说，不说别的，就说我能为你做什么。

　　赵怀璧说，我一人吃饱全家不饿，没事求你。

　　赵奇说，什么一人吃饱，我让你三人吃饱全家不饿。如果嫂子回来，我让你四人吃饱。

　　赵奇说的三人是他和一双儿女。当初四人吃饱的确是他的心愿，可惜四人已有三人不在了。

　　赵怀璧说，一个人吃饱全家不饿岂不是更好！

　　赵奇说，别说丧气话，兄弟！

　　赵怀璧说，夫妻本是同林鸟，何况是兄弟。

　　赵奇说，我一定要帮你，也一定能帮你。

　　赵怀璧说，我肯定不要你帮，也不能要你帮。

　　赵奇站起来，一口干了一大杯，脸上的痛苦不是装出来的，但也不是为兄弟陌路而难过。赵怀璧端起酒杯，看着杯中酒，却看到了三年前妻子决绝的脸。妻子说，这日子没法过，离了吧。赵怀璧知道妻子找到了归宿，没为难她说，离吧。妻子带走了女儿。妻子走就走吧，却不该留下一句话，做鬼也不进赵家的坟山！赵怀璧记恨这句话记恨了三年。今天又冷又硬的话在酒杯里变成了一团火，从他的喉咙一直烧到胃里。

赵怀璧脸上的冷漠也不是装出来的，是让话砸出来的。

赵奇说，不管你提什么要求我都答应你，我们是兄弟！

赵怀璧说，我没要求，你把粮油所家当卖了，该让他们全家吃饱。

赵奇说，不说别人，就说兄弟。

赵怀璧说，我也是说兄弟，天天见面的兄弟。

赵奇又倒了第二杯酒，先干了说，那算啥兄弟？我们才是同根兄弟。

赵怀璧端起第二杯酒，杯里是儿子离开时的情景。儿子说，我饿。赵怀璧说，饿了就喝水。儿子说，越喝越饿，我找娘去了。儿子归他抚养，他没能留住儿子。儿子的话也像一团火，从赵怀璧的喉咙一直烧到胃里。

赵奇摇摇晃晃倒了第三杯酒说，好兄弟，看在一起掏鸟窝、偷鱼塘的分上，听我一句话，别在旧愁上添新恨。

赵奇喝下第三杯酒，一屁股坐到红地毯上。赵奇为了让赵怀璧放下这件事，想到了给他铁饭碗，想到了房子和票子，甚至还想到为他再介绍个女人。没想到让赵怀璧捡起兄弟感情难，放下这件事更难，口袋里的铁饭碗沉重得让他一屁股坐在地上。

赵怀璧的酒杯里只剩下孑然一身的影子。他叹了一口气干下第三杯酒说，过去没有旧愁，将来也无所谓新恨，我真没事要你帮忙！

赵怀璧干下第三杯酒，赵奇已经在地毯上发出了鼾声。赵怀璧没有去惊醒他，倒下第四杯酒，酒杯里是儿时嬉戏的情景。赵奇怯懦地站在一边，他指挥着儿童团在斗赵地主。赵怀璧看着坐在地上的赵奇，嘿嘿笑起来，做梦都想不到你小子能当上副县长。当初你如果不是装出一副可怜的样子，也许我真的把你打残了，哪来现在的副县长。赵怀璧心里不觉生出一丝愧疚，你小子走到今天也不容易。

赵怀璧不怕赵奇横，就怕赵奇顺从。今天赵奇能为他醉，也算是全了兄弟情义。

赵怀璧叹了口气说，你不是逼我吗……

赵奇醒来第一句话就问，我兄弟呢？

部下说，走了。

赵奇又问，去哪了？

部下摇摇头。

赵奇吼起来，快去找呀！

赵奇找了一天，没找到赵怀璧。赵怀璧失踪了。赵奇本来已经不恨赵怀璧，赵怀璧失踪让赵奇重新恨上了他，老子没跟你算斗地主的账，你倒在背后算计我，啥东西！赵奇恨不是主要的，主要是担心，这个落魄的"东宫太子"不会又到哪给我闹出啥事来吧？

赵奇的心悬了几个月终于慢慢放下了。

赵奇心放下了，又想赵怀璧。一晚，他做了一个梦，梦里赵怀璧带着他的兄弟踩着一色的蹬士，风风火火而来，把他堵在县政府院子里。赵奇心里有气，老子到处找你，你倒送上门来了，正好新账旧账一起算。赵奇问赵怀璧，你想要干什么？赵怀璧不答，只是冷笑，他的兄弟也是冷笑。笑得赵奇毛骨悚然，毛骨悚然便醒了。赵奇叫醒老婆，把奇怪的梦告诉她。老婆笑，你紧张啥？梦是反梦，梦里堵你，现实便不堵，梦里冷笑，现实便是你狗屁兄弟想你。赵奇不信，这是啥歪理邪说？

半年后，有朋友从洪城来，告诉赵奇，洪城蹬士独成一景。

赵奇愕然。

祖 宗 莫 怪

　　少阳盘踞在鄱阳湖上，县城临湖而建，得天独厚，这是少阳人最值得骄傲的一件事。骄傲是骄傲，骄傲当不得饭吃。少阳要山有山，要水有水，但山水也当不得饭吃。

　　陈规到少阳搞房地产开发不这么想，他把山水当饭吃。

　　在陈规的魅力水城开发指挥部里，挂了两幅图。一幅图是少阳天然山水航拍图，一幅图是开发规划设计效果图。两幅图的最大区别是前者山是山水是水，后者山不是山，水不是水。如果还要找细微区别，航拍图上有桃花渡、望夫山、云住峰、晒鱼滩、残雪寺，还有无花书院、樵唱谷、赛渔岛，效果图上则把这些高低不平的山山水水都抹平了，把水赶得远远的，山不见山，水不见水，变成了梅园、兰园、竹园、菊园，梅兰竹菊园也不是种了梅兰竹菊，而是种了很多房屋，那种火柴盒一样的房子。四君子如果知道陈规这么看得起他们，不知是感动得痛哭流涕，还是羞愧难当。魅力水城的要点不是水，是房子。房子的要点也不是房子，而是在水上闪烁的金山银山。这就是陈规为什么能把山水当饭吃。

　　陈规成立了一个项目指挥部，自己封自己当总指挥。指挥部从成立以来，诸事顺利，百无禁忌。陈规躺在会议室宽大的真皮沙发上，望着墙上的规划图，手指有节奏地弹着扶手自言自语，桃花渡，望夫山，晒鱼滩，用不了多久就要变成金山银山！陈规不觉笑出声来。

陈拐子推门进来说，家门好自在。

一同进来的还有一群穿着各异的男女老少。

陈拐子称陈规为家门，是因为陈规也姓陈。陈拐子和陈规是旧识，此时称家门，却是话里有话。意思是说义门陈同气连枝，天下陈姓是一家，打断骨头连着筋。今天我们陈家是认亲来的，你陈规认亲，就好好接待我们。你陈规要是不认家门，你是商，我是民，也不要紧，那就公事公办。陈拐子坐在轮椅上，脑子却比人站着更高，脚拐脑子比脚更拐。

陈规脚和脑子都健全，自然不在乎陈拐子，脸一沉，瞪着枯瘦得像在棺材里刚爬出来的陈拐子，不出声，等陈拐子的下文。陈规想，知道商有十条路民有九不知是啥意思不？就是我有十个心眼，你只一个心眼，比你多出九个心眼。陈规不说话足见比陈拐子更拐。

陈规不动，只有陈拐子动。他看出陈规不喜欢叫他家门，来了一招见风使舵，陈总财大气粗，称家门格局太小，嘴误，嘴误！

陈规低垂着眼皮，手里摆弄着指甲剪，漫不经心地说，陈拐子，有话快说，有屁快放。

陈拐子热脸贴冷屁股，没想到贴出这么个结果，心里有气，也冷笑道，那我就放一个屁你闻闻。我们陈家祖婆葬在望夫山，你应该知道。

陈规说，是你们，不是我们。

陈拐子说，不管是你们还是我们，都是为了陈家祖婆。

陈规说，我正愁有一棺坟找不到主，碑也没树一个。既然是你们的祖婆，你们就到拆迁办领迁坟款吧。

陈拐子说，这事依你。

陈规脸上露出了笑容。

陈拐子见第一个目的达到了，便趁热打铁，又说出第二个目的，山林补偿怎么算？

陈规说，山林补偿与你们祖婆有啥关系？

陈拐子说，陈总这话说得有水平。祖婆不葬在陈家祖坟山上，难道还能葬在别人的山上，你是说陈家祖婆改嫁了？

陈规说，谁说陈家祖婆改嫁了？

陈拐子说，陈家祖婆没改嫁，望夫山便是陈家的祖坟山。

陈规没想到钻进了陈拐子的连环套，祖坟山的事是没办法收回了，只有另辟蹊径，先不说祖坟山，你们有权属证么？没证不好说。

陈拐子说，咋不说祖坟山？祖坟山是本，权属证是末。

陈规说，别跟我扯本末的事，补偿法不认祖坟山，只认权属证。

陈拐子说，除非你不再姓陈，否则也别跟我们扯补偿法的事。

话顶话，陈拐子和陈规已经没办法说下去了。陈规继续修指甲，不再理陈拐子。

陈拐子无奈，主动退一步说，我们陈家家谱上有记载。

陈规说，是你们，不是我们。

陈拐子正要说你们就你们，一个灰头土脸的大个子挤了进来，声音像破锣。室外更加乱哄哄的，估计跟来的人也不少。

大个子把一本厚厚的家谱扔在会议桌上，骂了起来，你们姓陈的要不要脸？姜家太公的坟，硬要说成是陈家祖婆的坟。

又说，看看姜家家谱怎么说。陈总你心里不会只装着陈家祖婆吧？

又说，姜家没人当开发商，只有躺到望夫山，让推土机推进鄱阳湖了。

陈拐子没机会再争你们我们，也把陈家的家谱摔到陈规面前，对大个子说，姜宝宝，就你们有家谱？

陈规再也悠闲不起来了，站起来骂，干啥，指挥部成了你们的放牛场，想咋吆喝就咋吆喝？

俗话说得好，有钱就有三分威。陈规把陈拐子震住了，也把姜宝宝震住了。陈规装模作样翻阅两本家谱。陈规此时不仅对家谱感兴趣，还对陈家祖婆和姜太公感兴趣。陈规看过很多史书传记，就是没看过民间家谱。陈规出钱给陈氏谱局修过谱，就是不知道他的钱修的是什么样的谱。陈家祖婆和姜太公咋都葬在望夫山，还都来抢一座无主的坟？

　　陈规出于本性，先翻开陈家家谱。陈拐子两眼发亮，心里想，别看陈规在陈家人面前横，那是不把陈家人当外人，真要是遇到外人，心里还是想着陈家人。陈拐子想到这一层，用眼睛瞪姜宝宝，意思是说，咋样？家门就是家门，还能向着姜太公？不久，陈规又翻开姜家家谱。姜宝宝也用眼睛瞪陈拐子，心里说，陈规姓陈不假，还能公开偏向陈家祖婆？陈规看完两家家谱，心里暗自冷笑，你们俩都想在猴子手里抢桃子，猴子有那么大方就不是猴子。你们如果真有孝心，何至于现在才想起祖婆太公，让祖婆太公做了几个世纪的孤坟野鬼。凭一本家谱就想诓到望夫山，我岂不是比你们的祖婆太公还冤！

　　陈规这样想，却不敢这样说，真要引来众怒，就内外不是人。他飞快转动着另外九个心眼，已是成竹在胸。

　　陈规自言自语，咋多出了一个姜太公？准备了一桌饭来了两桌客。

　　姜宝宝怒道，咋叫多出一个姜太公，想偏祖陈家？

　　陈拐子寸步不让，咋叫偏祖陈家，这桌饭本来就是为陈家祖婆准备的，姜太公咋不讲究先来后到？

　　姜宝宝也不示弱，咋就是为陈家祖婆准备的，你说的，还是陈总早就安排的？

　　陈规任凭他们吵闹，等到都吵累了，又自言自语，陈家家谱记载，陈家祖婆葬于陈家东五里。姜家家谱记载，姜太公葬于县治西十里，都在望夫山方向，但又都不准确。要辨真伪，我倒是有个法子，不知你们愿不愿意试试？

　　陈拐子和姜宝宝不约而同问，什么法子？

　　陈规说，我这法子有些不敬，还是不说出来好。

　　陈拐子说，不管啥法子，解决问题就是好法子。

　　姜宝宝也说，不管啥法子，公平就是好法子。

　　陈规说，都想听？

陈拐子和姜宝宝都说,想听。

陈规说,开棺验尸,分出男女。男的就是姜太公,女的便是陈家祖婆。不过这得花一大笔,你们谁愿意花这钱?

陈拐子与姜宝宝面面相觑,还真没想到事情有这么复杂。他们就是想,家谱是老祖宗留下的,你陈规不认也得认!认了望夫山就是自己的。望夫山现在不是望夫山,是钱。没想到老祖宗这么有智慧,在谱上写十几个字就能换来一座金山银山。现在陈规把事情越说越复杂,往深处想,也挑不出啥毛病。做生意还要出本钱,想拿到望夫山出一笔鉴定费又算啥?再往深处的深处想,补偿的钱没有得到,却要先花一大笔钱,天知道是男是女!万一老祖宗把自己骗了,岂不是血本无归?想着想着,他们便想到了一起,陈姜鹬蚌相争,陈规是不是渔人得利?他是不是想着法子牵着自己的鼻子走?就算陈家姜家谱上记载的都是真的,大不了一人分一半,也比血本无归强。想明白这些,陈拐子和姜宝宝相视一笑,又嚷嚷起来,啥开棺验尸,祖宗能答应吗?

姜家人和陈家人又开始争吵起来。

是姜太公!

是陈家祖婆!

指挥部外面的人一边喊,一边挤进来。

陈规就是陈规,任你们在一个心眼里往深处钻,他换一个心眼你还得跟着他转。

陈规大声喝阻,乱喊乱叫做啥?我还有一个不花钱的法子。

听说有不花钱的法子,果然陈姜两家又安静了下来。

无数双眼睛盯着陈规笑容可掬的脸问,啥法子?

陈规说,陈家有一座祖坟山在松树冈,姜家也有一座祖坟山在十里冲,是不是?

陈拐子和姜宝宝都说,那是。

陈规说,你们两姓谁愿意把这无主坟里的尸骸葬到自己的祖坟山上，便算正宗。

这话说完，指挥部里的人自然便分成了两堆，窃窃私语起来。陈规像在看戏，心里暗暗发笑。

湖边上的人常年在风口浪尖上说话，习惯用大嗓门，窃窃私语也像在打雷。陈规不用走近细听，便听得一清二楚。他们大致意思是说，陈规不是人，是人精。这话陈规爱听，不是人精咋能管住人。他们又说，听他言下之意，一定要看到把尸骸迁葬到祖坟山上才肯承认。多争一处祖坟山没啥，多认一个祖宗也没啥，真要认祖归宗可不是闹着玩。弄错了，抢了龙脉占了风水不说，一辈子甚至几辈子的骂名用钱买不回来。

姜宝宝首先站出来反对，鬼才听你的馊主意。我有家谱，山和坟都归我们姜家。

陈拐子也把轮椅推出来说，我也有家谱，谁敢动陈家祖坟！

陈规心里已经有数了，想耍无赖？老子是耍无赖的祖宗。

陈规脸上说转阴就转阴了，吼道，想闹事呀？牢里多你们几个不多，少你们几个不少！

又说，谁也别争了，孤坟由指挥部迁到南屏山公墓，你们想祭祖就去南屏山。

两姓的人见情形不对，好汉不吃眼前亏，相互埋怨着散了。

一个说，光有家谱有个鸟用！

另一个说，没鸟用你咋来了？

陈拐子骂姜宝宝，闹呀，跟在陈家人后面闻到屁香了吗？

姜宝宝也骂陈拐子，拐子拐上了天，咋就没拐过一个陈规？

陈拐子说，让了陈规就是让了陈家，我愿意。

姜宝宝说，我乐意闹。姜家得不到，你陈家也别想要。

陈规在后面双手抱着肚子，想笑却没笑出来。

陈规山不是山水不是水的魅力水城顺利建成，水边的土地寸土寸金，少阳的公司红红火火，陈规赚得盆满钵满，拍拍屁股走了。

告别少阳的前一天，陈规捧着一束鲜花独自来到南屏山公墓无字碑前，虔诚叩首，心里默念：祖宗莫怪，还你一拜。

陈规拜完心安理得走了。

一次偶然的机会，陈拐子和姜宝宝在一起喝酒，听一老者讲起陈姜两家的历史。这里的陈姜原本是一个姓，都姓方，是燕王诛十族时逃脱的两兄弟。兄弟俩躲到这湖边上，哥哥改姓陈，弟弟改姓姜，这才有陈姜共一祖坟山的渊源。陈姜曾在一起发过毒誓，自此以后，子孙万世，陈欺姜，子孙伤，姜压陈，泪淋淋。这个毒誓写进了两家的谱头，只是陈拐子和姜宝宝没有细看罢了。陈拐子和姜宝宝听到这段故事，抱头痛哭。哭过之后，又咬牙切齿，要去找陈规算账，可是却不知陈规又跑到啥地方去了。望夫山也深埋在鄱阳湖底。

陈拐子抱住姜宝宝说，兄弟，我不但拐，还瞎。怪不得龟儿子说，是你们，不是我们。

姜宝也抱住陈拐子说，你瞎我也瞎。五百年前是一家的不是龟儿子，是兄弟！

陈规不知道在哪里，但这时一定在打喷嚏。

·怀旧卷·

顺歌老婆上完了最后一道菜，看着他们三个一杯又一杯地干酒，嗔笑地对顺歌说，别光顾喝酒，老县长有事要你办。顺歌笑骂道，扯淡，老县长是什么人，还有什么事要我办？老虎从来都是别人求他办事，第一次求人办事的确有点小曲好唱口难开，此时借着酒意，似乎不那么难为情。

掉牙老虎

坐 飞 机

老虎，不是真老虎，是人，大名叫孔家甸。孔家甸当乡长那会儿，千万别写成孔家店，写错了，他看扁你。看扁了怎么样？永无出头之日。孔家店是新文化运动打倒的对象。甸者，田也，田野，父亲取的名，父亲是农民。行不更名，这叫不忘根本。

孔家甸在家赋闲二十年。什么概念？跨了一个世纪。孔家甸多大？戊寅生，属虎，七十有三。小名，二十岁前叫小虎子，三十岁前叫大虎子，三十岁后叫老虎。三十岁后他已经当了官，背后才敢叫他老虎。什么官？一个大乡的乡长。

孔家甸在任上与书记的矛盾白热化，斗得昏天黑地。党委开会不通知乡长，乡政府开会，不请书记。当时的苍生乡分了两派，一派是李派，书记姓李。一派是孔派。李派说话孔派当拉屎，孔派说话李派当放屁。人常说，拉屎放屁不犯条例。在苍生则犯大忌，放屁的不能拉屎，拉屎的不能放屁。一些人怕城门失火殃及池鱼，保持中立，夹缝里求生存，那你得冒被夹缝夹得粉身碎骨的危险。苍生乡一时间乌烟瘴气，人心惶惶。这一斗是五年，一个五年规划。谁赢了？都输了。书记平调县里任闲职，老虎贬到一个小乡当乡长。老虎拒不赴任，结果一输再输，不到五十便在家颐养天年。

第一个十年，老虎在跟县委较劲，也在跟自己较劲。你县委不是不问青红皂白贬我吗？我便不上任，我暂失官位你失威严。任你请老领导做说客，任你许诺过渡一两年便升任书记！老虎除了苍生乡曾经共过患难的部下来看他，一律闭门谢客。

第二个十年，老虎退休了，船到码头车到站，人到退休万事空。不再有说客上门，也不可能有说客上门。共过患难的部下也慵懒淡漠了，路过家门，能想起这里住着一位曾让苍生乡风云变色的老领导，算是有良心；能进门喝一杯清茶，聊上几句，那是有大大的良心。

老虎感到前所未有的寂寞和无聊。无聊到什么程度？他每天用毛笔写一万个虎字，又用钢笔签一千个孔家甸。

老虎盼着有人请，有人陪，有人听他话说当年，但没有。

古稀之后，终于有一个机会。机关组织老干部到新马泰旅游，工作人员小叶问，您年纪大了，就不要去，领导说补您钱。老虎眼一瞪，要钱干什么？钱是孙子。小叶说，那您请儿子陪，费用自理。老虎换了二十年前，不，十年前，一个年轻人敢这样对他说话，早骂得他狗血喷头。老虎毕竟修炼了二十年，一口原装虎牙也换成了瓷粉做的假牙。他耐下性子说，不用，我脚骨头健得很！

老虎是第一次坐飞机。不要笑老虎第一次坐飞机，老虎有的是机会坐飞机。当乡长，坐火箭难，坐飞机想坐就能坐。但老虎不坐，穷乡的家难当，他不带头节省，便会上行下效。老虎仕途生涯，除了窝里斗现在想起来一文不值。工作上，那是喝水成冰，指哪打哪；生活上也算清廉，得过送来的烟酒，却没有收过红包。

老虎在飞机上吃完午餐，见那不锈钢小勺很精巧，暗地藏在旅行包里，带回去给小孙女吃饭。这是爷爷在飞机上用过的！小孙女一定会如获至宝，歪着头不停地问，飞机是啥样子？飞机像小鸟吗？小鸟肚子里怎么坐人？爷爷什么时候带我去坐飞机？想到跟屁虫一样的小孙女，老虎不觉笑出声来。

空姐不知什么时候站在他身边，很有礼貌地说，老先生，小勺子不是一次性的餐具。老虎诧异地看着空姐，那又怎么样？空姐微笑说，要回收的。周围的乘客都投来诧异的目光。老虎脸一红，极不情愿地从旅行包里拿出小勺子还给空姐。

老虎无意间做了一件有失身份的事，很郁闷。郁闷时想抽烟，于是他来到洗手间，锁上门，边撒尿边抽烟。那火机是听旅客闲聊时，教如何逃避安检，他一试成功。老虎猛抽一口烟，抽走了郁闷，想起第一次坐飞机就能逃避安检，又暗自得意起来。

老虎的尿撒了一半，飞机上的警报响了，把老虎的尿吓缩回去了，再也拉不出来。

空姐在外敲门，门开了，空姐很有礼貌地说，老先生，飞机上不能带违禁物品，不能抽烟，您违犯了，要罚一千美金！老虎乍毛变色，我从不用美金，能不能不罚？空姐微笑说，不能，没有美金，人民币也行。这么大的动静，很快惊动了小叶。小叶拿出苍生乡政府的介绍信，这是我们苍生乡的老乡长，没坐过飞机。空姐始终保持着微笑，乡长能没坐过飞机？小叶说，乡长当乡长那会儿，很廉洁，舍不得坐飞机。空姐笑道，真有这样廉洁的乡长？英俊潇洒的小叶用他含情而又坚定的眼神紧紧锁住空姐犹疑不定的目光说，不相信？用我的人格担保！空姐微笑着说，你的人格我不知道，让老先生在广播里做个检讨。

换成二十年前，谁敢要老虎做检讨？唉，老虎终究是掉了牙齿的老虎。一千美金，那是八千元人民币，老虎终归舍不得，做检讨就做检讨，半天云里哼小曲，自己唱自己听，还有八千出场费，想想便释然。

老虎做完检讨，又后悔起来。怎么就没有想到听众里还有苍生的老干部？这回丑丢到了异国他乡！

赴 宴

一次偶然的机会，老虎原来的老部下，现在的县保险公司总经理顺歌回苍生做清明。小叶接待了他，小叶已经是接待办主任。

酒宴上，顺歌聊到当年的苍生风云，问小叶，孔老乡长还在不在世？小叶堆笑着说，在，在！我去把他接来？顺歌笑道，接，接，马上接！

小叶匆匆而去，又匆匆而来。

顺歌快步走到门口，往小叶身后张望，老乡长呢？小叶尴尬地说，真不巧，老乡长去乡下做清明了。顺歌感叹，往事如烟，往事如烟啊！多年没有回家，现在快退了，想回祖坟山上探探路，顺便也想见见老乡长！小叶说，那好办，老乡长回来我告诉他，下次去县里我带他去见您！顺歌从伤感中走出来，要去，要去，专程去！老乡长上了年纪，见一回少一回。顺歌很快又回到了伤感里。

晚上，小叶专程去了一趟老虎家。老虎听说顺歌来了，后悔不迭，在大腿上一拍，怎么就没有想到有人来看我，出门时我便觉得心神不宁，原来是顺歌要来！我也是多年没有回家做清明，心血来潮。小叶微笑说，没有关系，等您有空，我专程带您去顺歌那玩一次。老虎马上接着说，有空，有空，天天有空！要不明天就去？顺歌还在任上，忙得很，明天去兴许还在家！小叶说，好，明天去！

老虎接着便聊起顺歌当年的事。顺歌开始是我的秘书，那年旧山山体滑坡，我与顺歌第一时间赶到现场，泥石流伤了很多老百姓，压坏了很多房屋。我调动了五个村的民兵，抢救老百姓的生命财产。没想到山上一块大石头朝我滚下来，顺歌眼明手快，拉了我一把，救了我的命。回来我提他当了办公室主任。这小子脑瓜子活，材料更是写得入木三分。那年我们状告党委，就是他执的笔。状纸我至今记忆犹新：李氏一派，结党营私，承道教一脉，无为而治，浑浑噩噩，上愧对组织，下辜负百姓……

小叶深恐卷入历史恩怨中，没听完便起身告辞。

老虎最讨厌别人打断他的话，换作二十年前，他马上翻脸。小叶上次在飞机上为了不让空姐罚款，说他如何廉洁，多少为他挽回了面子，他心存感激，只是不好意思对晚辈说出感谢的话。今晚小叶打断他的话，他没有表现不痛快，也算是还了一个人情。不管小叶是不是这样想，他的确是这么想。

第二天，小叶安排车带着老虎到了县保险公司，没找到顺歌。小叶打电话给顺歌，顺歌到市里开会去了。这就叫想见的见不着，不想见的天天在你眼前晃悠。

顺歌在电话里说，我让办公室主任安排，一定会让老乡长吃好玩好！玩，县里哪处风景他没看过！红灯闪烁的地方又不是他要去的地方，剩下的就是吃。办公室主任很热情，在县里最豪华的皇冠大酒店安排了一桌饭，三个人吃。办公室主任要请人陪，老乡长不愿意，说与陌生人吃饭不自在。

菜不必说，都是酒店里的招牌菜。老虎对菜不挑剔。上了燕窝鱼翅，他说，燕窝鱼翅吃不过乡下的红烧肉酒糟鱼。当然不能因此说老虎糟蹋了燕窝鱼翅，老虎还是赚到了摆脸的资本。

酒是茅台。茅台老虎喝过，那是上级领导来，领导只喝茅台。老虎喝了两杯，是半斤，看那意思还想倒第三杯。小叶说，老乡长要保重身体。老虎便不好意思再喝。办公室主任也怕老同志喝多了有个三长两短，没有再劝。

酒不好再吃，老虎就抽烟。桌上两包软中华都拆开了，一顿饭，老虎抽了半包烟。

没有不散的宴席。小叶问老虎，走吧？老虎说，走。

老虎站起来，眼睛却在喝剩的两个半瓶茅台和两包开口的软中华上打转转。最后还是忍不住开口，这吃剩下的茅台酒和中华烟留在酒店里，浪费得可惜，我带回家。说完便把两个残包香烟捡进了口袋，又把自己的拉链衫拉开，将两个半瓶的茅台塞了进去。酒瓶把老虎的肚子撑得像孕妇。

办公室主任赶紧上前把老虎的酒瓶抢了下来说，怎么能让老领导带残烟剩酒！总经理电话里早有交代，服务员，拿两条软中华两瓶茅台来，这是总经理让您带回家的。

小叶接过服务员拿来的烟酒，让司机放到车上。

老虎笑道，顺歌这个鬼崽子，做事就是滴水不漏。

办公室主任说，您对总经理有知遇之恩，总经理经常在我们跟前念叨您！

老虎哈哈大笑，顺歌真是这么说？不枉我一番栽培。

老虎笑完，眼睛又转到桌上那两个半瓶茅台上说，既然这么说，主任也不是外人，茅台是好酒，留在酒店里浪费可惜，我还是拿回家去。

老虎说完把拉链衫拉开，把两个半瓶茅台塞了进去，肚子又撑得像个孕妇。

办公室主任不好意思再抢下来，三个人走出了酒店。

这回轮到小叶很没面子。

送　礼

老虎的大孙女大学毕业，听说爷爷的老部下顺歌在县保险公司当总经理，缠着爷爷要进保险公司。

爷爷笑道，爷爷就剩下这么一点老脸，你是非要把爷爷的老脸卖个干净。

大孙女从背后把爷爷的头抱在怀里摇晃，爷爷的头顶在孙女的乳房上，软绵绵，嫩滑滑。孙女撒娇说，卖了您的老脸，我就是你的脸呀！我这张脸不是更年轻更漂亮吗？

爷爷骨头酥麻麻的，眼睛眯成一条缝，就你乖巧，爷爷试试看。

求人办事不是赴宴，人情虽在，礼不能废。送什么礼好，老虎很费了一番脑子。既要花钱少，又要让人爱不释手，那只有景德镇的瓷器。

老虎专程到景德镇买了几套薄胎瓷。老虎是个有心人，他不仅仅是买了薄胎瓷，而且还讨教了薄胎瓷的门道。如古人是怎样吟诵薄胎瓷：只恐风吹去，还愁日炙消。又如薄如蝉翼，轻如绸纱，少一刀嫌厚，多一刀则坏破功败。用老虎的话说，送礼送门道，身价真奇妙。

礼物有了，还要一个脑子活的人帮衬。老虎想到了小叶，小叶不仅仅是脑子活，这些年做接待办主任，关系网也大，说不定还会有意外的收获。老虎郑重其事上门找小叶，让小叶感动一回，小叶果然满口答应。小叶答应了，车子的问题也解决了。

这回老虎没有去单位找顺歌，而是去了顺歌家。顺歌不在，顺歌老婆见到老虎，嘴比蜜甜，倒茶递烟煮点心，忙得不亦乐乎。

顺歌老婆是苍生人，拜堂那会儿是老虎主的婚。顺歌老婆要结拜老虎做干爹，老虎没同意。老虎说，顺歌是我的秘书，苍生岂不成了我们翁婿的家天下！老虎是一乡之长，想做孙子的都排着长队。现在想起来有点后悔，当初要是结拜了，今天还用得着送礼吗？她侄女的事打打电话就行！

老虎让小叶拿出一套薄胎瓷，如数家珍地介绍薄胎瓷的妙处。顺歌老婆似懂非懂地一个劲儿点头，眼睛也眯成了一条缝说，老县长怎么带这么贵重的礼物来？空手进门也是看得顺歌重！老虎说，你还记得我那大孙女么？顺歌老婆说，记得，记得，我离开苍生时，她还在手上抱，在我身上撒过尿。老虎说，现在大学毕业了。顺歌老婆说，日子过得真快，参加工作了吧？老虎说，正为这事烦，她相中了顺歌的保险公司。顺歌老婆说，这事顺歌得办，回头我跟顺歌说。老虎问，顺歌几时回来？顺歌老婆说，我打电话让他赶回来，老乡长来是天大的事。

老虎没想到事情进展如此顺利，他有些后悔送给顺歌一套薄胎瓷。现在看来，顺歌和他老婆都很念旧情，不送礼也会办成这事。当初自己考虑是不是太谨慎，又花冤枉钱，又兴师动众，其实是多此一举！

顺歌匆匆赶回家，见了老乡长，又是握手，又是拥抱，弄得老虎眼泪汪汪。顺歌说，今天不去酒店，在家里一醉方休！老虎说，好，老佾舍命陪顺歌。顺歌哈哈大笑，老乡长没吃酒先醉了，任何时候都是我陪老乡长！

小叶站在一旁，脸上始终保持着浅淡的微笑。

顺歌老婆上完了最后一道菜，看着他们三个一杯又一杯地干酒，嗔笑地对顺歌说，别光顾喝酒，老乡长有事要你办。顺歌笑骂道，扯淡，老乡长是什么人，还有什么事要我办？老虎从来都是别人求他办事，第一次求人办事的确有点小曲好唱口难开，此时借着酒意，似乎不那么难为情。老虎是虎死不倒威，求人办事也是命令式的，你大侄女大学毕业，就想进你的保险公司，你安排安排。顺歌没喝酒也许婉转些，喝了酒竟是直古隆咚，这事办不了。老虎夹了一叉菜停在半空中，脸上不知是酒烧的还是羞辱的，反正很红，怎么办不了？顺歌说，我的人事权在市公司。顺歌老婆插了一句，你就不会去市公司做做工作？顺歌瞪了老婆一眼，你懂个屁！

老虎没有再坐下来的理由，抬起屁股就往外走。顺歌老婆拉，没拉住。小叶拉，也没拉住。

顺歌坐在那没有动。顺歌老婆带着哭腔对顺歌说，老乡长要走了，你就不去拉？你是醉了，喝什么骚尿！

顺歌依然一动不动。人到这份上，越拉越走得快。

从顺歌家出来，凉风一吹，老虎的脸上降了温。想起大孙女撒娇的神态，老虎心里后悔。怎么就抬屁股出来了？自己是顺歌的老乡长，就是骂他打他也不该出来，当年的乡长威风哪去了？

现在想来，丢老脸不可怕，回去面对孙女轻蔑的目光，才真是心如针刺一样难受。老虎站在枯叶飘零的大街上，不停地打寒战。

小叶把自己的大衣披在老虎身上，关切地问，老乡长是不是身体不舒服？老虎不哼声。小叶叹息而又不忍，人情似纸！这事我有办法。老虎听说有办法，眼睛立即射出亮光，什么办法？小叶说，市保险公司老总的女儿跟我是同学，找找她？

老虎掉到水里，就是一根稻草，也不想放弃，急忙说，找，找！不要说我是老乡长，就说是叔。小叶微笑说，依您。老虎想，小叶今后的前途不可限量！

老虎上车时想起一件事，气呼呼地说，我去把送顺歌的薄胎瓷要回来。小叶笑道，算了，上车吧，不要让别人小瞧了！小叶的话成了圣旨，老虎果然上了车。

到了市里，小叶顺利找到了他同学。同学面绽桃花，先请吃饭，后进歌厅。小叶与同学唱夫妻双双把家还婉转缠绵，跳贴面舞如醉如痴。

老虎在歌厅如坐针毡，蜷缩在一角落里，又后悔跟小叶来市里瞎闹。小叶嘴上没毛，能办成这样的大事？老虎晚上没喝酒，也就没冲动。

曲终人散。小叶对同学说，我叔的孙女想进县保险公司，你能不能帮？同学笑道，是不是没事就不来找我？小叶微笑说，怎么会！同学说，分分钟的事。说罢打电话给顺歌，同学最后面一句话，老虎听得很清楚，市公司人事科我来办。

小叶要赶回苍生，明天上级来领导。小叶拉着同学的小手吻了一下说，感谢老同学。同学调皮一笑，感谢什么，你一年三节到市里送礼不总夹带一份给我？

上车了，小叶望着挥舞小手的同学，突然想起一件事，老乡长，薄胎瓷是不是送一套给她？

老虎知道事情已经办成，看她那爽快劲，根本用不着送礼，又舍不得他的薄胎瓷，淡淡地说了一句，下回再说，便一言不发。

小叶想，礼就在车上不出手，还有下回？

老虎果然没有下回。大孙女都上班了，薄胎瓷还静静地躺在他家的床底下。

小叶气得自己打自己的脸，再有下回我学狗爬！

老虎从此闭门不出，一直到死也没有下回。

尊　严

　　天上一弯新月刚刚露出头来，又落入暮霭沉沉的湖里。进了头伏，这里仍然是走不出的梅雨季节，听不尽的滴答雨声。

　　夏天的湖水已经浸到了六房老屋地基上，微风吹着细浪轻轻拍打岸边，极像六房的村主任细憨嗯歌细唱。鄱阳湖十年一次的大水又如期涨起来了。

　　从老地基上搬过来的新六房村，一群狗一直在叫个不停，把人心都叫得惶惶不安。狗是要告诉这个凄迷的夜，有事将要发生。

　　狗叫与将要发生的事表面上没有关系，但老辈总能说出其中的关联来。狗眼看人低，那是贬狗，其实人低不是狗眼看了才低，是人本来就低，狗是冤枉的。狗看家护院，忠心护主。狗能看出好人坏人，看到好人就摇尾巴哼小曲舔屁股，看到坏人就狂吠。狗眼还能看到人的鬼魂，鬼魂在人堆里游逛不害人也吓人，所以狗就会狂吠。狗眼比人眼更有灵光。人眼在俗世繁华中变浑浊了，好坏分不清了。狗则不同，狗眼里只有主人，好坏自然分得清清楚楚。人识得狗眼的长处，才让狗眼在人眼上延伸，这一点人比狗聪明。狗不停地凄厉狂吠，肯定有事要发生。

　　二憨家的满山在细憨窗外轻轻敲着玻璃说，细爹爹，大姆妈去世了。

　　满山的声音与狗狂吠相比，轻柔细碎，阴沉无奈。事情果然发生了。

　　正累得气喘吁吁的细爹爹从细姆妈身上滚下来。狗没吓着细爹爹，满山一句轻声细语把细爹爹吓得啥心思都没了。

细憨慌忙套上短裤汗衫，往外就跑。

细姆妈也慌忙穿衣服，穿着穿着便想起一件事，追出来说，死鬼，人死债烂，你借老大的五千块钱到现在都没响声。小竹回来，记得跟小竹要钱。小竹不给钱，你就要老大的房子。

细憨边走边应，晓得，晓得。

细憨是老兄弟里硕果仅存的男丁，大姆妈的后事全要靠他来操持。

大姆妈的命比黄连还苦。拜堂才半年，大憨在湖上遇到了龙卷风，生不见人，死不见尸。家里没有男人就没有依靠，怀着小竹的大姆妈想招个人进门。男人才进门，细姆妈有意却装作无意，从大姆妈窗外走过说，招来的男人生出来的种就不是赵家的种了。大姆妈招男人的心本来就不坚定，听了妯娌的话，二话不说，把大憨留下的衣服塞进男人的包里，打发男人走了。小竹长大了，大姆妈又想招一个坐郎女婿，延续大憨的香火。可是女大不由娘，小竹在大学找了一个对象，远嫁了他乡。

满山站在床前低声问细憨，大姆妈去世，小竹会来吗？

细憨看着床上矮小的女人，很悲戚。人死如灯灭，灵魂离开了躯体，躯体便没了生气，变得更枯瘦矮小。细憨不应该有怨恨，说出来的话却带着怨恨，她敢！

其实细憨的怨恨还是悲戚。

大姆妈是知道自己要去的，所以头发梳得一根不乱，只是没有光泽，衣服穿得齐崭崭的，只是瘦弱得让人心疼。你想象不出来，眼前躺着一尘不染的女人活着的时候，天天在钻垃圾堆。一个一尘不染的女人，一个臭烘烘的女人，到底哪个才是她的本相？

满山问细憨，等小竹来才下床吗？ 小竹不来，谁出钱葬大姆妈？听说大姆妈做房子还欠了你五千块，小竹认账吗？

满山的问题太多，把细憨的心搅乱了，再问下去，他真没主意了。他轻声打断了满山的问话，呵斥满山，哪里有这么多问题？小竹坐飞机也得后天到，这么热的天，你想让大姆妈在床上发臭吗？你忍心让一个爱干净的女人臭烘烘地走？我们先凑钱办后事，其他的也只有凭良心了！

凭良心的话是细憨最无奈的一句话，也是他最没底气的一句话。满山嘟囔，细爹爹的问题也不少。

小竹娘心里的苦水只对细憨倒过。十年前，鄱阳湖也是同样的大水，老六房的房子全都淹倒了。村里人绝望的时候，上面来了移民搬迁指标，大家都抢着在地势高的新六房地盘上做房子，家境好的做了二层。

小竹娘找到细憨说，我也想做一层。

细憨说，嫂嫂马上要到城里跟小竹去享福，何必操这份心。

小竹娘说，人过了七十，在世上的日子是按餐算，今天吃了晚饭，明天不知道能不能吃早饭，家里没有房子咋行！

细憨说，那也不用你操心，你先到城里去享福，身体不好时，再叫小竹回来做房子不迟。

小竹娘说，兄弟，你咋也老糊涂了。要是我走得快，还能在女儿家告老？

细憨不想嫂嫂做房子是因为嫂嫂没多余的钱，万一钱不够，还得找他借，到那时借不是，不借也不是，不如现在断了她做房子的念头。没想到嫂嫂固执，细憨拗不过嫂嫂，只好帮嫂嫂也张罗了一层。

房子做起来了，搬迁款却迟迟没下来。也是该当有事，那天小竹娘感冒没出畈，上面来了一大帮人检查搬迁房。走在最前面的那个清秀的中年人是个大干部。大干部本来已经从小竹娘身边走过去了，想想又折回来，和小竹娘搭话，你们村的房子建得不错，现在不愁淹了？小竹娘说，那是，托领导的福！那人又说，搬迁款都得到了吧？小竹娘说，还没呢。那人脸色突然变得很难看，一言不发走了。一行人脸色也随之变得很难看，匆匆跟着走了。要说，这一问一答也没有什么不对的地方，但这一问一答却改变了小竹娘的命运。第二天，六房村的人都兴冲冲领到了搬迁款，尽管除一摸二，飞三走四，所剩无几，但总算心里踏实了。小竹娘也兴冲冲去领钱，却挨了一顿臭骂。一个干部模样的人说，你无儿无女吧？那是孤老。

领导说孤老不能占用移民指标，没房住可以申请进敬老院。小竹娘说，我有女儿。那人又说，领导说嫁出去的女儿泼出去的水。小竹娘跑回家，取下挂在门框上搬迁户的牌子，砸到那人的脸上，把那人的脸划了一道血痕。乡里领导要关她。细憨带人闻讯赶来说，你们要关她，我们就把移民搬迁的牌子都还给你。细憨把领导给镇住了，双方都退一步，让他以村主任的名义担保，才放过了小竹娘，小竹娘的移民指标收回。小竹娘吃了亏，受了气，不敢告诉小竹，把小竹平时给她的零用钱拿出来，再从细憨那借了五千块钱还清了建房款。搬迁房最后验收，乡里又送来搬迁户的牌子，要小竹娘挂，让她顶一户。只要她认个错，搬迁款还给她一半。小竹娘脾气犟，接过搬迁户的牌子，扔到了门口塘里。

小竹娘也是这时候才开始捡破烂。

小竹的爱人是南方一个城市里的私企老总。小竹回家想接娘去享清福，娘死活不肯。不去也罢了，还要到处捡垃圾，丢人现眼。

小竹眼睛哭肿了，把一包钱摔在娘面前说，这些钱埋你都有余，你这是为啥呀？

小竹娘冷若冰霜地说，把钱拿走！钱埋不了我，只有黄土能埋我。

一对母女长得并不像，脾气却臭到了一堆，谁也劝不了谁。如果说还有一个人能劝小竹娘，就是细憨。

细憨说，嫂嫂，这回是你不对，侄女一片孝心，你再怎么说也该去住些日子。

小竹娘便勉强去住了一个月。一个月后，死活要回家。小竹把娘送回家，丢下一句话，你就在这住吧，死了也不用告诉我。小竹娘说，你让我路死沟埋。小竹对娘是一点办法都没有，负气走了。小竹不知道娘家的房子没有享受到移民搬迁指标。小竹娘一生要强，捡垃圾卖是想还细憨的钱。细憨劝嫂嫂不要争硬，养儿防老，积谷防饥，天经地义。女儿养老也是天经地义。小竹娘说，嫁出去的女，卖出去的田。

细憨没想到嫂嫂走得这么快，走得这么干脆，脑子一时没转过弯，净想嫂嫂生前的事。想一阵还叹一阵，苦命的嫂嫂啊，你一世就是吃性格亏，本来完全可以活得更好，硬是有福不晓得享，命好八字差。叹着叹着就走神了，倒把嫂嫂冷落在床上。

满山提醒细憨说，细爹爹，该拿主意了。

细憨被满山叫醒，忙说，你去找王瞎子打破水，请八仙，我去叫人准备下床。

一阵爆竹声过后，夏夜里湿漉漉的六房村开始骚动起来。

谁去世了？

小竹娘去世了。

昨天还好好的，咋就去世了？

吃油盐的人谁能保证不死。

……

小竹娘下床了，脚抵墙躺在潮湿的地上，好不弱小，好不孤单。头前的小方桌上一只瓷碗里装着沙土，土上插了一根引路香，引路香孤烟直上，消散在无边的夜空里。香烟飘过的路就是小竹娘的魂灵正在走的路。

细憨从嫂嫂的枕头底下发现了两个摆放齐整的红布包。

一包包了五千块钱，另一包包了一万块钱。

满山问细憨，大姆妈是啥意思？

细憨说，你说是啥意思？

满山说，要我说，大姆妈这五千块钱是打算还你，要不刚好是五千呢？

又说，都说大姆妈做房子是为了给自己送终，其实不是，她是为大爹爹争面子。

细憨说，你咋知道？

满山说，大姆妈说的，她跟了女儿，大爹爹脚下又没房子，就真绝户了。

细憨说，一个女人想这么多干啥？你大姆妈活得太累了。

满山说，谁说不是？大姆妈不要小竹姐的钱做房子，是怕丢了我们赵家的脸。大姆妈捡破烂丢了小竹姐的脸，却挣回了赵家的脸，苦是苦了些，但走得没有遗憾。小竹姐误会大姆妈了。

细憨说，你大姆妈是没遗憾，小竹想清楚了却要遗憾终生。

满山说，小竹姐也没啥要遗憾的，大姆妈的事只能大姆妈做。大姆妈决绝就是为了让小竹姐安心。

细憨原是想满山说五千块钱为啥就是还他的钱，没想到满山越说越远。细憨很想嫂嫂生前安排的这五千块钱是还他的钱，又不好自己说出口，要是满山侄子能想清这一层就最好。

细憨还得往钱上说。他问满山，这一万块钱又有啥意思？

满山在侄子辈里最有头脑，细憨百年之后，他肯定是村里的村主任。此时满山还不知道细爹爹心里怎么想，那算白活了三十年。

满山故意不直接说出结果，而是远远道来，大姆妈嫁过来，守了一辈子寡，带大小竹姐，要名有名，要节有节。只是小竹姐不争气，没有过继一个儿子到大爹爹脚下，这是大姆妈最大的遗憾。就是因为有遗憾，大姆妈才故意与小竹姐怄气，到死都不用女儿的钱。大姆妈在生不求人，死了还把自己的后事置办齐备了。后事得请人帮忙，大姆妈又不愿亏待了帮忙的人。要我说，这一万块钱是大姆妈计划用在办丧事的开销上。

细憨微笑点头，这么多年没有白教你。

满山不仅说出了五千块钱的用处，还说出了一万块钱的用处，正对了细憨的心思。满山按照细憨的心思说，也不是为了细爹爹，而是为自己好放心去办事。细憨想还钱，满山也不想贴钱。

满山见细爹爹没明确表态，又说，你说我说得对不？

细憨笑，还有谁比俺叔侄更了解你大姆妈？

满山也笑，那我拿钱去办事了。

细憨说，现在还不行。

满山问，为啥？

细憨说，这是俺叔侄的想法，还得等一个人。

满山问，等谁？

细憨说，小竹。

满山一头雾水，他的确没明白细爹爹的意思，又问，那事不办了？

细憨说，当然得办，先赊着。

满山现在才真正明白细爹爹的用意，这是要把五千块钱捆绑在他身上。

小竹是娘上山的第二天才赶到。小竹一路号啕大哭，一路数落娘的不是。小竹哭是真哭，却不是哭给自己听，而是哭给六房村人听。只有数落娘不是，才能说清楚这些年不是她不管娘，是娘性格太偏。小竹心里舍不得娘，哭是真的，眼泪也是真的，唯独数落出来的话是假的。六房村人在这真真假假里，不但重新认识了小竹，还重新认识了她娘。

小竹哭娘一时成为六房村的佳话，不信你听：娘啊，你咋就不晓得享清福呀，害得我人前人后抬不起头。我抬不起头也没啥，苦是苦了你自己。你想苦自己也没啥，疼却是疼在女儿心里。娘啊，我是恨过你捡破烂，但那时不知道你是为了啥。要是晓得你为爹，我陪你捡又算啥？我逼你跟我去享福，没想到把你逼上了绝路。娘啊，你说钱算啥？你把你的我的分得这么清，又把女儿看成啥？我的钱你十辈子都用不完，你说我要钱干啥……

细憨默默地听侄女数落，心在不知不觉中被侄女融化了。没钱孝敬是没办法，有钱不能孝敬才是苦在心里。细憨还没有想清楚是谁的错，是小竹吗？似乎不是。是嫂嫂吗？嫂嫂是百里挑一的好嫂嫂。

细憨等侄女数落完之后，把她娘留下的两个红布包交给她，也把她娘这些年的遭遇告诉了她。

细憨想说五千块钱的事，却说不出口。本来指望满山提出来，满山出门办事还没回来。细憨咬咬牙，竟说出自己都感觉惊讶的话，你娘留下的你能用得着的就是这些钱，拿去做个纪念吧。房子用不着，细爹爹先替你照看着。

细憨的话刚说出口，老婆这些日子天天跟他咬耳朵说的话就在耳边回响，我们不要房子，就要钱。细憨想起老婆，背心直冒冷汗，想把话说转，又拉不下面子。幸亏小竹还在嘤嘤哭泣，没有应细憨的话。细憨情急之下想起满山。

细憨说，你娘后事开销都是满山预支的。

小竹说，我知道。

细憨想，你还有不知道的，我咋开口呀！

细憨想想又说，你知道你娘一生最大的遗憾是啥？

小竹问，是啥？

细憨说，你爹爹脚下无后。

小竹把两个红布包交还给细爹爹说，细爹爹，钱算啥？我不要钱，要房子。

又说，爹爹有后，我儿子在赵家叫赵宋，在宋家叫宋赵。我将来要来陪娘，儿子将来也要来陪娘。

细憨心里的疙瘩全部解开了，哈哈大笑说，你娘可以瞑目了！

小小说（三题）

渔 鸬

鲜红的夕阳沉入西边的湖底，淡黄的圆月又从东边升了起来，喧闹的鄱阳湖沉静了，山朦胧，水朦胧。远处村庄的炊烟随晚风飘来，大罗汉觉得饿，该做晚饭了，大罗汉又过上了自煮自吃、一人饱全家不饿的日子。

两边船舷竹篙上十多只鸬鸟已渐渐入睡。大罗汉从鸬鸟嘴里讨生活，与鸬鸟相伴了半个多世纪，跨过年就是七十，该歇歇了。昨天他把剩下的积蓄一万多块让老大捎给老细。老细是他五个儿子里最争气的一个，考上了大学，在城里工作，今天结婚。尽管在南边的大城市，这点钱不顶用，但他就这么点浓血。老细结婚了，大罗汉做爹的责任就算完成。

大罗汉的爹把一身渔鸬的本事传给了大罗汉，他就是凭这身本事取得孩子他娘的芳心。孩子他娘很争气，像鸬鸟孵蛋一样一口气孵出五个儿子，渔村不再有人嘲讽他家人丁单薄。孩子他娘到他家的使命好像就是生儿子，生完五个儿子，使命便完成了，身体渐渐枯竭，不久就长眠在北岸的荒坡上。大罗汉没再找女人，靠着这船这鸬鸟拉扯儿子长大。

老大老二厌烦了渔船上摇晃的童年，没读完小学就跟着石匠木匠走了，老三老四读完初中卷着铺盖到南方打工去了，现在都娶妻生子。大罗汉把从鸬鸟嘴里抠出的四万块分成四份，给了四兄弟，不偏不倚。

大罗汉躺在船舱任船在满湖星辰的水上晃悠，十二只似睡非睡的鸬鸟像卫兵站列两排，忠实守护着它们的主人。大罗汉的鸬鸟家族像他家一样人丁单薄，每窝鸬鸟蛋就只能孵出一只鸬鸟或者存活一只鸬鸟，多余的雏鸟不是病死就是摔死。但凡能活下来的鸬鸟又都命贱，冻不死热不死，老掉牙了还活着。大罗汉闭上眼睛能说出这十二只鸬鸟孵化的日子。三只大鸬鸟是乙丑年春夏之交孵化。这年是牛年，年成好，孵了三窝就成活了三只鸬鸟。第二年是虎年，一只都没活，第三年是兔年存活了一只，龙年又存活了一只。蛇年没有存活，马年、羊年、猴年、鸡年又各存活了一只，狗年、猪年都落了空。现在站在船舷上的三只大鸬鸟已跟随他二十八年，黑羽脱落了大半，每次下水总是空嘴而归，其余九只鸬鸟都是己丑年以后生的，猎龄在十年以内。没站在船舷上的鸬鸟都躺在北坡上，陪着孩子他娘。在湖上最苦的不是捕鱼，而是生离死别。先前是跟孩子他娘生离死别，之后每年都要跟鸬鸟生离死别。年轻时对生离死别也没啥，心里几天不痛快就过去了。五十岁以后，便不是不痛快，而是心痛，像心要死去一样痛。因为心痛，五十岁以后大罗汉在孩子他娘坟边上建了一座鸬冢，清明祭扫与孩子他娘的坟一样烧纸祀。

今天，大罗汉郑重其事地取下了鸬鸟脖子上的金属环，是该还鸬鸟自由的时候了。还鸬鸟自由不是大罗汉不需要鸬鸟养老，也不是怕生离死别，而是怕鸬鸟的眼神。有死也有生，死了他送终，生了他便觉得又年轻，又有了生儿育女的喜悦。但让他受不了的是每次从鸬鸟嘴里抠出鱼的时候，看到鸬鸟惊恐怨恨的眼神，总有莫名的惊恐，这种感觉也是五十岁以后愈来愈强烈。不知道这算不算损阴德？抠了几十年，是不是足够他下十八层地狱？他划着小船，把鸬鸟装到对面的一个荒岛上，在悬崖上造好了鸬巢。当他正要划船离开时，鸬鸟扑腾扑腾全追了过来。

他抱起一只只鸬鸟，一串串泪珠滚落到鸬鸟黑亮的羽毛上。孩子他娘死的时候，大罗汉流着眼泪想，这辈子欠得最多的就是她。现在想，欠得最多的原来是这些鸬鸟。孩子他娘把五个儿子丢给自己什么都不管就走了，哪怕是多陪一会儿都不行，让自己累死累活了一辈子，这些鸬鸟陪了自己一辈子，图了啥？大罗汉愧疚归愧疚，想想再要这些鸬鸟养老，岂不是欠得更多，便要一走了之。哪知他走鸬鸟也跟着走。大罗汉一阵苦笑，一起过就一起过，我不抠你口里的食就是了。

不用抠鸬鸟口里的食，大罗汉便没了惊恐的感觉，与鸬鸟相处得更加亲热，日子在烟波浩渺中流逝得更加顺畅。

"大罗汉，有人找你。"儿时的伙伴老蒂在岸边喊。原来已经日上三竿。

"买鱼呀？没鱼！"大罗汉翻了个身，继续睡。

"有好事，大好事！"老蒂跳上船，船剧烈地晃动起来。老蒂身后跟着一个着一身白色西装夹一黑小皮包的小伙子，头梳得锃亮。

"我有啥好事？"大罗汉懒洋洋地回。

"飘水岩的罗老板找你有好事。"老蒂说。

"罗老板是专程从飘水岩风景区来买你鸬鸟的，现在的人时兴看鸬鸟捕鱼表演，我们这远远近近也只有你还养着鸬鸟，你的捕鱼技术也是头牌。"老蒂又说。

"谁说我要卖鸬鸟，你会把你老婆卖给我吗？"大罗汉问。

"这是哪跟哪，你睡懵了？"老蒂说。

"不卖，船是我家，鸬鸟是我伴。你会把家卖给别人吗？"大罗汉有些生气。

"卖吧，价钱好说。卖了这船这鸬也好跟儿子享清福。真要舍不得你的鸬鸟，就连自己一起卖了，还陪你的鸬鸟。"老蒂不但没生气，还跟大罗汉开起了玩笑。

"你把自己卖给罗老板吧。再胡说，别怪我不给你留老脸！" 大罗汉把老蒂轰下了船，一头白发竖得老高。

傍晚，老大老二喊大罗汉上岸吃饭。今天是吹什么风，怎么想起请爹吃饭？大罗汉心里美滋滋的，人老了就图这天伦之乐！

进了老大的门，哇，一楼的大厅里摆开了圆桌，一桌的菜正冒着热气，兄弟四个，连媳妇也到齐了。今天又不过年，不过节，大罗汉还真是满肚子疑惑。四个媳妇爹上爹下地叫得那个甜，又是让座，又是夹菜，真要是天天有这样的日子，自己下十八层地狱也值！

"你们兄弟四个有话就说吧，爹听着。"大罗汉虽然疑惑，但也猜到了儿子有事想说。

"老蒂叔来过了，那事爹是不是再考虑考虑。"老大说。

"你们都那么想，那怎么安排爹呀？"大罗汉问。

"当然是一起卖给罗老板。"老二说。

大罗汉脸上顿时变色。

"爹跟我们过呗，吃轮供，我们吃啥爹吃啥。"老四媳妇机灵，见爹变了脸，赶忙接上。

"知道是谁把你们养大的吗？"大罗汉声音有些颤抖。

"当然是爹呀。"老三说。

"放屁，是这些鸬鸟。"大罗汉吼起来。

"我们咋能是这些畜生养大？"老四问。

"不仅是你们，爹也是靠这些鸬鸟养活，知道吗？"大罗汉说。

"知道，知道，你儿子嘴笨不会说话，爹莫生气。"老三媳妇笑着打圆场。

"知道个什么，知道还恩将仇报？"大罗汉说。

"我们把爹接上岸，就是报答呀！"老四媳妇说。

"你们只晓得鸬鸟把你们养大，那三只最老的鸬鸟还救过爹的命。那年冬月，湖上突然刮起狂风，我被掀下湖，三只大鸬鸟把我叼上来拖到船边，爹是死里逃生。你们这些畜生不如的东西，咋想到把爹也卖了？

你们给老细打电话，他也同意卖，就回我信。"大罗汉说完头也不回走进了夜色里。

第二天，老大到船上告诉大罗汉，老细说把鸬鹚卖了，爹就可以享清福。又说，他不在爹身边，不能照顾爹，卖鸬鹚的钱四位哥哥平分，今后爹就由哥照顾。大罗汉嘴唇微微颤动，一言不发，眼泪在脸上流成了无数条河，就是掉不下来。

又是一个深秋的早晨，渔村的人发现湖汊里的人和一船鸬鹚消失了。

大罗汉的儿子和儿媳发疯似的沿着湖汊寻找。迎面走来的老蒂叔哈哈大笑说，别找了，你爹把自己和鸬鹚都卖给罗老板了。

"卖的钱呢？"四个儿子异口同声问。

"你爹没要钱，只要给他养老送终。"老蒂笑。

老蒂边说边走，晨曦里留下八尊雕像……

涅　槃

鸡叫头遍，爹和娘都起床在灶下忙碌。

爹轻声说着什么，娘喉咙里发出低沉沙哑的声音。一会儿就飘来油炒饭的香味，勾得我肚里的馋虫乱钻，我悄悄地爬起来，来到灶下。爹坐在灶门口吃饭，灶火一明一灭，照着他微笑的脸。娘看着我穿单衣走出来，慌忙到房里拿来棉袄把我裹紧，搂在她软绵绵的怀里。爹也走过来，把他碗里的煎鸡蛋塞进我的口里。爹娘看着我狼吞虎咽的样子，微笑着。爹说，今天爹到县里去报考，考上国编，就是正式老师，不再是赤脚，工资一个月能抵上现在半年的钱！爹说话很自信，也很自豪。我不懂国编是啥，也不知道老师咋和赤脚沾上了边，就知道爹遇上了好事。只有好事，才能吃上鸡蛋炒饭，家里才有抑制不住的喜悦气氛。

爹趁着山头一弯月色上路了。娘用手比画让爹坐班车去。爹说四十多里的山路一天能走个来回，误不了报考。我陪着娘站在村口目送爹远去，娘一头乌黑的秀发在夜风里飘扬，美丽极了，漂亮的脸蛋上布满了幸福。

再回到床上，我们都没有睡意。我躺在娘的怀里，看娘兴奋地比画着讲爹的故事。娘虽然又聋又哑，但我们交流已经没有一点障碍。爹还没有读完高中，爷爷、奶奶就先后去世了，欠了很多债，大队书记怜惜爹，让爹在村小做赤脚老师。赤脚老师和社员一样记工分，相当队里的六分劳力。娘的动作里最多的是伸大拇指，那是赞扬爹。爹三十多岁也没钱娶老婆。娘是爹的学生，天生聋哑。在学堂里，爹很爱护她。娘长成大姑娘了，爹仍然是孤身一人。娘用一对大拇指就像夫妻对拜跟爹比画说，你找不到老婆，我也找不到老公，我们拜堂吧。爹说，这哪行，你是我学生，还小。娘红着脸说，我不小，非你不嫁。娘缠了爹半年，爹总算答应了。娘只要了一床新铺盖和两斤糖果儿，再自己动手剪了几个红喜字，就嫁给了爹。我也朝娘伸出大拇指，娘轻轻拍打我的头，笑了。我问娘，爹教了快三十年书，学生都当了大学教授，咋还是赤脚老师？娘一脸迷惘地摇了摇头。娘是第一次跟我说这么多话，我也是第一次觉得娘用哑语是这么可爱。

爹晚上回来，我已进入梦乡。我梦见爹成了国编老师，虽然仍戴着深度近视眼镜，却穿上了笔挺的黑西装，像大学教授。爹给我们讲唐诗，黄河、白云原来有天上的银河一样美丽。我仿佛也穿上了新校服，背上了新书包，手里拿的是吸墨水的钢笔……

我"咯咯"地笑醒了。不对，我不是笑醒的，是娘正在轻轻拍打我的屁股，让我起床跟爹爹上学去。我朝娘做了个鬼脸，一骨碌爬起来。爹站在床前，一脸木然，昨天的兴奋一点也找不到了。这个家也随之变得沉闷起来。

春去夏至，正是龙虾上市的季节。星期天，爹带我去钓龙虾。我说，爹马上就是国编老师了，按月拿工资，还用在港沟里钓龙虾卖？山里人现在都不屑钓龙虾卖钱。爹默不作声。不过我挺喜欢钓龙虾，那龙虾馋，在有水草的地方下钩，丢下饵就咬，运气好一天能钓三十多斤。爹说卖了龙虾就去省城。我说我也去，爹点头同意了，我高兴得在草地上滚了几圈，草地最能赋予我幻想，我想得最多的是城市的模样。龙虾还真肯帮忙，今天的龙虾卖了一百多元。

这么高的楼，这么多的车，我只在家里十七寸的黑白电视机里看到过，但绝对没有现在看到的五彩斑斓。我拉着爹的手，一步不敢离开，两只眼睛四处乱转，恨不得把看到的都记在脑子里，回去讲给伙伴们听。爹带我进了挂着教育厅牌子的大门，让我在院子里莫乱跑，自己上了高楼。新鲜的世界早已让我忽视了爹眉宇间一丝淡淡的忧愁。

回到家里的日子依然是平平淡淡，转眼又是深冬。我们的学校在山窝窝里，半高砖墙内用树撑起的茅草屋就是我们的教室，北风呼啸着从草毡的缝隙里钻进来，让我们每个人都瑟瑟发抖。还有最后一节课就该放寒假了，我真希望下一场大雪，痛痛快快玩一寒假。明年爹该是国编老师了，娘不用那么辛苦下地干活，爹也不用钓龙虾卖钱，爹娘该永远告别愁眉苦脸的样子。

爹今天穿着他已洗褪了色的黑中山装，显得很精神。他充满磁性的声音总是那么富有诗意和想象力。爹说，今天是我给同学们上的最后一节课，明年有新老师来接替我教你们。我愕然，爹不是报考了国编，爹咋不教我们了？同学们问，为什么呀？这也是我想问的。爹眼角挂着泪花说，国编老师招考已经结束了，老师二十年前填报的民师任用表让人弄丢了，没有民师任用表就不能参加考试，不能参加考试就转不了国编。赤脚老师不能再上讲台。爹说话的声音让呼呼的北风吞没了。我吃蛋炒饭之后，咋就没想过爹没参加考试？爹不教书我娘咋办，她的手还能比画得动吗？我又咋办，我的钢笔校服呢？这时教室里除了风声就是爹的声音，以至于我不得不从心里的疑问中走出来，听爹讲一个凤凰涅槃的故事。天方国古有神鸟，就是中国的凤凰，雄为凤，雌为凰，满五百年后，集香木自焚，复从死灰中更生，鲜美异常，得到永生……

外面的风越刮越大。我们都走进了故事里，忘记了寒冷，忘记了这是爹最后一堂课，甚至忘记了爹。眼里的泪水也不是为爹，而是为凤凰涅槃。

突然，一阵刺鼻浓烟充塞着教室，火，北墙草毡上是火，茅屋顶上也是火。教室里顿时乱了。爹大声喊，莫慌，依次出去。爹跨到门口，把同学一个一个往外送。屋顶上开始掉火球，呼呼的北风卷着火势自上而下，噼里啪啦的声音早把同学们吓得不知所措。爹麻利地送出一个又一个同学。我傻傻地站在课桌前，眼前一片火光，浓烟已呛得喘气都很困难。我使劲喊，爹救我，爹不要我了？爹终于跌跌撞撞过来了，抓住我，把我丢出了教室。我摔倒在又冷又硬的地上，竟然爬不起来。爹咋这么狠？想起爹的狠，我又爬起来了。我起来了，却傻眼了，身后的大火已经完全吞噬了教室。

爹！老师！我们冲着大火发出凄厉的哀号。

火渐渐让整个操场温暖起来，火焰也没有开始狰狞，变得慈眉善目了。

我恍恍惚惚，为啥燃起了这么大的火？爹呢，爹把自己燃烧了吗？爹是为了让操场瞬间变得温暖，还是为了凤凰涅槃？

同学们都跪在操场上，像一个个小问号。大火和浓烟直冲天国。

寂寞的夕阳

王苦舟被儿子远志接进了大城市，住进了二十八层的高楼。

儿子是亲自开了辆黑亮黑亮的小车回到家里，接老子进城去住。这可轰动了鄱阳湖边上所有的小渔村。渔村人祖祖辈辈都是过着朝撒一网青山、暮捞一网晚霞的水上游牧生活，哪个见过大城市，更别奢望住进大城市。

从远志他娘去世那天算起，苦舟盼这一天盼了整整三十年。

　　那时日子过得苦，因为没钱，他娘年纪轻轻就被血吸虫病夺去了的生命。苦舟看着楚楚可怜的小远志，心如刀绞一样疼。他指湖立誓，决不给小远志娶后娘，决不让远志再做湖上游民。

　　苦舟从此断绝了与女人的来往，拼命挣钱供儿子上学。一条破船，风里来，浪里去，一张破网，网骄阳，网月亮。

　　远志上了小学上中学，上了中学又上大学，像寒冬鄱阳湖草洲上的孤雁，一飞冲天。

　　儿子终于进城了，立志不混出个人样不回家。虽说常有书信来往，可苦舟的回信总是片言只语。苦舟不是没话说或者是不愿说，而是他只上过三年私塾，心里想说的话写不出来，能写出来的话也就那么几句，根本就不是他想说的意思。写不出来就不写了，老子知道儿子平安或儿子知道老子平安就行了，其他的话说不说又有能改变啥？说多了就不想儿子了？

　　终于熬过来了，儿子风风光光开车进了渔村。苦舟带着儿子拜了天地拜祖宗，拜了祖宗又拜土地，再又挨家挨户给叔伯长辈行跪拜大礼，叫儿子莫忘了天地的眷顾，莫忘了这方土地养育，莫忘了这里的血脉。做完了这些，才把自己一亩菜园地付给了村里，把破渔船送给了家境艰难的水生，把两间破瓦房送给了人口多房子少的顺生。

　　"还是苦舟叔自己留着吧，我帮你照看。"顺生说。

　　"我现在要回来，也是做客，一切都用不上了。"苦舟乐呵呵地说。

　　苦舟毫不犹豫地走出了小渔村，离开了洒满自己泪水和汗水的鄱阳湖。

　　瞧，城里的房子多高，比家里的尖山还要高。东边房里能看日出，西边房里能看日落。听儿子说这套房叫复式楼，不就是小二层吗？乡下人做三层、四层也不稀奇，还是单门独院。单纯比房子大小，苦舟心里不屑，但心里仍然乐，乐是因为这房子高，装修也豪华，人生活在这里像活在天宫，自然像神仙一样快活。还有一样让苦舟心里美滋滋的，儿子说这房子花了二百万。二百万？把渔村的房子全卖了也不值这个数！苦舟开始不信，儿子笑而不答，他信了。儿子现在的确有这能力，再说儿子什么时候撒过谎，为啥要撒谎？

苦舟从儿媳美丽口里知道，远志算是这座城里的高级白领。啥意思，不知道，大概不会比乡里的书记、乡长收入少。

在这半天云里睡懒觉真是安静，一点都听不到城里的喧闹。苦舟自从儿子出息了，自己也没有了目标，开始睡懒觉。

苦舟起床后，这么大的房子里就剩下他一个人。孙子是来的时候见了一面，叫了一声爷爷，就不见了，说是在学校全托，一星期才能见一面。儿子、儿媳都上班了。

餐桌上，美丽放好了一杯牛奶、一个鸡蛋、肉块面包，已经凉了。苦舟吃完后觉得上当，这哪有自己熬的粥好吃。吃完早餐，苦舟打开墙壁上大屏幕电视，这感觉让他忘了吃早餐时的不快。

日子在不知不觉中过了半年，苦舟开始对这种舒坦的鸟笼生活感到孤寂。每天唯一能做的就是看电视，看累了，就坐在自己住的西边房窗下看夕阳。

"这楼上楼下都住了谁呀？带爹串串门，你们不在，我也能找人说说话。" 苦舟晚上趁疲惫不堪的儿子准备洗澡时拉住儿子说。

"鬼晓得是谁，这可不是乡下，都忙得很。"儿子笑着进了浴室。

"把大门钥匙给我，你们不在，我上街转转。" 苦舟守着儿子洗完澡出来又说。

"爹，我和远志早商量了，不是不给，钥匙掉了，换锁是小事，你要是在街上走失了，上哪找你呀。"美丽从房里走出来抢过远志的话头。

美丽说话了，苦舟便不再言语了。

"把我当小孩了。"苦舟背着手在自己的房间踱步，自言自语，还有些愤愤不平。

苦舟自从在儿子、儿媳那碰了软钉子后，便很少主动和他们说话，他开始想鄱阳湖那边的家了。这种想，随着日子一天天过去，愈加强烈。唉，想归想，现在哪有脸回去呀！来时把东西都送人了，没有给自己留一点退路。再说，突然回去，渔村人还认为儿子、儿媳嫌弃自己，在城里待不住了，面子丢不起呀！你说住不惯，谁信呀？

苦舟慢慢对大屏幕电视不感兴趣，从整天看到看一两个小时，最后都懒得打开。也开始对高楼不感兴趣，世人都说神仙好，如果知道神仙活成这样，谁还愿做神仙？

苦舟每天睡的时间越来越长，但夕阳西下的时候一定会坐在窗前，因为夕阳下是他的家乡。开始他还盼儿子儿媳下班或盼周末孙子回家，图个天伦之乐。他们到家了，又各玩各的，见面还没有想他们快乐。

苦舟在乡下是个话痨，说话幽默风趣，他到哪，哪里便有欢声笑语。现在把他放到这样一个一人世界，笑话说给谁听呀？再说，在家里用方言说的是笑话，放在这半生不熟的世界里未必就能笑得起来。有时儿子在和朋友闲聊，他凑过听，儿子和朋友笑得前仰后合，他不但不想笑，而且想哭。

日子一天一天过去，苦舟又不喜欢夕阳了。城里的夕阳浑浊，蒙上了一层烟尘，夕阳下面是黑沉沉的，让他感到窒息。鄱阳湖上的夕阳多鲜亮，夕阳下是清亮的湖水，像一张铺了锦被的大床，夕阳在湖光山色里慢慢安睡，还有几只水鸥在湖面掠过，黄昏一点都不寂寞。

苦舟现在唯一想做的就是回忆往事，常常是等美丽喊他吃晚饭，才如梦初醒。苦舟当过渔业队长，指挥过捕鱼船队。他知鱼性，能观水色下网，百发百中。他当过县劳模，披红挂彩。他还能说传，《三侠五义》《隋唐演义》《薛仁贵征西》张口便来。捕鱼船队停靠在避风港，他便来上一段，远远近近的渔民听他说传像赶庙会。哪怕是到了冬季，鄱阳湖最冷清的时候，他也没寂寞过。他破瓦房就像上海的百乐门，纽约的百老汇，渔村的男女老少没事就往里钻。他没吃饭，几个伶俐的小媳妇就帮他做，他没洗碗或者洗衣服，她们就抢着帮他洗，家里的活都忙完了，她们还得泡好一杯茶，拉开八仙桌，说传才正式开场。那惊呼，那欢笑，闹得渔村半夜鸡就开始叫。穷开心才是真快乐。只有想起这些往事，苦舟脸上才能看到笑容。

远志也发现爹不快乐。他也曾经想过，爹是少个女人吗？但想归想，他什么都能给爹，就是没法给女人。苦舟也琢磨，自己是少个女人吗？自己一生只有一个女人，但追自己的女人却不少。年轻时，南塘里的邵九仙是寡妇，把被褥都搬进了他的破瓦房，高家边的黄小菊还是黄花闺女，帮他做了三个月的饭，他都硬着心肠拒绝了。现在老都老了，还想女人？苦舟连自己都不明白。

日有所思，夜有所梦。一个梦让苦舟做出了决定，逃离这个家。

苦舟做梦回到渔村，村口搭好了戏台，一村的人在等他说传。一张张笑脸排列在他通往戏台的过道上，像星光大道。他还没开始说传就笑醒了。醒来又觉得可笑，渔村人也早就不听说传，说传远没有电视里演的精彩，但他还是决定回去。他留了一张字条，便逃回了老家。

"苦舟叔，城里的日子过得舒坦吧？"

"不舒坦能一走就是一年吗？"

"这回准备住多久？"

村里人围上来，虽然不像星光大道，却也挺热闹。

苦舟脸上有些发烧，但还是笑呵呵："再也不走了！"

苦舟刚跨进破瓦房，便惊愕了，远志和美丽咋在这里？美丽眼角还有泪痕。

"爹咋不打招呼就走了？还以为走丢了呢。"远志说。

"你问我，我问谁去？"苦舟说。

"爹哪能走丢，我猜爹想家了，这不是回来了吗！"美丽说。

"走丢了岂不是更好。"苦舟本来心里没气，听了儿子儿媳的话来气了。

"苦舟叔不该不招呼就走，你看把远志急得。"水生说。

"啥叫不该？我还不该生他呢。"苦舟的气莫名其妙大了起来。水生不敢说话，村里来凑热闹的人更不敢说话，屋里的气氛陡然紧张起来。

"爹走了，让我咋见人。"远志觉得委屈，但又不能委屈。

"你要脸，爹就要给你呀？"苦舟说。

"给你几十年脸了，还没给足呀？"苦舟又说。

远志和美丽的脸越来越难看，苦舟的脸也来越难看。这样僵持了一盏茶的工夫，远志跪下了。

"我哪能再要爹的脸，爹想咋样就咋样，行吗？"远志把城里房门钥匙递给爹，想哭又哭不出来。

"什么叫我想咋样就咋样？"苦舟人回来了，面子回不来，借儿子儿媳出气，不是真气，虽然没接钥匙，语气却缓和了许多。

"没有爹指湖立誓，就没有儿子今天。爹想在哪住就在哪住，行吗？"远志说。

"苦舟叔，原谅远志吧！"顺生也劝。

"起来吧。"苦舟脸上这才露出笑容。

"我还一句话要说。"苦舟又说。

"爹说。"美丽也笑了。

"你要是想把我几十年的脸还回来，就常回家看看，帮帮村里人。"苦舟说。

"嗯！"远志点点头。

渔村人心里一天的乌云散了，夕阳照进来，每个人脸上都红扑扑的。

老 朋 友

一

我调到卫生局不久，一个老朋友来告诉我另一个老朋友的消息：老陈真疯了，还住在你下属的精神病医院。

告诉我消息的是老根。老根姓赵，根是他的名字。老根总说自己是百家姓里的老大，但别人不叫他老赵，而是叫他老根。

"哪个老陈？"

"这么快就忘了？女儿被绑架的那个。"

"不是假疯么？"

"这回是真疯。"

老根哈哈大笑，笑得很痛快，也笑得很得意。好像他盼老陈疯不是一天两天，而是盼了大半辈子。好像只有老陈真疯了，他才可以松一口气，才有这发自内心的喜悦。

这个世界变化太快了。以前称朋友，那是真要好、情趣相投的人，称呼起来心里有温暖的感觉。现在称朋友，朋友固然是朋友，烦你、仇视你、算计你的也称朋友。称呼起来有时像喝白开水，有时又像吃了一只苍蝇。我之所以说老陈和老根是老朋友，也是因为他们一直惦记我。

世界变化快，我的变化也快。

我说："老陈疯了，你真有那么高兴？"

老根说："不仅是高兴，而且是心里悬着的一块石头终于落地的感觉。"

我骂："一个人什么都可以缺，就是别缺德。"

老根说："还有一句话，什么人都可以骂，千万别骂朋友。"

我说："现在的朋友成分复杂，骂骂又何妨！"

老根说："就因为成分复杂，所以不知道谁心里藏着一把刀子。"

我说："扯淡。滚！"

老根嬉皮笑脸滚出了门。出门后，又回头说："别忘了去看看老朋友。"

二

老根长得又矮又黑，胡子又粗又密，实在不招人喜欢。老根人糙理却不糙。是该去看看老朋友。按惯例，我也该去下属单位走访调研。

精神病医院依山傍水，山不高，水却是一片大湖。医院的门诊楼、住院部、医技楼以及附属建筑都是新建的，院内道路及后山小道、楼台亭阁是新建的，树木花草也是新栽的。

陪同我的院长老杨很自信："不错吧？"

我说："什么不错？都是火柴盒子。"

见老杨很尴尬，我又说："不过你的火柴盒子没有经过太多的风吹日晒雨淋，是新的。"

老杨用手指着山上的楼台亭阁说："那些不是火柴盒子。"

我笑："那些当然不是火柴盒子，是脱了毛的母鸡。"

老杨脸上更尴尬，有些慌不择言："这里很安静。"

我说："安静但不幽静。"

我突然觉得挑毛病挑过头了，又说："总体布局还是不错，就是觉得缺少些什么。"

老杨像冬天掉进水里，爬上岸突然见到了阳光，急切地问："缺少什么？"

我又笑："缺少我们心里都渴望的东西。"

老杨显然不知道我心里渴望什么，也不知道自己心里渴望的东西与这些建筑有什么关系，还是很茫然。接下来爬山的一段路气氛很沉闷。

我并不在乎这样沉闷的气氛，平常我就喜欢一个人走路。我走路也不是为了走路，而是为了一个人可以想很多问题。这里除了建筑没有融入山水以外，景色还是相当不错。登山一望，水天一色，微风细浪，鸟语花香，没有城市的喧闹，山水阳光和蓝天白云都静止了，只有我的意识像小鸟一样在这透明的空间里飞翔。有这样的好地方，病也是一种幸福。但随即又想到，这种意识也是一种病，就不敢再往下想了。

在西边山脚下有一个小村庄，有一堆白墙翘檐的赣北民居，有一群孩子在嬉耍，口里还念念有词，声音时断时续。

我问老杨那是什么村庄。

"陈家坂。"老杨情绪有些低落，回答起来完全听不到初见时的激情。

我又问："那群孩子好像在唱什么歌？"

老杨没有更多地发挥，只念出了四句顺口溜：

弯弯田下弯弯雨，

歪歪嘴说歪歪理，

孬孬心做孬孬事，

苦苦命过苦苦世。

这是一首在赣北民间流传很久的顺口溜，我小时候也常听。老杨低沉的情绪，再配他磁性的中音，听起来让人有想哭的感觉。这种哭来自心里，听不到声音。号啕大哭，哭过了便哭过了。听不到声音的哭才有绵延不绝的疼痛。

最后走访的是住院部。住院部在一个大防盗门里。防盗门的钥匙只有住院部的主任才有。这把钥匙的特殊意义在于它不仅锁住了财物，还锁住了自由。哪怕是我这个局长进去了，没有主任开门也同样出不来。进这防盗门，有与世隔绝的感觉。我进去时正赶上病人放风。放风是在一个四周用高墙封闭的露天大院子里。穿着红、黄、蓝三种长条颜色患者服的病人在院子里自由走动。病人都不说话，脸上是一种表情，没有喜怒哀乐，没有狂躁叫喊，院子里很安静。

我问老杨："为什么这么安静？"

老杨从沉闷中走出来说："医院里的疯子没有外人想象的那样可怕，一切都可以由药物控制。"

我说："我没问可怕不可怕，是问为什么这么安静？"

老杨说："吃了药就安静。"

我知道我又在为难老杨。老杨脸上的皱纹不比我少，却还是有点书呆子的味道，心里有病和药，其他的东西装得仍然不多。

我转移了话题："病人为什么要用三种不同颜色的服装？"

这话问到老杨的点子上。老杨眉毛眼睛又活了："不同的颜色代表不同的病情。红色代表重症，黄色次之，蓝色又次之。"

听话音知道这是老杨的发明。这次我没有发表意见。我没有发表意见不是没有意见。在没病的人眼里，一眼能看出哪些人疯得严重，哪些人次之，哪些人又次之，一目了然。就像戏台上把人脸画成黑脸、红脸、花脸、青脸、蓝脸，一眼便能分辨出好坏忠奸是同一个道理。也或者是应用了通行的安全色标志，红色代表危险，黄色代表警告，蓝色代表提示。这些做法用在疯子身上，对没疯的人肯定有好处，对疯了的人有没有好处那要问疯子。可是疯子都不说话，我没法去问，只能选择不发表意见。但是我提了另外一条意见。为什么不把放风场所改在防盗门外面山水和阳光下面，让患者和山水、阳光更亲密接触，听听鸟语，闻闻花香。人最开始是从大自然中走出来的，后来远离了大自然，心里生出无尽的烦恼才疯了。要治好人的疯病，还要大自然这味药。在这样一个风景如画的地方建疯人院，不是让你们享受，而是要让疯子享受。老杨面有难色。我知道这不是一般的难，而是非常难，因为从来没有哪家疯人院像我一样异想天开。

老杨怯怯地说："我也跟领导提个意见。"

我冷冷地说："什么意见？"

老杨说："称患者不能称疯子，叫精神病医院不能叫疯人院。"

我说："不是一回事吗？"

老杨说："是两回事。叫疯子是人格，叫精神病是科学。"

我说："别打岔。我让你别把医院弄得像个牢房，这不是人格？这不是科学？你可以把山水搬到放风的院子里来吗！"

老杨这回笑得灿烂，脑子转得也快："领导简直是天才，不学医是医学界的损失。我把院子扩大一些，微型山水就能搬进来！"

死心眼的人气死你，使心眼的人累死你。老杨两者都不是，有书呆子的味道，却又懂得看眉高眼低。这样的人招人喜欢。

疯人院开饭了。疯人院的饭比没疯的人饭要吃得早，就像大人先让小孩吃完饭自己才吃一样。吃饭是在一个四周用钢化玻璃隔离的大食堂，三排长桌，三排长椅。别看这些患者在外面又哭又闹，又喊又叫，动刀动枪，人见人怕，在这里却是食不言，寝不语。一个偌大的食堂，除了几个护士在哄三两个穿红条患者服的患者吃饭外，竟然没有其他的响动。这样的秩序在外面很难找到。

走访像走流程一样进行。一边看，一边听汇报，又一边提意见。不看不听就说意见，别人说你是瞎指挥。又看又听而没有一点响声，别人也会说你是老外。在医学上我是老外，但琢磨人我是内行。你琢磨患者，我琢磨你。医生脑子里除了装有医学，还装了很多其他的东西。看其他的东西我比医生自己还看得透，所以我是他们的领导。

我们走进了患者活动室。活动室空无一人，他们还在食堂里吃饭。但我能想象到，四个患者围坐在一起打牌，两个患者面对面对弈，三三两两坐着发呆，摆着各种不同的姿势，就是没有一点声音。

我突然想起老陈，问老杨："患者里有没有一个叫老陈的人？"

老杨问："是亲戚，还是朋友？"

我说："怎么这么想？算是朋友吧。"

老杨说："您的朋友在这里是我们的荣幸。"

我说："你的思想有问题。应该说所有患者都是你的荣幸。"

想想也不对，又说："患者和荣幸放在一起怎么这样别扭？"

老杨说："是别扭，不说荣幸。老陈叫什么？"

老陈叫什么，我一时真想不起来。在老陈惦记我的日子里，我都是叫他老陈，把名字反倒忘了。我故作糊涂："叫老陈呀！"

老杨倒是不笨，对住院部的主任说："查姓陈的患者，都叫过来。"

姓陈的患者还就只有老陈。住院部主任说叫陈旺来。我想起最初看过的材料，就是陈旺来。老陈还是那个白头发扎堆、脸上胖嘟嘟的老陈。老陈穿的是红条患者服。为老陈胖嘟嘟的脸，我曾经开过一个玩笑，别人家遭难是一圈一圈往下瘦，你怎么一圈一圈往外长。老陈苦着脸，我也不知道为什么往外长，不但长肉，还长白头发，长血压。我开玩笑是不想老陈总浸在自己吐出来的苦水里，没想到老陈身上浓浓的酸楚味把我的心也浸酸了。

老陈以前见到我就想说话，就想讲他和他女儿的故事。讲得我烦了，就推他出门，不要再说了，你和你女儿的故事我能背下来。老陈隔三岔五就来讲他的故事，后来到了他不疯我便要疯的程度，我才发誓要离开原来的岗位。我离开以后，很多老朋友见面寒暄的第一句话便说，没有老陈惦记，你的气色好多了。

老陈这回见我一句话都没说，甚至不拿正眼瞧我。老陈目光呆滞，我想他是真疯了。为了证实我的想法，我问老陈："老陈，还认得我吗？"

老陈不认识我，或者见到我都没有话说，那就是真疯了。

老杨真把老陈当我朋友，问："老朋友来看你，认得吗？"

住院部主任伸出一根指头，从老陈的眼前慢慢移到我面前，说："看这，你老朋友来看你了。"

护士也像哄孩子一样，用双手扶着老陈的头，慢慢转向我站立的方向说："乖，看那边，看你的老朋友。"

老陈的头虽然转过来了，目光却离我越来越远。

老陈是真疯了。我来看老陈是想证实心里想的这件事。我没有失望，倒是看到老杨和主任、护士一脸的失望。

三

老陈遭难前半段是别人强加给他的，后半段是自己强加给自己的。

老陈是城郊陈家坂的农民，是种田有瘾的农民，也是聪明绝顶的农民。很久以前我就总结过，聪明绝顶的人最后有两种归宿，一种是人上人，一种是疯子。没想到我这话应验在老陈身上。

老陈家里有五亩水田，三亩旱地，一口池塘，五十亩山林。别人的水田种一季水稻，到冬天田就荒了，成了麻雀的天堂。老陈家的水田种两季水稻，冬季还要种油菜，第二年油菜收上来又接着种早稻。别人的旱地稀稀疏疏种几棵白菜或者包心菜，人还没吃，鸡先吃得差不多。老陈家的旱地一年四季都是绿油油的，每天清早都要拖一车菜到城里去卖。老陈家的池塘水下养鱼，水上养鸭，岸上养鸡，养猪，鸡屎猪粪又去养鱼。老陈还把五十亩山林栽满了杉树。老陈家的田地池塘山林没有一样是闲着的，也没有一季是闲着的。老陈老婆死了好多年，生有一儿一女。儿子叫玉林，女儿叫玉兰。儿子懒，娶了个媳妇彩云又懒。彩云懒不仅是人不做事，而且肚子也闲着，结婚两三年也没生个一男半女。

老陈心里没气时埋头做事，心里有气时便说："你们再懒也要生一双儿女吧？老子健在有老子养。老子腿一伸，还有儿女养！"

老陈有一个邻居是寡妇，叫小郦。小郦小老陈十岁，皮肤养得又白又嫩，屁股大，奶大，嘴小，模样也招人喜欢，就是人懒嘴臭，老陈不喜欢。小郦想做老陈的续弦，有事没事都喜欢跟在老陈后面看老陈做农活，但从来不动手帮一把。

老陈没拒绝小郦的时候，小郦经常挑逗老陈："你家的田地有福气，一年四季有人耖。"

小郦见老陈埋头不哼声，又把脸贴过去说："你白天耖旱地，晚上就没想过耖水田？"

老陈冷冰冰说："没想。"

小郦说："怎么可能没想？"

老陈说："要耖也要耖熟田熟地，谁愿耖懒人田。"

又说："熟田熟地长儿女，懒人田里长蒿草。"

小郦气呼呼走了。

从此，小郦走过老陈的田埂，便往田里扔石头，扔了石头还要骂："看你的熟田熟地长儿女，还是长石头。"

看到老陈的鸡鸭，小郦又骂："别看又肥又嫩，迟早都得挨千刀！"

老陈的灾难与小郦的咒骂无关，与儿子媳妇的懒惰也无关，却与孝顺听话的女儿有关。

城市搞征地拆迁，陈家坂的土地十有八九被征用了。老陈的田地池塘山林一夜全被圈了进去。

玉林和彩云人懒脑子不懒，先是算计水田旱地池塘山林："妹妹迟早要嫁人，爹也迟早要死。"

理虽然是这个理，但这话不毒死人却恶心死人。老陈骂："你妹还没嫁人，老子也还没死。"

玉林说："气什么呀？我没说你现在就死，是说这些家产迟早都是我的，只不过是提前继承。"

老陈脑子虽然转得快，却转不过这千古不变的祖制。气归气，真要与儿子顶起牛来，输赢且不说，最后都得让别人看笑话。继承就继承，提前就提前，就是别坐吃山空！老陈的脑子还是转得快，固定资产虽然给了儿子，这些年也赚了不少流动资金，除了预留下嫁女儿的花销，还足够自己养老。如果老陈脑子只转到这一步，也不算快。老陈还想到，自己前面不要祖制，儿子后来跟样，老了不送终，死了不披麻戴孝，那留下的笑话就更大了。

玉林和彩云本来也是漫天开口，等着父亲坐地还价，没想到父亲满口答应了。玉林想反悔，脸皮薄开不了口。彩云脸皮厚，想反悔张口就来："继承不动产是你儿子说的，我没说。一只老母鸡养了这么多年杀了，你把老母鸡给我们，鸡蛋的事提都不提，恐怕说不过去。"

老陈问："如何才能说得过去？"

彩云说："把鸡蛋三余三十一，爹爹、玉兰各一份，玉林和我共一份。"

听彩云说这话，自己还吃了亏。老陈想，没有前面的事，这样分，你们也是吃了亏。先不管吃亏不吃亏，能想到吃亏这一层，我的钱就物有所值。老陈的脑子比儿媳的脑子还是转得快。三余三十一，自己养老的那份还是够。按开始的计划，钱也是有多余。人生不带来，死不带去。多余的钱原是想死后留给儿子儿媳，取得他们高兴，留下一些念想。既然现在就要，给你们也没什么。为迟给早给伤了父子感情，不划算。女儿是别人家的人，嫁妆也就是个脸面，多就多些，少就少些。

让老陈最感动的不是玉兰不争家产，而是在老陈这样想还没有这样说的时候，玉兰反过来劝他："女儿不计较，爹爹还犹豫什么？嫂嫂高兴，一家人都高兴。"

玉兰这句话把老陈的眼泪催出来了。老陈前半辈子只流过一次泪，那是老婆咽气的时候。这是第二次流眼泪。玉林如果有玉兰一半懂事，他也就用不着这么操心了。

家就这样分了，没有像村西头的老刘家兄弟相杀，也没有像村东头的老江家父子成仇。老陈忍了一时之气，免了百日之忧。听说老刘家兄弟相杀，他心里暗暗高兴，又听说老江家父子成仇，他心里偷着乐。钱财是什么？就是一个屁，放了才舒服，憋在肚子里能撑死你！

没有田地，老陈没事做，玉兰也没事做。玉兰先是在城里公交车上找到了一份卖票的差事，后来人缘熟了，听说有一家的士要转让，就想开的士。

老陈知道玉兰的心事，便对玉兰说："想开的士就开的士，爹的钱也是你的钱。"

玉兰说："爹的钱是养老的钱，给了我，嫂嫂又要给爹脸色看。"

老陈说："爹的钱又不会说话。你赚了钱再还我，你嫂子哪会知道？"

四

玉兰想开的士便开上了的士。老陈没有了土地，手脚闲得慌不是主要的，关键是心里闲得慌。手脚闲得慌，他满垅满畈走一圈，手脚也就安静了。心里闲得慌那是坐卧不宁。先前清早要进城卖菜，还要割草喂鱼，他现在仍起来，割了一担草，走近鱼塘，看见鱼塘里长出了一栋高楼，气得把镰刀和竹筐全扔在高楼下面。先前到了晚上，他要到稻田里去放水。白天太阳蒸晒，田里的水干得差不多。稻子扬花的时候最要紧的是不能缺水。晚上放满水，第二天稻子好扬花授粉。现在他仍下意识拿起锄头，走到高楼下，才想起稻田里没种稻子，种了高楼，气得用锄头挖水泥地面。水泥地面冒了几点火星，痕迹没有留下一星半点，他的锄头柄却断了，手也震得发麻。他把锄头丢了。过了几天，他又下意识到门角落里去拿锄头，没摸着，才想起锄头丢在高楼下，叹了口气，脱衣服上床了。

玉兰开的士要后半夜才回家。老陈躺在床上翻来覆去睡不着。睡不着眼前就浮现出寡妇小郦的大屁股大奶，心想，这时候如果能抱着这勾魂的大屁股大奶，折腾得筋疲力尽，一觉就能睡到大天亮。可惜当初拒绝了她。现在想，那时做得太过分。女人就是要养。不养女人，男人赚钱做什么？女人不养，哪来的又白又嫩？不是又白又嫩，又有几个男人喜欢？人一时有一时的想法。以前小郦整天在他眼前晃悠的时候，老陈不想小郦，把田地池塘当老婆。现在田地征收了，小郦也不在眼前晃悠了，他满脑子是小郦。老陈越想越睡不着，越睡不着越想，恨不得半夜就去敲小郦的门。老陈起床在屋里转圈，脑子里就想去不去敲小郦的门。去敲吧，寡妇门前是非多。不敲吧，今夜肯定是熬不过去。正当老陈欲火焚身的时候，玉兰回家了。

玉兰看到老陈在屋里转圈，黯淡一笑："爹这么晚还不睡，在屋里转什么圈？"

老陈脸红了，低头装作若无其事说："吃饱了，在屋里消化消化。"

玉兰开了一天的车，很累，没深想老陈的话，进了自己的房间。

天快亮时，老陈才迷迷糊糊睡去。醒来已是日上三竿。老陈心里的欲火还没有消退，情不自禁就进了小郦的门。进了小郦的门，才想起自己老婆死后，就没进过这个门，这个门进得有些唐突。老婆在时，进这门是邻居，老婆不在，孤男寡女是是非。以前老陈心事在田地上，在儿女身上，也就不想惹这身边的是非。老陈没想到有一天他会主动来找这个是非。小郦正躺在摇椅上嗑瓜子。小郦原来也喜欢嗑瓜子，看到老陈就把瓜子收了。今天嗑瓜子不但没有收，反而把瓜子壳吐到了老陈身上。老陈原来看到小郦嗑瓜子，心里就骂，游手好闲的娘们儿，不败家就要败身，眉毛都能把小郦杀死。今天小郦把瓜子壳吐在他身上，他不但没皱眉头，反而像把瓜子壳吐在一炉烧得正旺的炭火上，欲火越燃越旺。

老陈笑："妹子闲着，我现在也闲着。"

小郦瞪了一眼："你闲着关老娘屁事！"

老陈的脸皮让欲火烧厚了，也不怕骂，又笑："闲着闲着就想起妹子的田没人种。"

小郦冷笑："大哥是说哪块田呀？懒人田给了政府，钱跟熟田熟地一样算。"

老陈的脸被烧红了，舌头也有些焦："我说的是没给政府的那块田。"

小郦突然站了起来，大骂："现在才想起那块田呀？老娘的田是给牛耕种，不是给狗做窝。滚！"

老陈的欲火被冷水浇灭了，脸皮再也厚不起来，生怕鱼没吃着，惹了一身腥，慌忙逃了出来。老陈把自己关在房里一整天，不吃不喝，闷闷不乐。满脑子就想两种人，一种是小人，一种是女人。得罪小人，一辈子不安宁。得罪女人，一辈子受孤栖。

老陈的烦恼远不只这些。到了晚上，他接到了一个奇怪的电话，让他拿五万块钱为女儿赎命。放屁！老子的女儿在开的士，赎什么命？现在的人想钱想疯了。小郦这个婊子不也是爱钱吗？老子有钱的时候，像哈巴狗一样跟在我后面。老子没钱了，便在我面前装烈女。老陈想想也不对，自己好像走进了电视剧的情节里，刚才是女儿的手机号码，怎么会传出陌生男人的声音？不好，女儿真的被绑架了。老陈把玉林、彩云叫过来，把电话内容告诉了他们，想商量一个对策。

玉林说："拿钱赎人呀。"

老陈说："我没钱。"

玉林说："你的钱哪去了？不会给了隔壁的骚狐狸吧？"

老陈马上想到，儿子早晨听到了自己与小郦的争吵，以为他和小郦不清不楚，有些心虚。又想，早晨是想过小郦，又没有真做，更没有给钱，心虚什么？老陈瞪玉林："孽子，我跟骚狐狸怎么了？"

玉林嘟囔："你跟骚狐狸的事我哪知道！"

老陈骂："不知道你瞎扯什么淡？"

人穷志短。老陈有钱时脑子好使，没钱了，不知不觉就让玉林从玉兰绑架绕到骚狐狸身上。老陈突然想到离题万里了，玉兰的命比瞎扯淡更要紧，强忍了一口气说："祖宗啊，快拿钱救你妹妹的命。"

彩云出来打圆场："爹别急。玉兰既然被绑架了，先要想想是拿钱赎人还是报案。别到头来人财两空。"

老陈说："当然是拿钱赎人。那男的说，报了案，你妹妹就没命了。"

玉林说："别不是妹妹与那男的合伙骗钱？"

老陈火又上来了："孽子啊，你妹妹是那样的人吗？"

彩云说："玉兰是什么样的人不重要，重要的是玉兰想开的士就开上了的士。"

老陈哀求："玉兰买的士的钱是我借给她的。救救玉兰吧！"

老陈知道，分家以后，玉林、彩云为玉兰买的士疑疑惑惑，总认为自己还藏了私房钱给玉兰。没这事，疑惑就疑惑。现在到了火烧眉毛的时候，就不得不说了。

彩云说："爹的钱，爹做主。我们不是说玉兰买的士，是说该不该报案。"

老陈现在才知道彩云厉害。先前彩云除了吃饭，就是埋头玩手机，除了偶尔听她叫一声爹，就没听她说过别的话。今天不管你怎么说，她就是不想出钱。儿子早让她牵住了鼻子，指望不上。老陈在外面算得滴水不漏，在家里却漏得干干净净。现在看来只能认命了。可怜的玉兰，善解人意的玉兰，你也只能认命了。老陈想到女儿也要认命，心里像有刀在割，眼泪不知不觉往下流。

彩云劝他："爹也别难过。还是报案吧，公安局总比我们站得高，看得远。"

五

老陈找我的时候，他女儿玉兰已经死了一年。

那时我在信访局当局长。我第一次见老陈，老陈的头发全白了，身上却长了一身肉。老陈说，人倒霉喝水都长肉。老陈说这话，冷漠挂在嘴角上。他说，一年前，头发没白这么多，也没有一身肉。老陈眼睛看上去很干涩，眼底还有一团火在燃烧，根本生不出眼泪，更藏不住眼泪。那一团火随时可能喷出来。老陈第一次见我虽然没有喷出火苗，我却感受到了灼热。为了回报他没冲我发火，我也耐心听老陈讲了一上午的故事。

那天夜里，老陈被玉林胡搅蛮缠搞昏了头，又被彩云好说歹说，没了主意，只知道流眼泪。老陈的眼泪就是那一夜流完了，以至于后来见谁都冷漠。玉林报案后，老陈不放心，又一个人跌跌撞撞跑到公安局。按老陈的想法，或者说是电视剧里的演法，公安局这时应该是灯火通明。他来公安局也帮不上什么忙，就是想看看灯火通明，看看公安进进出出，忙忙碌碌，那样他心里就踏实了。没想到公安局是黑灯瞎火。老陈那时心就凉了，坐在公安局大门口，脑子里全是玉兰的影子。脑子里走出来最多的还是前一天晚上玉兰回家时的黯淡一笑，那是玉兰留给他最后一个笑容。当时只认为玉兰累了，才笑得那样黯淡。现在想起来，玉兰不完全是累了，而是在暗示一场生死离别。老陈心越痛越胡思乱想，越胡思乱想心越痛。老陈就是这样在公安局门口过了一夜。第二天上班，老陈找到了刑侦队沐孙长，问女儿的情况。沐队长一句话把老陈的心彻底说凉了。沐队长说，别不是什么人搞恶作剧吧，我们这还没发生过绑架案，我现在派人去调查。昨天的事，今天才派人去调查，这不是拿老百姓的生命开玩笑吗？别人把你女儿绑架了，看你会不会也认为是恶作剧？老陈脑子里东一句西一句骂沐队长，身子跌跌撞撞回了家，躺在床上再也爬不起来。活的女儿是来不了，要等也是等死讯。老陈躺在床上一边等一边想，想了玉兰的好，又想想玉兰的恶，只有恶才能阻止他想玉兰的好。他把玉兰这二十多年想了个遍，就是想不出一个恶。别的孩子学会说话先喊姆妈，玉兰喊人的第一声是爹爹。别的孩子心里话只跟娘说，玉兰的心里话只跟爹说。连玉兰身上第一次来红都是跟老陈说。老陈骂，这么大了还不知道羞怎么写，找你娘去。玉兰说，你是爹，就找你说！老陈实在找不到玉兰恶，就在心里骂玉兰，冤家，下辈子我做你女儿，也听你的话，让你也心疼一辈子。

老陈在床上等了两天，果然玉林进来说，玉兰连人带车被人推到了湖里，尸体打捞上来了，车子打捞上来了，凶犯也抓到了，爹要不要见玉兰最后一面？

老陈冷冰冰说："你就当你爹跟玉兰去了。"

玉林说："都什么时候了，还说气话！"

老陈说："老子不是说气话。玉兰是你妹妹，你愿埋就埋了，不愿埋就吃了。"

玉林哭丧着脸说："还是气话。"

老陈说："老子没有气，只有恨。老子现在还留一口气在，就是为了做一件事。"

玉林问："什么事？"

老陈说："你办好了妹妹的后事，孝和义都做全了。管老子是什么事！"

老陈硬是没有见女儿最后一面。他的理由是玉兰死的先一夜已经告别了，黯淡一笑已经刻在心里，不想让水里浸泡的玉兰去破坏他女儿的形象。

老陈要做的那件事是为女儿玉兰讨回公道。他开始是走法院那条路。老陈告公安不作为。法院受理了，但法官说，这个绑架案三天就破了，凶犯也枪毙了，公安有这样的破案效率，你没有足够的证据，告他们不作为只输不赢。老陈想，法官看上去像是泼冷水，实际上是在提醒自己。老陈问，上哪能找到证据？法官说，公检法是一家，不好说，不好说！你问问律师。老陈请了律师，到处求爹爹拜奶奶，把自己认为的证据装成了一本书。老陈把这本书给我看过。他的证据至少能说明一个问题，公安在接到报案后当晚没有任何作为。

我说："相信法律！"

老陈也说："相信法律！"

没多久，老陈拿法院的判决书给我看。判决书跟公安开了一个玩笑，也跟老陈开了一个玩笑：处警不力，破案及时。法院在公安的屁股上踢了一脚，又抱着公安说好话。法院给老陈做了一碗肉丝面，又在碗里吐了一口唾沫。因为这个判决，公安给了办案人员一个纪律处分，无伤大雅。老陈花了诉讼费，买了一张废纸。

我劝老陈："你遇的是天灾人祸。人死不能复生。想开了，事就放下了。有难处还可以来找我。"

老陈开始没有想清楚判决书的玄机，说："除了这事，我没有难处。"

过了几天，老陈想清楚了，又来找我："如果公安处警得力，是不是我女儿就不会死？"

这话把我难住了。我说："只能说有可能不死。"

老陈又说："公安处警不力，换句话说，就是公安误了我女儿一条生命？"

我说："两者不能完全画等号。"

老陈突然站起来，把桌子一拍："别扯淡了。老子不跟他们玩文字游戏。赔我的女儿！"

藏在老陈眼睛里的那一团火终于喷发出来了。我当初看完老陈收集证据的书，也有这样的预感，爆发是迟早的事。老陈是一个聪明的人，也是一个精明的农民，怨恨起来还是一个刁民。当然，别的人也不傻。但事情的发展，不取决于别的人傻不傻，而取决于有没有人较真。傻子较真，聪明人也奈何不得，聪明人犯糊涂那就是一傻子。我所做的工作就是让傻子变聪明，让聪明人变迟钝，让不较真的人较真，让较真的人不去较真。我劝老陈："沐队长严重失职，也得到了应有处分。但最可恶的不是沐队长，是罪犯。玉兰走了，不可能再回来。活着的人还要好好活着。"

老陈在不断地叫喊："他们能好好活，我不能！我下半辈子只能活在黯淡一笑里。"

我说："你要怎么样？"

老陈发了狠："我不得安宁，你们也别想安宁！"

老陈把他们变成了你们，不是一时口误。老陈也开始学会玩文字游戏。他把我也划归在你们之列。

六

在此后的两年里，老陈的确让办他女儿案子的沐队长不得安宁。沐队长撤了职，看不到出头之日，开始破罐子破摔，吃喝嫖赌样样都来。原来不让别人做的事，现在他都做。用沐队长的话说，他要感谢老陈，否则他这辈子就有很多遗憾。老陈想，一个人脸皮厚到了刀枪不入，那神仙都奈何不了他。老陈主动放弃了沐队长，但他恨上了更多的人。老陈先前恨的东西多，但没有现在恨得累。恨虫子，虫子吃他的庄稼，喂喂农药恨就消了。恨草，十天半个月不除草，田里的草就挤死禾。除了草，恨就消了。再就是恨天，不该下雨的时候下雨，该下雨的时候不下雨。恨天，骂了几句恨也消了。老陈恨人不是人都与老陈有仇，而是老陈有一肚子的话，没人愿意听。谁不愿意听他就恨谁。连我这个靠听别人倾诉赚工资的人听了三遍都不愿意听了。老陈问我，我原来肚子里没有话，玉兰走了，我就有满肚子的话，是不是有病？我说，你没病，是玉兰变成了话藏在你肚子里。老陈说，这就对了，玉兰孝顺，不会轻易离开我。我的话一出口，便后悔了，我是在推波助澜，想收都收不回。后来，老陈干脆坐在我办公室不走，别人要说话，他让别人先说，别人没话了，他就接上说。我忍无可忍说，你现在有病。老陈说，你不是说我没病？我笑，你也不是有病，是中邪了。老陈跳起来，你说我女儿是邪气？老子再跨进你的门就是你儿子。老陈的确没有再进我办公室的门，但也一直没有让我安宁过。老陈不安宁就等于地方不安宁，不安宁就要付出代价。说具体些，谁撞到老陈的事上，或多或少都要摊上点钱或摊上点事。老陈花一块钱给你找的事，你要花一百块买回来，或者既要花钱，还要挨骂。

老根就是这个时候认识我的。老根是城关镇的信访员，老陈是城关镇的人，把老陈的稳定交给老根理所当然。老根除了年纪老，资历老，还有就是做事不按常规出牌。老根有一个本事，处理矛盾纠纷不但干净利落，而且双方当事人都争相请他吃饭。我说，我处理纠纷，双方都骂我，你处理纠纷双方都请你吃饭，你是我师傅。他笑，我也不是你师傅，你比我处理得好。我说，如何比你处理得好？他说，一团乱麻，你在正中切一刀，那叫公正。麻没乱却断了，挨骂也很自然。我说，你怎么处理？他说，见人说人话，见鬼说鬼话。我说，那又怎么说？他说，两个人打架，一个人问，该不该打？我说该打！他笑，请我吃饭。另一个人也来找我，你吃了他的饭，还能公正处理么？我说你也请呀，我不吃才是不公正。另一个人也笑，请我吃饭。我说，双方的饭都吃了，如何能让双方都满意？他说，还是见人说人话、见鬼说鬼话。我说，谁还信你的鬼话？他说，没吃他的饭，可能不信，吃了他的饭就信了。这叫弯弯田下弯弯雨，歪歪嘴说歪歪理。我笑，你还是我师傅。

老根第一场弯弯雨下到了老陈儿子玉林的弯弯田里。玉林像鬼使神差，跟老陈较上劲了："穷不跟富斗，民不跟官斗。"

那话是老根教他的，老陈不理他。他又说："玉兰走了，我又不是不养你。"

老陈仍不理他。

玉林又说："你不拿钱给玉兰买的士，玉兰能出事吗！"

老陈火了："我下面怎么滴出你这么个东西。"

玉林说买的士的话捅到老陈的心窝里。老陈曾为这事后悔了三天没吃饭。后来又想，买的士与绑架还不是一回事，这才吃饭。现在玉林又拿买的士说事，老陈火就上来了，用脚踢玉林，没踢着，鞋子飞了出去。老陈捡起鞋子赤脚追玉林。彩云抱住老陈说："这事爹做得对。你也别追玉林这个蠢货了。"

又说："爹告状要钱我出。讨不回公道，不是玉兰死不瞑目，是我们没脸活着。"

彩云煽风点火，换作以前老陈肯定要骂，败家娘们儿，不怕祸大，这是要推我下悬崖。这会儿，老陈却像喝了一碗冰糖水，既解渴，又解气。老陈第一次对彩云刮目相看。就觉得玉兰走了，玉兰的魂附在彩云身上，彩云才对上了自己的心事。

老陈在这两年里，学会了打字，学会了用电脑，学会了上网。一个快要入土的人还能做到这些，可以想象他心里的恨有多深，精神力量有多强大。老陈到过京城，去过省城，一次不行两次，两次不行三次，告状的材料能堆成山。不出门时，便在互联网上漫游，把告状材料发到网上，把对玉兰的想念和心里的怨恨也发到网上。他没有眼泪，却赚了很多眼泪。老陈现在不说谁不作为，也不说谁误了女儿一条命，而是要赔他一个女儿。我跟老陈磨嘴皮的废话也被老陈发到了网上。

有一次，我到京城去接老陈。老陈问："你是好人，但说的话都是废话。有意见么？"

我苦笑："没意见，你说是废话就是废话。"

我实在是不胜其烦，开始给老根做脸色："你他妈的不是歪歪嘴么，怎么就说不通这个歪歪理？"

老根嘿嘿干笑："黔驴技穷。"

我说："管你驴穷还是技穷，就是别让我再见到他！"

老根也发狠了，说："既然都这样说，我就做一次断子绝孙的事。"

我吓了一跳："你可不能撕票！"

老根说："没那么严重。一个月后听消息。"

七

我有一个月没有见到老陈，打电话给老根，老根笑："不是说不想见他。又想他了？"

我说："你把老陈怎么了？"

老根说："老陈疯了，住进了精神病医院。"

我说："老陈怎么会疯？"

老根说："我说他疯了，他就疯了。"

又说："也不是我说他疯了，是他儿子、儿媳说他疯了。"

我说："他儿子让你灌了迷魂汤，他儿媳不可能说他疯！"

老根说："他儿媳现在是街道办的妇女主任，能不说他疯？"

我说："你过来详细汇报，别真的断子绝孙了。"

老陈的确是让玉林和彩云送进了精神病医院。老根开始跟我卖了一个关子，也不是为了故弄玄虚，而是心里没底。他找到玉林和彩云，心里就有底了。老根问玉林和彩云，你们是想为自己活，还是为玉兰活？玉林说，玉兰人死如灯灭，当然是为自己活。彩云瞪着眼睛看老根，心里想的也是为自己活，又想老根肯定还有下文。老根拿出一份的士协议说，既然为自己活，这份协议现在值四十万，玉林去开的士。彩云还是瞪着眼睛不说话，老根是为爹爹的事来，这个家是她说了算，必定还有好处在等她。老根又说，彩云能说会道，到街道办当妇女主任很合适。彩云想，当妇女主任也不是不可以，那要看你要我做什么。她问老根，天上不会凭空掉下一个妇女主任吧？老根没有直接回答彩云的问题，而是说，你爹这么些年一直不停地闹，是不是精神有问题？彩云迟疑了一下说，也许是有。老根说，有病就要治。彩云想，你把舌头伸进我口里，占没占便宜我说了算。彩云说，身上的病要治是没办法，谁还顾得上精神上的病。老根说，有病哪能不治！彩云说，这些年我俩也没做正经事，哪有钱治这样的病。老根就等这句话，说，我好事做到底。只要你把爹送进精神病医院，钱我来想办法。玉林和彩云就这样用玉兰和爹换了一个大便宜。

老根对我笑："要断子绝孙也是他们断子绝孙。"

我说："如果没有鉴定是精神病，老陈还得出院。"

老根说："当然鉴定了。医生说，老陈告公安误了女儿一条命不是精神病，要赔他一个女儿就是精神病。"

老根说得很专业，我几乎找不到理由驳斥他。

老根见我还在犹豫，说："我去把精神病放出来，免得你不放心。"

我笑着说："已经这样了，就这样吧。"

老陈进了精神病医院，我的确清静了很多。我几乎把老陈给忘了。

老陈后来逃出来过一次，把舆论炒得沸沸扬扬，也差一点儿把我和老根卷进了旋涡，幸亏玉林和彩云出来证明，他爹是得了精神病，人也是他们送进医院的，跟任何人没有关系。

老陈再住进精神病医院后，我就没有听到过他的消息。

我也是那一次才感到自己坐在火山口上，坚决要求离开原来的岗位。

八

从精神病医院回来，我心里一直堵得慌。老陈不是真疯的时候，我没觉得愧疚。那时觉得，与其让很多人烦，不如让他一个人烦。老根的办法也是没办法的办法。现在老陈真疯了，那就不是烦的事，而是良心上的事。

我把老杨叫到办公室。老杨一进门就汇报把山水搬进放风的院子里的事。

我说："今天不听那事，想听听两条烟和陈旺来的事。"

老杨的脸陡然变苍白了，话也乱作一团："两条烟疯了……陈旺来没疯……"

我冷笑问："陈旺来就是因为两条烟才疯的？"

老杨稳住慌乱的心神，说："陈旺来也不是因为两条烟才疯。陈旺来开始是有情感障碍，后又有人格障碍。不算作弊，只能算踩红线。"

我说："就是因为你踩红线，陈旺来现在真疯了！"

老杨首先想到的是："我把烟退回。"

我说："烟吃了可以吐出来，毒药吃了能吐得出来吗？"

老杨身体有些发抖，话变成了哭腔："吐不出来你也帮我吐出来呀！"

我躺在皮沙发椅上，漫不经心地欣赏老杨发抖的姿态，心里觉得有气，又觉得好笑。我问老杨："陈旺来怎么就真疯了？"

老杨说："很多人想他疯，他就疯了。"

我想，老杨是不是话中有话？算了，不吓他了，说："烟就别退了。没治好陈旺来，你这个院长别当。"

老杨笑还像哭："我一定治好陈旺来。"

老杨走了，老根又来了。

老根进门就问："听说你要治好老陈？"

我笑："我要为你赎罪。"

老根说："我这辈子罪孽深重，多一份罪不多，少一份罪不少。"

我又笑："少一份罪可能就只要下十七层地狱。"

老根说："你就别管我了。老陈还得继续疯下去。"

我说："老陈治愈了就不用疯了。"

老根说："你现在解脱了，就不管我们了？"

我说："我现在只想管老陈。"

老根气得拍桌子："老陈出院之日，就是我们横刀相向之时。"

出门时又说："哪天在僻静处蹿出一条狗咬你，那也是我教的。"

老根走了，玉林和彩云又来了。

玉林和彩云进来就下跪。玉林跪着不作声，彩云跪着装哭。

我去拉玉林，又去拉彩云，说："你们别跪了，有话起来说。"

彩云说："你不管我家的事，我们就起来。"

我说："我没管你家的事。"

彩云说："你不让我爹疯就是管我家的事。爹一回来，我们家又要乱了。"

这一定是老根在捣鬼。这个老根，自己五毒俱全，恨不得别人都五毒俱全。当初我是一念之差，上了贼船。看来下这个贼船还真不容易。

我问彩云："老根对你说了什么？"

彩云说："老根说，爹回家了，我们都得回家。"

我说："玉兰死不瞑目也就算了，怎么爹也不要了？"

玉林说："我想要，又不敢要。"

我说："你们相信我吗？"

玉林和彩云犹豫很久，才点点头。

我说："相信就回家，就当什么事都没发生。"

玉林和彩云走了，老杨又来了。

老杨夹了两条烟，哭丧着脸。我问，老陈治愈了？老杨说，没有，所有的办法都用了，电击都用了，老陈就像是一尊泥菩萨。我说，你也想用两条烟买你的太平？老杨说，这不是我的烟，是老根当初送的烟。我说，这是当初的烟？老杨说，不是，是刚买的，当初的烟我抽了。我说，抽进去容易，吐出来难吧！老杨让我说得头上直冒汗。我说，你也别冒汗，想想怎么治好陈旺来。老杨说，治疯容易治好难，我也没打算再当院长，冒汗就让它冒吧。话说到这个份上，我真有些拿老杨没办法。世界上的事没有一件事是孤立的。老杨把老陈鉴定成精神病，多多少少与我有关。我如果没有换岗，心里恐怕还在感激老杨，也不会与老根反目。真要因为这事把老杨免了，我心里愧疚的就不是老陈一个人了。我骑虎难下，又必须要下。我情急生智："你说当初踩了什么红线？"

老杨怔了一下，说："踩了两条烟。"

我说："不是烟，你说不算作弊的那个。"

老杨说："情感障碍。"

我说："就是这个情感障碍。解铃还要系铃人。"

老杨说："系铃人已经不在了。"

我骂老杨："你就是一个榆木脑袋。你把这两条烟送给妇幼保健院的老张，让老张搞清楚玉林和彩云为什么不能生育。"

又说:"办好了这件事你还当院长。"

九

一年后,我到精神病医院去检查工作,顺便又去看了看老陈。

老陈真疯了,又变成了原来的老陈,皮包着骨头,白头发里也开始长黑丝,就是见了我仍然没有话说。我心里无限感慨,一个装了一肚子话的人,居然两年没有说一句话,这是哪一关闭住了?当初我要是少说一些废话,多听他说说话,也许这一关就没闭住。我对老杨说:"我带老陈出去走走,说不定一阵风就把老陈这一关吹开了。"

老杨说:"陈旺来是病人,不能出去。"

我说:"你这个榆木脑袋就是不开窍。我们这么多人还看不住他一个人?"

我扶着老陈沿后山的台阶登上了望湖亭。今天虽然是初伏,但烈日已经藏到了一朵弯弯的乌云后面,湖上的小暑南风一阵阵往岸上吹,倒没有让人觉得很炎热。天空突然飘飘洒洒下起雨来,白色的雨点沿着精神病医院弯弯的地形,都落在医院围墙内。

我对老杨笑:"雨都眷顾你们医院。"

老杨指着天上的乌云也笑:"那弯弯的乌云不就像我们弯弯的医院吗!"

我想,弯弯田下弯弯雨还真不是一句虚言,老陈如果没有情感障碍,也许感叹比我们要多!

我对老杨说:"别说你弯弯的医院了。一年前,我们还有一场官司没有了结。"

老杨说:"官司今天就可以了结了。玉林和彩云生了一个女儿。老张今天去吃满月酒了。你没来检查工作,我也去吃满月酒了。"

我说:"还真有这么巧的事?你打电话让老张来。让玉林和彩云带女儿也来。"

没过多久，老张来了，玉林和彩云带女儿也来了。

老张拿出两条烟给我。我笑："收起来吧，是我让老杨给你抽的。"

老张也笑："那两条早变成烟灰了，这是吃满月酒的喜烟。"

我摆摆手让老张把烟收起来，瞧了老陈一眼，说："你们都不要高兴得太早，最后就看你们的弯弯雨能不能下到这弯弯田里。"

老杨和老张都面面相觑。

我没有理会他俩的神情，让彩云把女儿给我。我把小女孩抱到老陈面前，问老陈："你看这是谁？"

老陈眼睛盯在小女孩脸上，这是老陈两年来第一次这么看一个人。小女孩也不怕生，竟然朝老陈黯淡一笑。在这黯淡一笑的瞬间，老陈眼里两颗泪珠滴落在小女孩的脸上。

老陈眼里终于又有泪水了。

我对老杨说，我们的官司今天算结了！

· 灵异卷 ·

贵宝第一个点名去报信的狗仂，是一个七十多岁的老男人。之所以不说是老头，是因为他上老下不老。老伴死后，狗仂也像熬糖，熬到了火候就想出锅。狗仂是四憨的邻居，得知四憨屁股的秘密后，第二个扛楼梯到玉蛾寡妇家的后墙。狗仂的理由是送钱，双龙村的双龙不能不念书，不念书的龙是蠢龙。

双龙村纪事

一

双龙村的寡妇玉蛾死了，两个当干部的儿子不约而同地没回家奔丧。

双龙村原来叫聋子张家，是鄱阳湖边上一个很小的渔村。聋子张家，这里的确是与世隔绝，在山怀里，三面是山，一面是水，就像是聋子，聋天哑地，不知道秦皇汉武，不知道唐宋元明，更不知道还有大清。聋子张家小得像尘芥，落在山之穴，水之末。就外面的世界而言，是多一个不多，少一个不少。出门两条路，一条是山路，一条是水路。冬天，鄱阳湖的水退去，水路变成滩路，在茫茫的湖滩上，墨绿中一条白色泥土路弯弯曲曲伸向迷茫的远方。路是聋子张家人踩出来的。踩这条路纯粹是为了换取生活必需品，或者还有不安分的人想象唐僧去西天取经，借此到山外水外寻些新鲜刺激，来回踩着湖草，湖草不生的地方便是路。

叫双龙村是后来改的。这个后来，少说也是六七百年前，应该是元朝末年。为啥要改？有人在张家家谱上查到了缘由。改成双龙村源于一个过路的地仙。一辈一辈传下来的说法是，地仙翻山越岭而来，见这里山上嫩翠欲滴，山下绿水茫茫，虎吼龙吟，犬吠鸟鸣。阳春三月的太阳悬在半空，把她永远值得炫耀的阳光洒在这山这水上，静默中暗藏着骚动，像刚进入青春期的姑娘小伙子。山怀里几十栋歪歪斜斜的房子，白闪闪，如球状。地仙觉得不凡，不凡在哪里，又说不出子丑寅卯。迷惘了几天，摇头而去。地仙走的是滩路，走着走着，尿急，捞出那东西对着茫茫的鄱阳湖放鄱阳佬。放完鄱阳佬，觉得浑身通泰，四顾张望。这一回头，吓了他一身冷汗。从聋子张家两边伸出来的山就像两条蛟龙，龙头扬起，横空出世，龙身一片云雾缭绕。白闪闪的聋子张家像龙珠。这是一块双龙怀珠地。地仙急匆匆回到聋子张家，对村里族长说，我要定居。族长问，你姓么的？地仙急中生智，姓张。族长很有心计问，为什么要定居？地仙也很有心计说，你答应了我才说。族长笑，你说得在理我便答应。地仙如此这般说出了他这辈子踏遍千山万水寻到的唯一秘密。族长想反悔，又说，聋子张家是我们的聋子张家，你一个外乡人，凭什么定居。地仙说，凭我姓张。族长说，姓张的多的是，我这山窝里能装得下？地仙说，你反悔？族长说，我从来就没有答应你。地仙说，你不怕我破了你的风水？这句话点了穴。不怕贼偷，就怕贼惦记。族长沉吟了半天说，你到我屋里倒插门。地仙漂泊半生，早过了以貌取人的年纪，只要是个母的。何况他就是想把他的残骸埋在这龙穴里，自然满口答应。地仙说，改成双龙村吧，便改成了双龙村。地仙是玉蛾寡妇家的祖先。这事本来很圆满，地仙的后人就等真龙出世。但不久就出了问题。朱元璋大战鄱阳湖，与刘伯温路过双龙村，刘伯温告诉朱元璋这块地的奥秘。朱元璋问怎么办。刘伯温说，你是真龙天子，金口玉言。朱元璋心领神会，一声断喝，双龙铰链，锁你千年。为什么只说锁千年，而不是万年，亿万年？没人知道。民间就这么传说。大概是老百姓不愿意，你朱家怎么可以贪得无厌。也或许是朱元璋想，锁你千年，他即将建立的王朝已经是历朝历代中的大哥大。只是没想到，自己的子孙不争气，才过了三百年，江山便易主了，枉费了他一番心血。双龙村真的又沉睡了六七百年。

扯远了，还是继续说寡妇玉蛾。

寡妇玉蛾仿佛就是应双龙村传说而生。这是后来双龙村人慢慢悟出来的，也是心里隐隐约约升起来的希望，至今没人能肯定。玉蛾嫁到双龙村，他们并没有意识到这一层。那时，他们只是觉得玉蛾美。玉蛾之美，在双龙村人眼里，像一只粉红色皇蛾，但又不像皇蛾。皇蛾的触角是粉红色的，玉蛾的辫子是乌黑发亮的。如果玉蛾的辫子是红色的，那叫红毛，红毛女人他们不喜欢。该红的地方不红，不该红的地方红了，该白的地方不白，不该白的地方白了，是有病。如果一个女人，皮肤寡白，红毛，哪怕你脸蛋是按黄金分割线捏的，恐怕也只能降低标准，找一个瘌头瞎眼过一辈子。玉蛾的皮肤是白里透红，白得像莲藕，红得像皇蛾，不胖不瘦。以胖为美，她丰满，以瘦为美，她苗条。屁股翘翘，胸部高高。那美，即使是穿着粗布素服，披着蓑衣戴着斗笠，举手投足，也是雍容华贵。

玉蛾浑身挑不出一点毛病，这是后来见过她一丝不挂身子的男人们说出来的。

二

该说说玉蛾的男人。她男人是双龙村难得一见的不安分的男人。说他不安分，不是他下面不安分，而是他上面不安分。她男人小时候叫金寿。父亲没读过书，金子银子还是认得，父亲不希望儿子夭折，就取了一个金寿的名字。他这一枝世世代代是单传，生女儿有可能，但从不指望还能生出第二个儿子来，只希望这根独苗能长命百岁。为了取这个名，父亲想了三天三夜，想到了荣华富贵，想到了田园山水，甚至想到了双龙的传说，取名不就是要寄托祖祖辈辈的一种愿望？思前想后，几百年了，双龙村与聋子张家几乎没有什么区别，一切都是虚无缥缈的梦幻，就像除夕晚上看鄱阳湖的水汽，淡淡的，薄薄的，若隐若现，若有若无。据说这水汽漫到哪里，还能预见来年鄱阳湖的水位涨到哪里，可是梦呓一样的传说，什么也不能预见。父亲被取名弄得疲惫不堪，最后叹了口气说，管么的好日子都要命去享受，就叫金寿吧。给金寿取名真难为了他这没文化的爹！

金寿的名字叫到七岁，上学就让金寿给改了。金寿改成了龙水。金寿想过娘生他辛苦，却没有想过爹取名也同样辛苦。他改名甚至没有想到要征求爹的意见。爹听到老师叫儿子龙水，先是愕然，既而忧伤，再后来便是无奈地叹息。

金寿三岁便很有主见，七岁便能独自到十多里外的大队小卖部买日用品。正是他买日用品的时候路过大队高小点，才知道山外还有学校，专门教读书识字。他站在教室外痴痴呆呆一上午，老师站在讲台上喊同学们好，他也跟着下面的同学喊老师好。他的声音比教室里十多个学生的声音还大，惊动了老师。老师走出来问他，你叫什么名字？他一点不知道怕，闪动着天真无邪的眼珠子望着老师，并没有马上回答老师的问话。他在想，取名字的父亲没有文化，叫金寿会不会让有文化的老师笑话。老师以为他是来捣乱的孩子，正要呵斥他离开。他突然说，我叫龙水。老师又问，你多大了？他这回回答得很快，七岁。老师微笑说，你有七岁？他的个子与同龄人相比的确显得更矮小。他认真地说，骗你是小狗。老师笑起来，说，想读书吗？他马上回答，我就是来报名的。他把捏着汗漉漉皱巴巴纸币的小手打开伸到老师面前。老师让他叫爹来。他说，爹听我的。老师说，那也要叫爹来。他匆匆回家，早不记得娘让他买的日用品。爹说，双龙村祖祖辈辈没有一个读书的。朱元璋放过牛，讨过饭，做过和尚。读什么书，认得钱就行。娘说，一天要走几十里山路，我不放心，大些再说。他说，不让读书，我就跳鄱阳湖。爹娘敢不听他的？叫龙水更是由着他。

龙水就像蛟龙出水，一路读到高中都是名列前茅。到了高二，玉蛾转到他的班上。那时高中只有两年，高二就毕业了，考不上大学就回家。老子作田，你就是农民，老子是工人，你就等着进工厂，老子是官，你想去哪去哪。龙水上大学原本是什么问题也没有，便在这关键时候，玉蛾来了。玉蛾来自山里，山水相亲，山恋着水，水缠着山。这样缠绕了一年，什么事都会发生。一年后，玉蛾带着肚回家，龙水带着承诺回家。龙水的爹娘早退居二线，自然是龙水说了算。他跟爹娘说玉蛾的事，是通报，而不是汇报。龙水寻到山里，玉蛾被锁在房里。爹娘遇到这样不要脸的女儿，第一个想法自然是逼着女儿偷偷摸摸去引产，女儿不依从，就只能先把女儿锁起来。就是骂女儿也是压低声音吼。玉蛾是寻死觅活才保住了她和龙水的爱情种子，就等着龙水来救她出牢笼。龙水买了一把杀猪刀，把锁砸了，把刀插在玉蛾家的大门上，留下字条说，想通了，女儿还是女儿，想不通，女儿不是女儿。便带着玉蛾回到了双龙村。第三天，玉蛾爹寻上门，商量了简单的嫁娶仪规，玉蛾便嫁进了双龙村。都说，高头嫁女，低头娶媳妇。玉蛾爹嫁女是灰溜溜的。可见龙水就是龙水，不是山里的泉水，也不是塘堰水库里的一团死水，而是波涛汹涌的鄱阳湖水。

龙水的非同凡响，不仅仅是表现在娶老婆上，还表现在玉蛾第一胎便生了双胞胎，并且是两个男孩。生男生女，生双胞胎，他们都认为是男人的本事，也是男人家的风水气运。这是自从有了传说之后，双龙村有记忆的第一对双胞胎。

双胞胎让双龙村人想起了淡忘已久的传说，仿佛不久都要成为皇亲国戚，心里有莫名的兴奋，窃窃私语是从心里吹出来的风掠过嘴唇的摩擦声，是压抑的震颤。龙水从镇上挑来了一担草纸，在龙首山的祖坟上挨个坟头烧，烧红了半边天。初秋的湖水借着湖风把一湖晚霞一波一波地往龙首山送，整个天地都红了。山下湖水轻轻拍打着山崖，山上松涛绵延不绝，像是在合唱一首赞美诗。那气势，是把地做舞台，天做帷幕。

龙水的双胞胎儿子是在娘肚子里开始听老师讲课，听爹娘谈情说爱，来到这个世界上，自然与众不同。一岁学会走路，两岁学会了背爱情诗。李清照《一剪梅》：花自飘零水自流，一种相思、两处闲愁。此情无计可消除，才下眉头、却上心头。李之仪的《卜算子》：我住长江头，君住长江尾；日日思君不见君，共饮一江水。元好问《摸鱼儿》：问世间，情是何物，直教人生死相许。都是教一遍就会。如果你从一个两岁的小孩嘴里突然听到：窈窕淑女，君子好逑。你准会吓得一跳。玉蛾突发奇想，找来普希金的长短句《致凯恩》，想难为一下儿子。她念了三遍，两个儿子居然一口气背出来了：有了生命，有了眼泪，也有了爱情。玉蛾对龙水笑道，这是我的儿子吗？怎么这样吓人！龙水骂道，你脑子里装的是鸟粪！你要儿子学我，要美人不要江山？玉蛾美目圆睁，嗔道，得了便宜又卖乖，美人不好？龙水笑道，老子要了美人，儿子得要江山。这回轮到玉蛾笑骂，没出息的老子便想养有出息的儿子，好处都让你父子占尽了！玉蛾说归说，从此不再教儿子爱情诗，教的都是正道。儿子后来双双荣登鄱阳湖地区文理科状元，这是后话。

龙水得了美人，又想要江山。不过他的江山很小，就是水产村委会那么大。他经过几年的努力，当上了村委会的主任。

龙水如果不是英年早逝，肯定很有出息，因为很多大官都是从村委会干部做起。当然不是说村干部都能当大官，能当大官的是凤毛麟角。龙水就是那凤毛麟角，信不信由你。

龙水天生就具备做大干部的潜质，如能喝酒，并且是能喝半斤喝八两的主。又如，他胆子大，能做寻常人不敢做的事。脸皮厚，能容忍寻常人不能容忍的人。心狠，能把腐朽化成神奇。嘴活，能把死人说笑了。

喝酒对龙水来说不算啥。龙水没喝几年酒，便喝成了一个矮冬瓜，脸儿圆圆，屁股圆圆，肚子圆圆。有人说，龙水的村委会主任是喝酒喝出来的，虽然有些夸张，但也是写实。不管咋说，龙水喝酒是越喝越富态，越喝越像官，照这样喝下去也一定是越喝官越大，这一点毋庸置疑。

龙水另一个长处是胆子大。胆子大说难不难，说不难又难。龙水当村委会主任才半年，便把水产村周围的鄱阳湖水面公开向社会拍卖。他对世世代代在鄱阳湖上逍遥自在的渔民说，寸土归皇上管，寸水归我龙水管，你们想捕鱼，花钱买我的水面。说拍卖，又不是公开透明，他说卖给谁就卖给谁。公开收的钱是公家的，公家的钱也是他口袋里的钱，不公开收的钱更是他口袋里的钱。他想吃想喝，全凭他心血来潮。当然他不会凭空心血来潮，只有上面来了领导，他才心血来潮。他拍卖是跟上流社会学的，水产村从来没有拍卖这个词。说是学，又不完全学，他拍出了水产村的特色。遇到强势的人他说，那块水面拍给你了。人问，拍多少？他说，你说多少就多少。遇到一般的人他说，你们竞价，价高者得。人说，某些人为啥不是价高者得。他说，人跟人能一样吗？人问，为啥不一样？他说，我让某些人来告诉你？人说，那还是算了。对此，龙水称之为以夷制夷。龙水的水产村特色不仅没有得到上级非议，反而为他打江山赚到了第一桶金。龙水说，这就是胆大才有高官做。

说到狠，龙水更是非同寻常。那时老百姓总结村干部一年四季的工作任务就两个字：三要。要钱，要粮，要命。要钱要粮难，要命更难。龙水的娘家舅舅来找外甥，想生个孙子。龙水问，弟媳在哪？怎么也得让我见见面。舅舅小声说，外甥是自己人，告诉你无妨。龙水不耐烦地说，无妨就快说。舅舅说，藏在她姑姑的外甥的哥哥的姨夫家，还有一个月就能生出一个胖小子，都 B 超了。外甥只要闭一只眼，生下来了，再罚款不迟。龙水说，那不行，已经超生了。龙水娘帮腔，不生，你舅舅就无后了。龙水说，晓得。龙水娘说，晓得，你还不开个后门。你当主任为啥？不就是为自己人行个方便？龙水说，是为自己，不是为自己人。龙水带了一伙人到她姑姑的外甥的哥哥的姨夫家，把舅舅的媳妇从小木楼上抓下来，绑上了手术台。龙水娘拿着农药瓶对龙水说，你要我娘家侄孙的命，我便要你娘的命。龙水说，我娘不是你吗？一笑置之。娘喝了农药，他不救娘，拍拍屁股走了。人问，你咋这么狠？他说，用得着我操心吗？她弟弟在呢！龙水爹拿着一根木棍想装装样子，教训教训儿子，没想到龙水连装样子的机会都不给爹，把爹的木棍抢下来，抛进了鄱阳湖。龙水六亲不认，虽然没赚到家里人的口碑，却赢得了领导的口碑。

龙水以他的雷霆手段很快就成为水产村的政治明星。然而，他死了。怎么死的？醉死的。人各有各的死法，平路上能摔死人，脸盆里能淹死人，没啥好奇怪。那是乡里来了会喝酒的大干部，让他作陪。小干部用大杯与大干部用小杯对决。这很公平！大中有小，小中有大。大家都说公平！龙水死撑着，直喝到大干部摇头大笑，又点头直笑说，没想到村里还有这么优秀的干部，有机会可以考虑选拔进乡镇班子。此时，龙水听大干部的声音是那样遥远，那样木讷。这不是他平常的作风，平常听到这样的赞许和承诺，他会让领导小杯都不用喝，只要湿湿嘴唇，他再干一大杯。今天他却是从领导面前消失了，去哪了？像失去支撑的布偶，软绵绵地溜进了桌底。大干部醉眼惺忪，指着桌底下大笑。大干部笑，一桌的人也都指着桌底下笑。龙水上演的这个小插曲比刚才斗酒更让人笑得痛快。笑过之后，有人去扶龙水起来，发现不对头，发出一声惊叫。大干部三两步跨过来，拍打着龙水的脸说，醒醒。龙水脸苍白如纸，不理大干部。大干部说，今年就有一个指标，我让你进乡镇班子。龙水依然不理。大干部说，赶快送医院。大干部走了，走之前对一桌的人说，你们得保证他今天不死。一桌的人都说，保证啥事都没有，要死也得让他明天死。龙水进医院时已经断气，但还是吊了一夜的盐水瓶，有盐水瓶吊着，死了也没人说他死了。

给死人吊盐水，让一桌活着的人平安度过了劫难。一桌活着的人后来与大干部成了患难之交，陆续得到提拔，这也是后话。

龙水的死因，医院传出来的话是得急病死了。吃油盐的人，谁能保证不死？玉蛾相信了，干部还能骗她不成？

龙水死了，家里像倒了半边山，一家人都在痛里，丧子之痛，丧夫之痛。丧父之痛倒没啥，孩子还小，娘守着一身酒精味的龙水哭，他们反而没娘管，忘情地在外面嬉戏打闹。苦才刚刚开始，苦味还没上来。

龙水死后不久，他父母也在同一年先后死了。一年家里抬出三副棺材，就像过了洪水，过了土匪，啥都没有了，就剩下了孤儿寡母。一栋楼房做了一层，再也无法撑上去，楼梯口只能搭个野鸡棚，聊以遮挡凄风苦雨。这样的状况一直到玉蛾死也没有改变。现在看来永远不会改变，因为玉蛾的儿子也不会回来。

野鸡棚不知是谁发明的，双龙村人都这么叫。双龙村原先没有楼房，大都是做土砖坯茅房，三间屋有大有小，没有飞檐翘角，东边房，西边房，中间称堂前。瘦狗拉硬屎的户子，说没钱，却要充有钱人，便做个五树三间屋，屋内四排五根柱子撑起来，四周青砖灌斗，也就是空心斗砖墙，中间灌泥浆，有些飞檐翘角，但都是小家子气。家境实在难，又想学有钱人，便用半截斗砖，半截土砖，屋内不用屋树，用土砖做隔墙，也分东西房，家里人口多，又将东西房前后隔开。有钱人也不做楼房，而是做八间，青砖瓦房，分前后两节，中间有天井，前后厢房隔成八间，有大有小，不仅有飞檐翘角，还雕梁画栋。这样的房子冬暖夏凉，双龙村人从来就是住这样的房子，没想过还有其他样式的房子。双龙村只有龙水学外面人做钢筋混凝土的楼房。龙水做楼房又不一次做成功，做了一层就停下来了，楼梯口伸到水泥楼面，又不能封住，来年还要伸向二层三层，便搭一个棚子，临时做个门，既可遮风挡雨，又能上到楼面。叫野鸡棚也就是乡下人随口一说，没有针对龙水家的意思。后来人跟样做的棚子也叫野鸡棚，由此可见一般。或许是乡下野鸡多，经常飞来歇脚。乡下人就图个直观。

三

玉蛾寡妇死了，或许是她完成了来到人世的使命。她脸上栩栩如生，安详从容，就是躺在门板上，也是雍容华贵，楚楚动人。玉蛾身上那件唯一算体面的浅蓝色的确良上衣，大白圆领翻到了两肩，露出白花花的脖颈，如湖水一样的蓝从大白圆领边沿开始爬上一个软绵绵的山包，又顺着软绵绵的山包一泻而下，流畅的线条一直接着她藏青色的紧身裤。这是她压箱底的衣服，也是她的另一身嫁衣。龙水曾开玩笑，哪有嫁衣是蓝色的，需得再缝一身红嫁衣。玉蛾说，蓝色是湖水的颜色，我最终是要留在这颜色里。龙水骂道，呸，呸，乌鸦嘴。红色的嫁衣穿到龙水死，已经破烂不堪了，唯独这身嫁衣一次都没有上身。龙水没想到这是玉蛾做的一身寿衣，玉蛾自己也没想到这是一身寿衣，仿佛冥冥之中就是这样安排。现在想起来，玉蛾是未想到在生，先想到死。呸，这怎么可能！

玉蛾嘴角浅淡的笑容告诉活着的人，她没有遗憾，没有罪恶，没有凌辱，没有痛苦，没有人世的诸般烦恼。她舒展着迷人的曲线，轻轻松松地躺在地上，充满着安全感，不再惊恐有人撕扯她紧贴身上的嫁衣。看玉蛾的样子，死是一件很快乐的事。她是啼哭着来到这世界上，又笑着离开这世界。

玉蛾看上去年纪不大，怎么会死？是的，玉蛾才过四十，这种年龄正是女人的秋天，浑身透着秋的成熟，秋的丰满，秋的颜色，秋的饥渴，秋的温存，秋的疯狂。玉蛾是怎么死的？不知道。不要总想做明白人，世上不明白的人太多，不明不白的事也太多。就是告诉你她是自尽的，那也未必是真的。那是根据玉蛾死前穿着整齐，甚至把压箱底的嫁衣穿好后才死，猜的。玉蛾为什么就不能是病死的？有人说，人死之前，心里比任何时候都明白。玉娥完全可以在回光返照的时候穿好嫁衣，或许她无须留遗言，也或许认为只有这样走才配得上她的身份。

说到这里，有一个人急着想登场。他叫贵宝，是个老单身。说老也不老，半百还差些，乡下人劳碌，见老。头发蓬乱，白丝白得发亮，黑发灰蒙蒙，像麻纱。脸上一脸麻子，那是小时候出天花留下的。厚嘴唇，大舌头，说话有些含混不清，正因为说话有障碍，所以话越发少，大都是用憨憨地笑回应跟他说话的人。

吃饭吗？

嘿嘿。

看你被子上一大团污渍，昨天夜里又想女人了？

嘿嘿。

我路子上有个女人，说与你做老婆，要吗？

嘿嘿。

贵宝没老婆，不是没娶老婆，而是娶了老婆守不住。贵宝爹娘把一生的积蓄，甚至变卖了一些家当，为贵宝说了一门亲。老婆进了门，贵宝却不会用。娘暗地里教，教会了，老婆却上了邻村二流的床。上了二流的床便跟了二流，再也没有贵宝什么事了。贵宝老婆有几分姿色，这是贵宝爹娘一生犯的不可饶恕的错误。如果是找了个母夜叉或者是一样憨憨傻傻的女人，贵宝不至于打一辈子单身，更不至于无后。贵宝爹娘没有后悔药吃，他们再也拿不出钱买后悔药，为贵宝说一个母夜叉或憨憨傻傻的女人。如果贵宝老婆没有上贵宝的床，或者上了床还是处女，按乡下的约定俗成，女方提出退亲，男方尚可以退回看礼，甚至衣服等物件。贵宝便在娘的教导下，一锹打了一口井。井打开了，出了水，便是一码归一码的事。娘家焉能保证嫁出去的女一辈子不离婚？两个月后，贵宝娘打听到贵宝老婆怀上了，找到她，给她下跪，求她为贵宝留条后，她俩老骨头还能把孙子带大。贵宝老婆穿着水红丝绸绣花对襟袄，比先前在自己家里更白净，更俏丽。就像湖滩很美丽，把湖滩开垦出来，种上庄稼更美丽。她嘴里叼着瓜子，稍息状，望着脚下穿黑粗布大襟褂的婆婆，吐出的两瓣瓜子壳，像射出的两道响箭，飞到婆婆头顶上，突然减速，飘落在婆婆枯草一样的头发上。她冷漠地哼了一声说，二流说不明不白的种他不要。娘苦着脸说，他不要正好给我贵宝。女人又冷哼一声，二流说宁愿屙到粪缸里。

贵宝爹娘是含恨离开人世的。人没有精神支柱就是要死得快些。

贵宝从此只能打单身。贵宝是玉蛾寡妇的邻居。

贵宝的问题出在头以上。头以下，他是标准的男人。人高马大，粗胳膊粗腿。那宽阔发达的胸脯，停上两个女人的脸还有多余。但女人抬眼看到他的脸，全身游走的烈火就像遇到了三九寒天的一瓢冷水，顿时熄火了。不仅熄灭了，还会起鸡皮疙瘩，下面变得干涩涩的。

贵宝浑身都有挥霍不完的力量。哪家有重活累活就叫贵宝，贵宝总是憨憨颠颠地抢着做，生怕别人下回不叫他。贵宝做事一个顶俩、顶仨、顶四。挑粪扁担两头是挂四个粪桶，担水扁担两头是挂四个水桶。上山扛树，两人抬的树他一个人扛，小跑如飞。抬船下水，一头四人抬，另一头肯定是贵宝一个人抬。别以为请贵宝做事要付很多工钱，其实拿不拿工钱凭你良心，只要管三餐饱饭就行。别小看管三餐饭，贵宝的三餐饭能吃你三升米。雇主有时也客套几句，贵宝，多少给些工钱嘛？贵宝羞羞答答，嘿嘿半天，才迸出一句，一个人吃饱，全家不饿，要钱做什么，算了。时间久了，雇主不再问贵宝要不要工钱，三餐饭就是工钱。

贵宝不知是什么时候开始收工钱，并且收得比一般人都要高，还不讲半点人情，就像买东西，一手交钱一手交货。做工讲价钱的时候，贵宝也不再憨憨地笑，不再羞答答，都是一口价，谈不好就走人，东家不请，自然有西家请。工钱收得高，别人还是请贵宝。贵宝做事不藏奸，同样做一天，贵宝做的事比任何人都多。后来，贵宝做起了包工，就是你把要做的事告诉贵宝，贵宝说一百块，你只要点头，贵宝撸起袖子，对着手上吐一口唾沫，再把唾沫搓开，就算开始了。做完了，你验收合格，他拿一百块走人。做包工不要管饭，贵宝煮一餐饭能吃一两天，生生冷冷都能对付一餐。如果他刚做完工，赶上你吃饭，叫他吃便吃，不叫，他头也不回到家里啃两只红薯或吃个热水瓶胆一样大的萝卜，算是吃过一餐。

贵宝做工开始收工钱，双龙村人没有多想，直到双龙村人追究贵宝的工钱用在何方。有人说贵宝的钱给了玉蛾寡妇，双龙村人还将信将疑。就是给了玉蛾寡妇，那也是玉蛾寡妇骗他这个傻瓜。双龙村也有女人骗过贵宝，那是为了占贵宝的便宜，骗他翘起屁股帮自己做事。怎么骗？如女人把自己的屁股碰一下贵宝的屁股，抛一个媚眼说，贵宝，现在像你这样勤快的男人真少，我要是有个妹妹，一定让她嫁你。女人肯定是没有妹妹，但贵宝听了，嘿嘿憨笑，屁颠屁颠，手脚做事比之前麻利多了。

玉蛾寡妇一个女人要带大两个儿子，还要送儿子读书，说多难有多难，骗贵宝为她做事再正常不过，但要说玉蛾寡妇与贵宝有那档事，双龙村人还是不信。

玉蛾寡妇家的大小事，贵宝做，没有谣言，甚至没有人说闲话。因为任何人要贵宝做事，他都是有求必应。只不过他跟玉蛾寡妇做事做得多些，也不要玉蛾寡妇叫，是主动做。玉蛾寡妇毕竟是半边身子的人，谁还与她计较？双龙村人打死也不会相信玉蛾寡妇会看上贵宝，还有一层原因，贵宝是癞蛤蟆，玉蛾寡妇是天鹅。特别是女人不相信，因为她们都看不上贵宝，她们与玉蛾比，好比野鸡与凤凰。

贵宝为什么会突然收起了工钱，的确让双龙村的人费解了很久。贵宝由什么不在乎到用劳力换钱，让人刮目相看，尤其是让女人刮目相看。单纯从赚钱的角度看，贵宝比她们的任何男人都强，而且不只强一点，简直要强一百倍。贵宝聚钱是想娶老婆？贵宝就是缺一个老婆。可是，几年过去了，贵宝一次都没有找过媒人，也没见他与哪个女人相好过。这一说法渐渐被双龙村人排除。贵宝的钱会给谁？看他吃的穿的还不如从前。不为吃，不为穿，那就是为下面那东西。贵宝除了在玉蛾寡妇家进出，就是在自己家里进出。贵宝在打玉蛾寡妇的主意？好事的女人暗地里捉，没捉住贵宝，倒捉住了自己的丈夫。聪明女人打落牙齿往肚里吞，也有孬婆与玉蛾闹腾起来。玉蛾冷笑，管好自己的老公。孬婆骂，你不就是一个公共厕所，还收费！玉蛾声音冷得像冰凌，你老公喜欢上公共厕所，不喜欢上自家的茅坑。孬婆还要撒泼，老公上去就是一个嘴巴，骂道，现世宝，回家看我怎么收拾你！孬婆吓得不敢回家，回了娘家。老公上公共厕所更方便。孬婆没等到老公接，只好厚着脸皮买好酒好菜回来安抚老公。自此，再孬的女人也学会了缄口。女人尽管没抓住贵宝的把柄，还是怀疑贵宝的钱给了玉蛾寡妇，因为贵宝别无分店。捉奸的女人暗想，贵宝你一个孬卵，水里捞月有么得味道！要是你把钱给我，我让你捞脚鱼。想着，想着，脸上发烧了。

贵宝让双龙村很多女人想入非非，贵宝不知道。

贵宝每天都要帮玉蛾寡妇挑粪担水，砍柴碾米，田坂地里的农活也是贵宝包揽了。

龙水在的时候，玉蛾还要劳累些。龙水是村里主任，比乡里的乡长还忙，回家是做客，家里家外都是玉蛾操持。龙水说，做不过来就叫贵宝。玉蛾说，贵宝又不是你兄弟，兄弟有，还隔双手。龙水说，你叫就是。忙过一阵后，我帮他找个老婆，他一辈子感谢我。玉蛾说，你以为你是皇上，赐婚呀？龙水笑道，也差不多。可惜龙水没能忙过那一阵，就死了。玉蛾重活累活叫贵宝，一般的事自己慢慢做。那时贵宝叫了便来，不收工钱，只吃三餐饭。不叫便很少到玉蛾家照面。

龙水离开了，玉蛾反而轻松了。贵宝像一夜之间变成了强者，玉蛾是弱者，至少贵宝这样认为。贵宝不叫自来，做完他认为该做的事，不吃饭，不收工钱。其实这个时候，他跟任何人做事都还没有收过工钱，但吃三餐饭。贵宝做完玉蛾寡妇家的事，才做自己家里的事。说是自己家的事，其实是他一个人的事，做自己的事草草了事。

双龙村人渐渐意识到贵宝并不单纯，贵宝有他们看不透的地方。贵宝以前做工不收钱的时候，老老少少喜欢贵宝，男男女女也喜欢贵宝。他们喜欢贵宝憨，喜欢贵宝实心眼，喜欢贵宝透明，肠子绕了几个弯他们都能看得一清二楚。现在贵宝肠子多了几道弯弯让他们看不明白，心底便开始厌恶贵宝，特别是贵宝算工钱那么刻薄，一点亏都不肯吃，让他们恼恨。

春天越走越近，天转暖了。鄱阳湖的水渐渐漫上了嫩绿的湖滩，鱼熬过了一个冬天，开始活跃起来。屋场后面的张老三请贵宝抬船下水，贵宝仍然是一个人抬船尾，另外四个人抬船头，船尾更重些。抬到半路，老三老婆，女人家小气，跟在贵宝后头，说了一句，贵宝，今天抬船没有钱，他们四个也不要钱。贵宝把船尾放下，一句话不说就走了。老三老婆想拉他，没拉住。于是用她肉乎乎的胸脯挡住他，他绕开又走。老三老婆追着问，他们四个不要钱，你凭什么要钱？贵宝冷哼一声，他们四个家里有船，我没有船。老三老婆笨，又问了一句，有船又怎样？贵宝冷笑，我傻呀？有船你们是互相帮！老三气得把老婆推得老远，骂道，孬婆，不会说话就把臭嘴闭上。我说过不给钱么？老三拿出一百块，贵宝没瞧上，走了。气得四个男人眼里直冒火星。老三的船硬是错过了下水的吉时。

双龙村人现在对贵宝更多的是讥讽挖苦，是又怜又嫌。如跟贵宝结工钱时说，贵宝现在是认钱不认人了。或者说今天的工钱够你打三次"飞机"吧？或者说工钱要一分不少交给寡妇，不许留私房钱哈，等等。贵宝听到也装作没听到。

四

玉蛾寡妇的门前是一个很大的滩场，滩场前面就是烟波滚滚的鄱阳湖，做红白喜事泼得开。这是龙水在世时就平整好的。那时水产村寸土归龙水管，更别说是双龙村。

龙水家门前滩场原来没这么大，也没这么开阔，前面挡了一幢破烂不堪的土砖茅草房。龙水开始没觉得，当主任后突然悟出，他家几百年为什么没有发达起来，是因为他家门前挡了一栋茅草房，是龙就要水，挡住了如何讨来鄱阳湖的水？龙水为了那一片滩场，逼死了茅草房主人四憨的老婆。这也要怪四憨老婆犟。龙水从上面要来危房改造指标，一个指标补五千块。他让四憨把茅草房改造到山脚下他的自留地里，把现在的茅草房地基腾出来做滩场。四憨犹豫了几天，经不住龙水连吓带哄，勉强同意了。四憨老婆充能干，大清早捉了自家的一只红冠大公鸡，在龙水的大门口剁了鸡头，鲜红的血随着垂死挣扎的无头公鸡扑腾。无头公鸡扑腾也不要紧，却不该把鲜血扑腾到龙水洁白的墙、大门和水泥滩场上。四憨老婆要的是血的扑腾，血的扑腾使她的咒骂染上了血咒。四憨老婆不但剁了鸡头，还诅咒，什么倒绝三代啦，没有儿女关鸡舍门啦，没有子孙醮坟啦，白头发送黑头发啦。什么话毒骂什么，诅咒与鸡头一样血淋淋，骂得双龙村人毛骨悚然。龙水能让一个孬婆这样以下犯上？他把四憨老婆的嘴打成了猪八戒，还不解恨，又把四憨老婆的长发当拖把，在湖里浸浸，又在水泥滩上拖拖，直到把血迹擦干净。四憨磕头求饶，龙水全当成放屁。四憨老婆怒四憨不争，又恨自己不生成男儿身，带着满腔怨愤投了鄱阳湖。四憨老婆娘家人来了上百人，到龙水家打人命。打人命是乡下的女人在婆家冤死或者是受了欺侮死了，娘家人为了显示自己宗族不可欺侮的尊严，叫上一帮宗族子弟，到婆家砸东西，让欺侮娘家女的人同样受到百般凌辱之后，还要提出如何厚葬娘家女的条件，如死者要穿什么样的衣服，穿多少层衣服，戴什么样的手饰。欺侮的人要披麻戴孝，等等。婆家不答应，便没完没了。龙水不是吃素的，打人命的人让龙水叫来的人打得鼻青脸肿，四憨老婆娘家人再无人敢出头了。四憨拿了龙水摔过来的三千块钱葬了老婆，以泪洗面搬到山脚下的新茅草房里过日子去了。玉蛾曾经劝过丈夫，得民心者得天下。龙水哈哈大笑，开疆辟土，一将功成万骨枯！

龙水变了，变得玉蛾越来越陌生了。

龙水造了如此大的滩场，当然不是为了做红白喜事，他脑子里想的是建一座宫殿。可是万事皆由命，半点不由人。偌大的滩场没有排上其他用途，只做过四次白喜事。龙水自己开的头，玉蛾寡妇结的尾。

玉蛾寡妇的后事全部是贵宝操持的。双龙村人没有想到贵宝还有这样的本事。贵宝自己也没有想到有这样的本事，但玉蛾寡妇死了，他突然长本事了。就像老子不死，儿子不乖。

贵宝一大清早像往常一样，去敲玉蛾寡妇的门。玉蛾寡妇半天没有开门。贵宝傻等到日上三竿。不对呀，往日玉蛾寡妇早就梳洗齐整了，门不用敲就开了。见了面，玉蛾寡妇像现在躺在门板上一样，露出浅淡的笑说，贵宝哥，农闲多睡会儿，用不着起这么早。说完忙自己的，用不着贵宝回答。贵宝也从不回答，只顾做自己每天熟悉的事。那份默契，就像夫妻，那种异床同梦的夫妻。

贵宝敲门变成了捶门，惊得一群起得早的小孩围上来，嘻嘻哈哈，学着大人的腔调，抓着脸皮说，贵宝，羞不羞？人家不理你。癞蛤蟆，嘻嘻，癞蛤蟆，哈哈。

贵宝瞪着那群小孩，双手往外赶，像赶鸭子一样，去，去，去，滚。孩子们并不怕他，远远站着，仍然是嘻嘻哈哈。

贵宝急得头上冒出密密麻麻的汗珠。说是急，其实是紧张。他心里总觉得有什么事要发生。昨天晚上，玉蛾寡妇突然请贵宝吃晚饭，吃完晚饭还留他在家里坐到深夜，跟他聊了许多心事，这在以前从未有过。以前是晚饭前玉蛾就要催他离开，更别说吃晚饭。玉蛾昨天夜里告诉他，儿子双双考上了国家公务员。他说，好，总算苦出了头。玉蛾寡妇说，是熬到了尽头。贵宝笑，是出头，不是尽头，亏得你还有一肚子墨水。玉蛾寡妇说，管是出头还是尽头都该有个了结。贵宝又笑，你想了结什么？玉蛾寡妇没有再接话，眼睛像没有月亮的夜空，深沉里散落着点点星光。说这话时她脸上很平淡，与四年前儿子中了高考状元相比，仿若从春天突然进入了冬天。夜已经很深了，玉蛾寡妇又莫名其妙地跟贵宝说起她做女孩时的事，说起她与龙水的事，还说起她做寡妇时的事。与其说她是说给贵宝听，不如说她是说给自己听，因为大多时候她像自言自语，贵宝想插话都插不上。贵宝除了听到自己嘴里哼哼嘿嘿的声音，就是玉蛾寡妇充满幽怨的声音。贵宝坐在长条凳上，眼睑低垂，像小媳妇，双手放在裤裆上，左手心贴着右手背，两个大拇指互相绕着转圈子，转了一夜不觉得累。不但不觉得累，脑子里还有一股强大的能量想从脸上喷薄欲出，右手下面也有一束能量想把他转圈子的手顶开。他故意加大了手上的压力，谁知道压迫越大，反抗越大，这种压迫与反压迫让贵宝心猿意马，差点就失去了控制。贵宝听着听着，就觉得玉蛾有把后半生托付给他的意思。明白了这一层，贵宝便觉得玉蛾一颦一笑都在暗示他。他身体里那股强大的能量便愈来愈不听控制，眼睛变得绿莹莹的，呼吸也急促起来。玉蛾猛一抬头，仿佛看见眼前蹲着一头老狼，惊恐地喊起来，你要做什么？贵宝嗫嗫嚅嚅，我想，我想。玉蛾越发惊恐，你想什么？贵宝脸上被能量涨成了猪肝色，泄漏的能量从嘴里发出噗噗响声，我想要你下半辈子。玉蛾绷紧的神经这才松弛下来，又恢复了先前的淡漠。玉蛾苦笑，很晚了，你回去吧。贵宝说，我不回去。玉蛾说，都过去了，回去吧。贵宝问，是因为你儿子有出息了？玉蛾说，是我欠你的，与儿子无关。贵宝说，你欠我的，你还呀！玉蛾凄婉一笑，现在不能还，下辈子还你一个清清白白的玉蛾。贵宝犟上了，说，你现在就净净白白，我要现在还。说完把玉蛾抱在怀里，恨不得把玉蛾嵌进自己的肉里。玉蛾在贵宝怀里凄苦地挣扎，但哪里挣得脱。玉蛾凄厉地喊起来，留一个干净的人吧，你要儿子把我往死里恨？贵宝愕然，我没要你儿子恨你！玉蛾寡妇把头埋在贵宝怀里，哭得很伤心，哭声像冬天里的一瓢冷水，把贵宝浑身燃烧来的烈火浇灭了。贵宝放开玉蛾，木讷地走出了玉蛾寡妇的家。玉蛾寡妇倚着大门，目送贵宝远去，嘴里喃喃地说，儿子树高千丈总要叶落归根，你是我留给儿子的最后一块净土。

贵宝好像没听见，也许真的没有听见。寒星掉进他的怀里，让他打了一个寒战。

贵宝是真急了，从自家屋里搬来楼梯，爬上玉蛾寡妇家的平顶，再从野鸡棚进入楼梯口，打开大门，再来到玉蛾寡妇的房里。

这条路是玉蛾昨天夜里无意间告诉他的。玉蛾还没有睡醒，贵宝想，玉蛾睡的姿势真好看。怎么好看，就是她躺在门板上的姿势！

贵宝忍不住亲了玉蛾一口。说了你不信，这是贵宝亲玉蛾寡妇的第一口。这一口亲到了冰天雪地。

贵宝的预感变成了现实。玉蛾寡妇死了，贵宝哭了。

贵宝的哭是撼天动地的哭，像重型车辆从身边开过，又像雷声从鄱阳湖上空滚过，轰隆隆，爆烈烈。贵宝的哭是沉闷的哀鸣。贵宝爹娘死他没有哭，他哭不出来，但玉蛾寡妇死他哭了。这是他的第二次哭，第一次哭是刚出娘胎。第一次哭他是不愿意来到这世上，这次哭他是不愿意玉蛾离开这世上。既然是不愿意来到这世上，自然没有哭爹娘的必要。既然是不愿意玉蛾离开这世上，自然悲从中来。玉蛾寡妇不但有当官的儿子要牵挂，还有他要牵挂。她昨天晚上就有那意思。

双龙村人以为发了地震，四处寻找震源，他们很快发现震源在玉蛾寡妇家。

双龙村人劝哭的确不一般。

贵宝，玉蛾寡妇是你什么人，咋哭得这么伤心？

是呀，见过玉蛾寡妇身子的不哭，没见过玉蛾寡妇身子的倒哭得这么伤心。

谁见过玉蛾寡妇身子？过去哭呀！

叽叽喳喳的是女人。男人都保持沉默，也或许是默哀。

贵宝站起来，眼睛里绿莹莹的光亮暴涨，吼道，信不信？我把你们这些骚娘们衣服全扒了，看你们还笑不？

女人们斩齐不说话，眼睛瞪得圆圆的，甚至有些恐慌。她们第一次见贵宝发这么大的火。之前她们不相信贵宝会发火，她们没见过贵宝发火。贵宝老婆跟二流跑了，他也没发火。贵宝生气了，最多是不理人。贵宝在气头上，凭仗他做事的那股劲，扒光这里所有女人的衣服也不是难事。

贵宝又吼，看，看个屁呀！狗仂，你去玉蛾娘家报信，顺便打电话叫玉蛾儿子回家奔丧。家富，你去找先生打破水。家贵，你去买香纸爆竹，准备跟玉蛾下床。野猪，你去找八仙。要钱的地方，你们先垫着，办完白喜事再找我要。

双龙村人死了，先下床。就是把死人从床上搬到堂前地上，有的下面垫上门板，有的直接放在泥土地上。不像现在人把尸体放在冰棺里，等于是放在冰箱里，想放多久就放多久。下床后，要请算命看风水的先生打破水，就是算出装殓、出殡、下葬的时辰，什么时辰八字生人不能到装殓现场，到现场便犯煞，犯煞便会在短期内遭凶死。有一家死了父亲，儿子的时辰八字犯煞，父亲装殓，儿子焉能不到场？儿子到场了。儿子在十天后便从房顶上摔下来，死了。下葬还要看坟的方向，当年有东西大利，或者南北大利，弄反了方向，家庭人口或牲畜又或家里百事不得平安。有一家死了人，本来是东西大利，坟的方向却葬了南北向，户主莫名其妙胃出血，到处医治，不见好转。有人想到了之前葬人上，请人重新勘察坟的方向，原来犯了常识性错误。这家人重新择一良辰吉日，把臭味熏天的先人挖出来，再按南北向重葬，户主的胃又莫名其妙不出血了。葬人的事，就有这么玄，乡下人说这事都有鼻子有眼，由不得你不信。请八仙同样重要，八仙就是负责死人安葬的操盘手，手下一点点差错都会给户主带来灾难，所以款待八仙要用最优厚的礼遇。那时乡下日子苦，最优厚的礼遇就是每位八仙吃一碗红烧肉。现在的礼遇就多了，如孝子贤孙、嫁出去的女儿拿烟酒送八仙等。这又是题外废话。

贵宝的话一出口，立即引来女人们叽叽喳喳。

为什么是派我屋里的？

我又不欠她家的情！

谁欠谁去。

她家龙水作了孽，报应在她身上，活该！

走，我们回家。

贵宝冷笑，欠债还债，欠情还情。谁欠谁清楚！谁敢回家，我就砸谁家的锅。

四憨走了。贵宝安排完丧事，搬起一块百十斤重的石头，丢到四憨柴火灶唯一一眼大锅里，不仅锅被砸破了，灶台还被压塌了。

男人们都知道贵宝蠢，纷纷挣脱自己女人的手，去做贵宝安排的事。拉男人回家的女人都让贵宝抓小鸡一样抓到屋里哭丧。失去了男人支持的女人，乖巧了许多，干号起来也很像那回事。女人的眼泪不是真眼泪，是让贵宝捏疼了挤出来的泪水。还有更乖巧的女人主动提出到厨房去帮忙，几个人抬一脚事，不用号丧，还有说有笑，既轻松，又热闹。

玉蛾下床了，躺在门板上，脚抵着墙。脚抵着墙魂魄在阴间走路才能着力。玉娥口里放着含口钱，一缕红线从嘴角出来，顺着没有血色的脸颊垂下，煞是凄美。含口钱是玉娥在阴间压箱底的钱，可以应不时之需。头前小方凳上的长明灯忽明忽暗，小汤碗里泥土上引路香缕缕青烟一直飘向黄泉。一个穿着嫁衣年轻美丽的灵魂飘飘荡荡，借着灯光，踏着青烟，在噼里啪啦的爆竹声里，渐渐远去，冉冉而去正如她翩翩而来。

玉蛾儿子没有说来，也没有说不来，电话那头是沉默，细听又有抽泣。

丧事的时间是打破水的先生定好的，孝子没来谁做主？贵宝刚才还俨然像一个主事，这回也呆愣起来。时辰不能错过，错过了会害了子孙，尽管子孙不孝。最后是玉蛾娘家人做主，不等孝子了，死者为大。八仙问，谁当孝子？没人应声。当然不会有人应这差事。八仙说，没有人穿麻衣，岂不是无后？贵宝回过神来，怯生生地说，没人穿，我穿！八仙讪笑起来。见八仙笑，贵宝又犯犟了，我便要穿！说完便把麻衣套在身上，还戴上了用白纸扎的孝子笼冠。想笑的人只敢在心里偷偷地笑，把贵宝惹急了，搬一块石头把你房顶砸个窟窿，你有理没处讲。谁都知道，贵宝是双龙村的活宝。

在死人身边守夜是贵宝的事。贵宝守着活人不敢说话，活人眼睛盯着他看，他有压力，就是话到嘴边都得摔个跟头才出得来。贵宝守着死人想说话就说话，说话没压力，夜深人静时还能说些悄悄话。死人不会说，回去吧，夜深了，别人会说闲话。从这个角度说，贵宝更愿意守着死人。

五

夜深人静，贵宝坐在玉蛾身边，痴痴呆呆地看着玉蛾迷人的身子，想玉蛾昨夜讲的往事。

你绝对想不到第一个踩出玉蛾寡妇家那条路的人是谁。贵宝就没有想到。贵宝为什么搬起一块百十斤重的石头把四憨家的灶台压塌了？那不是没有原因的，或者说不是只有一个原因那么简单。第一个踩路的人居然是四憨。

四憨是从什么地方进入玉蛾寡妇家？就是从玉蛾寡妇家楼顶野鸡棚进入玉蛾寡妇家。

龙水死后满一周年的那一天夜里，四憨动了淫心。你龙水不是霸道吗？你龙水不是逼死我老婆吗？你别短命呀，你该守住你的房子，守住你的老婆呀！你就是一个有命霸业没命守业的孬种！

四憨没有钱再续弦。熬了几年，糖熬老了，里面的东西涨得满满的，黏糊糊的。

四憨轻手细脚把玉蛾的衣服脱光，身心俱疲的玉蛾还没醒来。四憨兽性暴涨，一竿子到底，玉蛾醒了。玉蛾惊叫起来，四憨用手把玉蛾的嘴堵上说，叫魂呀，想让西边房里的儿子过来看娘做戏？原来四憨进来之前把所有的环节都想好了，包括用玉娥的儿子或者说名节逼玉娥就范。

玉蛾压低怨愤的声音说，四憨叔，你是叔，怎么可以！

四憨说，这里没有叔侄，只有男人和女人。

又说，龙水逼死婶娘，咋不想想我是叔？

玉蛾低声骂，畜生！

四憨笑，脱光了衣服，人就是畜生。

玉蛾扭动着身子，哪里还能分得开。玉蛾放弃了挣扎，闭上眼睛，泪水一样能从眼里钻出来。

四憨一边运动，一边轻声对着空气说话，龙水，孬种，知道我为什么今天上你家吗？因为我知道你今天满周年，一定会回家。看到我在你老婆身上骑马吗？你有本事逼死我老婆，咋就没本事守住你老婆？孬种，晓得吗？你老婆是鲜花，我老婆是牛粪，是你赢了还是我赢了？

玉蛾趁四憨不注意，一脚把四憨蹬下了床。四憨爬起来，吼道，横啥呀？你是鲜花，也是长在牛粪上的鲜花。要我喊你儿子过来评评理吗？躺下！

玉蛾又躺下了，把头压在枕头底下抽泣。抽泣的声音听不见，却听见床被撼动得吱吱作响。

四憨筋疲力尽之后离去，玉蛾恳求四憨不要再来了，一报已还了一报。像当年四憨跪地求龙水一样，四憨也只当成是放屁。

玉蛾寡妇家的前后门是防盗门，唯独楼梯口上的野鸡棚是装了临时性的木板门，因为木板门在楼顶上，玉娥便没想着要防，门时闩时不闩。龙水原计划是第二年做二层，第三年做三层，野鸡棚有没有门也就没那么重要了。没想到第二年龙水就醉死了，所有的悲剧竟然是从这门开始。

有了第一次，玉蛾把木板门上了锁。锁被四憨撬开了。四憨说，就算一报还了一报，你们生活要钱，儿子读书要钱，我是送钱来的。玉蛾说，谁稀罕你的臭钱？滚！四憨说，我去西边房里问你儿子需不需要钱。玉蛾叹了一口气，算是被四憨捏住了命门。

有了第二次，玉蛾把野鸡棚的门用木条钉死。她宁愿不上楼顶，尽管楼顶上可以晒谷，晒衣服，晒黄豆，晒芝麻，晒很多农作物，烦心的时候还可以站在楼顶上看看鄱阳湖，想想当初与龙水说过的话，她终将化作一片蓝色融进这湖水里。

四憨把木条也撬开了。四憨有了第二次的经验，带了钢钎。有钢钎，防盗门也不在话下，只是想动静小些，还是要走楼顶的木门。这一次四憨失算了。四憨的光屁上让他带来的钢钎捅了一个窟窿。捅窟窿的是玉蛾两个十多岁的儿子。四憨在家里卧床躺了两个多月，想想没有逼玉娥就范的条件，便放弃了钻野鸡棚。

时隔不久，玉蛾寡妇两个儿子不再住西边房，寄宿到学校。星期天也不回家。寒暑假回家也不出西边房，饭是玉蛾端到房里。吃饭，晓得。说晓得的儿子也不抬头看娘，而是看书。儿子后来离开家，去学校，去县里，甚至去更远的北京，玉蛾一肚子的话，喋喋不休换来的仍然是两个字：晓得。儿子无话跟娘说，儿子已经不是背爱情诗的儿子，也不是龙水在世时活蹦乱跳的儿子。儿子外出十年，和娘就说了两句有实际内容的话，这句话是儿子准备去考公务员时说的。一个儿子说，等我们安顿好了，接你离开这个鬼地方。另一个儿子说，离开这个肮脏的地方。兄弟俩说话是一个腔调，他们选择了逃避，也为娘选择了逃避。玉蛾清楚她这辈子的话快说完了，逃避到哪里也没有她说话的地方，或者说没有说话的对象。

玉蛾寡妇家后墙半夜有楼梯，天蒙蒙亮又不见了。这个秘密是属于探究秘密的双龙村男人们。

贵宝第一个点名去报信的狗仇，是一个七十多岁的老男人。之所以不说是老头，是因为他上老下不老。老伴死后，狗仇也像熬糖，熬到了火候就想出锅。狗仇是四憨的邻居，得知四憨屁股的秘密后，第二个扛楼梯到玉蛾寡妇家的后墙。狗仇的理由是送钱，双龙村的双龙不能不念书，不念书的龙是蠢龙。狗仇撕玉蛾寡妇衣服的那股劲头全不像白天走路时老态龙钟。玉蛾寡妇骂道，老畜生，谁要你的臭钱！狗仇淫笑，四憨说，脱光了衣服，人就是畜生。玉蛾寡妇骂道，四憨畜生都不如。狗仇说，你是说我比四憨强？玉蛾寡妇拿起一把剪刀说，你敢上来，我就把你的老二剪掉。狗仇把胀起的老二挺过去说，你剪，你剪，就想你剪！玉蛾寡妇愕然之间，狗仇夺下剪刀，把玉蛾寡妇推倒在床上。狗仇一边撕扯玉蛾寡妇可怜的单衣，一边骂，要怪，怪你家龙水吧！玉蛾寡妇哭喊，龙水又屙屎到你锅里？狗仇说，我家细狗老婆生了两个孙女，就让你家龙水捉去结扎，我老嬷头是含恨才死的。玉蛾寡妇累了，咋又是龙水，你在外面到底欠了多少债？她提不起一点力气，软瘫在床上嘤嘤哭泣。狗仂完事后，拿出一张钱，吐了一口唾沫，贴在玉蛾寡妇的奶头山上，走了。

打破水的家富和买香纸爆竹的家贵是亲兄弟，是那种老婆都能互相交换的亲兄弟，也是白天睡觉晚上偷鸡摸狗的亲兄弟。楼梯的秘密自然瞒不过他兄弟俩。他们的老婆闹，不是为了老公的"肥水"流进外人田，是为了钱。自从他兄弟俩发现了楼梯的秘密，晚上偷鸡摸狗总是空手而归。她们不是忌恨老公寻野食，而是心疼老公把偷鸡摸狗的钱全部买了野食。家富和家贵除了对玉蛾强暴，也找了一条理由，龙水曾经带派出所的人来捉过他们，关过十五天。他们要在玉蛾寡妇身上报复。不过报复是假，想淫欲是真，要不怎么也会把偷鸡摸狗的钱贴在玉蛾寡妇的奶头山上。

请八仙的野猪是刚刚成人的大小孩。他是家贵的邻居，经常能听到家贵和他老婆对骂。

女人下面都一样。

当然不一样。

家里的不用花钱。

不花钱才不值钱。

那你把钱花在我身上。

你贴钱还要看我心情。

孬卵，有本事就吃白食。不拿钱回家我就要骂。

你敢！

啪啪，是男人扇女人耳光的声音。

野猪听得次数多了，便明白了是怎么回事。听着，听着，下面的能量束开始自动膨胀。野猪也学大人扛着楼梯，进了野鸡棚。

玉蛾寡妇幽怨地叹息，你还是个孩子。

野猪拿出一张替人帮工赚来的钱，扬了扬说，我有钱。

玉蛾寡妇苦笑，有钱也是孩子。

野猪说，是孩子，也是黄花郎。

玉蛾寡妇说，黄花郎的第一次该给你最喜欢的女人。

野猪说，你就是我最喜欢的人。

玉蛾寡妇说，我是残花败柳。

野猪说，我就喜欢残花败柳。

玉蛾寡妇知道野猪被原始的冲动迷失了心智，说，回去吧，明天我把娘家侄女介绍给你。

野猪说，我不回去。哪有姑父不做，做侄女郎的道理！

玉蛾寡妇被野猪原始冲动的炽热烤得迷糊了，躺在床上，心里充满着期待。野猪像猪一样在她身上拱，拱得玉蛾寡妇全身在燃烧。玉蛾寡妇忍不住教了野猪怎么拱地。野猪从此总是早早地把楼梯放在玉蛾寡妇的后墙。

玉蛾寡妇家楼梯口野鸡棚，哪怕是用铁打的门也锁不住两只脚走路的畜生。玉蛾放弃了为门操心，到了夜里，干脆让门虚掩着，免得弄坏了门还要请人修，弄坏了锁还要买锁。

双龙村的男人有同情心，也先后有序。这是外乡人骂双龙村男人时双龙村男人辩解的话。外乡人骂得刻薄，双龙村该改成双猪村、双狗村。接话的更恶毒，猪狗都不如！猪还知道卧在栏里，狗还知道看家护院，双龙村的男人做的是什么事？自己家的茅坑不拉屎，把一个寡妇当成公共厕所！话传到双龙村的男人耳朵里，才有前面辩解的话。同情心是说他们不能眼睁睁看孤儿寡母饿死。先后有序是说，他们搬楼梯到玉蛾寡妇的后墙，看到已经有人放了楼梯，他们自觉等下一回。外乡人说，你们说的都是畜生的道理。

六

贵宝似乎一直不知道楼梯的秘密。这就是精明和傻子之间的区别。

贵宝做工开始收工钱不是贵宝想讨老婆，也不是贵宝与玉蛾寡妇有一腿，而是一件非常偶然的小事触动了贵宝。

一次，贵宝像往常一样，大清早到玉蛾寡妇家挑水，再把粪窖里的粪挑到田里。已是江南麻鞭水响的季节，上午得把田耕耙一遍，明天该插秧了。贵宝进门看见玉蛾贴身的圆领汗衫上有被新撕破的痕迹，圆领裂口处能看见玉蛾白花花的乳沟。贵宝连忙收起慌乱的眼神，说了有史以来第一句慌乱的话，衣服破了也不告诉我。玉蛾寡妇似乎明白指的是什么，赶紧用手把胸前的衣衫捏紧，红着脸转身进了房间。

第二天，家富老婆请贵宝秒田，贵宝说出了一句让双龙村人都惊讶的话，秒田可以，一百块钱一天。那时农忙请人才五十块钱一天。

家富老婆骂道，你吃人呀！

贵宝掉头就走。

夜里干活白天睡觉的家富躺在床上喊贵宝，给了贵宝一张钱。贵宝没有吃人，也没有让家富老婆吃亏，一天就把她家的田全秒完了，天黑透了才收工。

第三天清早，贵宝就把一百块钱塞给玉蛾寡妇说，买一件像样的衣服。

玉蛾寡妇说，我不要。

贵宝说，就算给我争面子。

玉蛾寡妇脸一红，接了钱转身进了房间。

又是一天清早，贵宝仍然看见玉蛾寡妇穿着能看见乳沟的圆领汗衫，问玉蛾寡妇怎么没有买衣服。

玉蛾寡妇红着脸，低着头，像做错了事的孩子，轻声细语说，儿子学校要钱，给儿子了。

贵宝瞪眼吹胡子，伸手向玉蛾寡妇讨一百块钱，不买衣服就还我！

玉蛾寡妇低着头说，我没钱，要不过几天还。

贵宝看着温顺可怜的玉蛾寡妇，又气又怜，本想发作的一口气冲到嘴边，却变成了低声沉闷的叱责，给你钱买衣服，你就买衣服。侄子要钱跟我说，我去挣！

贵宝说完就走了。今天没有挑水，也没有担粪。

贵宝从此开始收工钱，收了工钱就给玉蛾寡妇。

玉蛾寡妇说，我不要，以前的钱还没有还！

贵宝说，都说我傻，你比我还要傻。我气你都看不出来？谁要你还！

贵宝说玉蛾傻，倒是把玉蛾寡妇逗乐了。玉蛾笑，你要么得？

贵宝也嘿嘿地笑，我要你天天笑。

玉蛾寡妇说，我笑不值这么多钱。

贵宝说，谁说不值？钱是什么？钱是狗屎！

玉蛾寡妇脸色突变，眼泪下来了，问，你也把我比狗屎？我狗屎都不如！

贵宝慌忙赔不是，钱是狗屎，你不是钱！

玉蛾看到贵宝着急解释的样子，又笑起来，钱就是钱，不是狗屎。你给的钱我都记着，将来还你。

贵宝抢过玉蛾寡妇刚接到手里的钱，往门外就扔，口里嘟囔，谁要你还！我宁可丢掉也不给你！

玉蛾寡妇捡起钱说，好，不还！将来让你侄子孝敬你。

贵宝乐滋滋地帮人做工去了。

七

玉蛾寡妇下葬的那天，阴沉了半个月的天上纷纷扬扬下起了大雪。

雪转眼间把殷红的棺材染白了，也把抬棺材的八仙和送葬的人身上染白了。雪大概是觉得双龙村披麻戴孝的人太少，没有惊天地泣鬼神的气势，故意把天地和天地之间的人都染白，让天地间的一切都为玉娥寡妇披麻戴孝。

八仙在挖墓穴时，挖出了两只冬眠的青蛙。青蛙被家富和家贵兄弟砸成了肉泥，鲜血飞溅，染红了一大片雪地。

　　这本来没有那么恐怖，看热闹的人都嘻嘻哈哈。家贵说从没有见过这么大的青蛙，也没有见过青蛙还能流这么多的血，痛快！一个八仙低声冷笑，痛快去死！家贵没有听到。如果听到了，家富和家贵兄弟一定会把说这话的八仙像砸青蛙一样砸得鲜血飞溅。

　　世上的事往往是有心栽花花不发，无心插柳柳成荫。你有心咒一个人，那人越咒越精神，你无心说出的一句话，说不定立竿见影。乡下人称这叫"口尺"，就是说你无心说出来的一句话，灵验得就像用尺子量一样准确。八仙随口的一句痛快去死，随后便应验了。家富和家贵在下山的路上，双双跌落下山坎。山坎不是很高，以前跌落的人毫发无损，家富和家贵兄弟便跌落在一块大石头上，摔成重伤，回家不久都死了。他俩死时，这场大雪还没有融化。这雪，这青蛙突然间让双龙村人战栗。

　　鄱阳湖边上的人有几十年没有见过如此大的雪，雪便在玉蛾寡妇出殡时下。挖到冬眠的青蛙，本来也不稀奇。稀奇的是青蛙这么大，还能流这么多的血，砸死青蛙的兄弟俩都出人意料地死了。这一切都把双龙村人带进了双龙村的传说。如果真应了那传说，玉蛾寡妇今后是要受追封的，算是国母。国母有神灵护佑，在国母头上动土，那不是自寻死路！想到这一层，曾经钻过野鸡棚的人都后怕起来，仿佛自己下面那东西已经坠入地狱，只是不知道要什么罪。这样想着，割掉那东西的心都有。双龙村的女人看到丈夫惶惶不可终日，都偷着笑。男人看到老婆窃笑就骂，老子变成了鬼，你就成了家富和家贵的老婆，哭都找不到眼泪！

　　不知是谁又传出来，家富家贵砸死青蛙后的几天晚上，双龙村半夜能听见小鸡叽叽叽的叫声，叫声先是在家富和家贵家的巷子里，后来又移到玉蛾寡妇家的后墙根，再后来就走向了鄱阳湖，叫声若有若无，躺在床上仔细听才听得见。有人说，不对，是青蛙呱呱呱的叫声。呱呱呱的叫声也是从家富和家贵家的巷子里转向玉蛾寡妇家的后墙根，叫声低沉而苍凉。听到小鸡叫声的人，等家富家贵死后才说出来，并且都说自己有先见之明，那时他们就知道家富家贵要死，小鸡就是他们的魂魄，魂魄在几天前就走出了双龙村，到鄱阳湖里去了。听到青蛙叫声的人，也说自己有先见之明，青蛙是神物，是来索命的，神物来索命，家富家贵焉有不死之理！

议论这些叫声是在晚上，三三两两聚集在传这些话的人的家里。传话的人，声音比小鸡的叫声还小，比青蛙的叫声还低沉。听话的人围坐在一桌，毛骨悚然，脚盘在凳子上，不敢放在桌底下，生怕地下伸出一只手把自己拉了下去。

昏暗的灯光下，贵宝走进来，突然叫起来，鬼来了。一屋子的人跟着尖叫起来，四处逃窜，跑不动的小孩则呆若木鸡地站在原地哇哇大哭。传话的人没有逃，他看到贵宝进来。他对贵宝骂道，你才是鬼！这时逃窜的人还过魂来，把雨点一样的拳头落在贵宝身上。贵宝不但不气恼，反而傻呵呵地笑。双龙村只有贵宝不觉得怕。野猪说，你不怕？你现在就把这挂爆竹拿到龙首山上去放。贵宝嘿嘿笑起来说，放了便怎样？野猪说，放了我输你一碗肉丝面。贵宝拿起那挂爆竹出了门，不久便听到龙首山上噼里啪啦响起了爆竹声。一屋子的人笑野猪，白白丢了一碗肉丝面，他怕就不是傻子！

村里的老人分析得更是让人心惊肉跳：雪是天怒，天让一切罪恶都披上了孝衣。青蛙是一个活物，是地气，应该压在玉蛾寡妇的棺材底下，死人讨到地气，才能保佑子孙后代兴旺发达。青蛙被砸死了，成了地怨，双龙村的地气完了，双龙村的灾难就要降临了。

众说纷纭让双龙村笼罩在恐怖之中。家富家贵下葬后，双龙村人一到晚上，都早早地熄灯上床。双龙村一片死寂。

双龙村唯有贵宝仍然是憨实地做工，嘿嘿地傻笑。

贵宝做工又不收工钱了。那天，家富老婆请贵宝挑猪粪，开春田里不积些家肥，秋后哪来收成。贵宝挑完猪粪后，家富老婆把贵宝叫到房里，把房门拴上。贵宝像树桩一样站在房间中央，以为家富老婆有什么私话要说。家富老婆什么私话也没说。她一边整理床铺和房里杂物，一边嘴里不断地唠叨，家富死鬼走后，看家里乱得，都无心收捡了。

贵宝想，你无心收捡跟我有什么关系？

家富老婆又说，看这倒霉的屋里，日子怎么过啊！

家富老婆收捡是假，偷眼看贵宝是真。她从贵宝身边走过时，总要有意无意地把她肉团一样的大奶子往贵宝身上擦。贵宝就像一棵树桩，还在等家富老婆说私话，以为无心收捡的话仅仅是开场白。家富老婆故意一个没站稳脚倒在贵宝身上，居然把人高马大的贵宝撞翻到床上。

家富老婆胖乎乎的身子压在贵宝身上，咯咯地笑，死鬼，你是树桩呀！

贵宝脸一红，正要翻身起来。家富老婆却把头埋到贵宝怀里，呜呜哭了起来，哭是假，撒娇是真，这倒霉的屋里，上有老，下有小，我是真难，比玉蛾当初还难！

贵宝听到玉蛾的名字，便想到玉蛾在死的前一天晚上说的话，下辈子还你一个清清白白玉蛾，便觉得玉蛾在虚空中看着他，仿佛自己做了亏心事，脸更红了，倏地翻身起来，把家富老婆掀了一个仰面朝天。

家富老婆不知道贵宝心里怎么想，被贵宝一个仰面朝天掀翻在床上，心里还在想，贵宝压下来一定像一座山。想到被一座山压着，遍身的饥渴像野火在燃烧。

贵宝大概是猜家富老婆想用身子换工钱，急忙说，我又不收工钱了。

贵宝说完开门走了。

家富老婆对着贵宝背影骂，阉鸡公，一天的工钱就想换老娘的身子？做梦吧！

家富老婆当然不仅仅是为了一天的工钱，她还想要贵宝把给别人做事的工钱也给她。甚至想，渴了就有水喝，饿了就有饭吃，不也挺好？贵宝丑是丑，那也是当初看他的感觉，日子久了，也就无所谓了。

八

清明时节没有下雨。双龙村阳光明媚，鸟语花香。

玉蛾寡妇的两个儿子回来了。兄弟俩一个相貌，贵宝分不清谁是哥哥，谁是弟弟。据说，龙水当初也分不清，只有玉蛾能分得出来。兄弟俩都戴着深度近视眼镜，穿着打扮是一个样，额头上过早爬上的皱纹条数都是一样多，黑发里藏着的白发根数未必相等，但你不能为了辨别谁是哥哥谁是弟弟去数他们头上的白发。兄弟俩言语少，一句话顶十句说。他们走进双龙村，双龙村人要凝望半天，才试探着问，是玉蛾的儿子回来了么？他们不会问是龙水的儿子回来了么，他们对龙水还是又怕又恨。如果他们梦里偶尔出现龙水，那一定是个噩梦。兄弟俩从不答话，点点头算是回答了。双龙村人等兄弟俩走过后，在他们背后摇头。

兄弟俩直接到了贵宝家，进门便跪在贵宝面前放声痛哭。贵宝没有哭，扶起兄弟俩说，要哭到你娘坟上去哭。

路上，贵宝发现自己原来比两个闷葫芦还强一些，兄弟俩没话，他主动问话，北京很远吧？兄弟俩心有灵犀，很远。等于没有回答。贵宝又问，你们见过天安门？兄弟俩回答，见过。问的是废话，回答的也是废话。贵宝问，当官么？兄弟俩回答，没有。贵宝说，你们要当官，你娘就盼你们当官。兄弟俩回答，晓得。贵宝搜遍脑子里的问题，就只有这么多问题，问完了，便一路无话。兄弟俩从来就没有想过要问贵宝的问题。譬如，娘是怎样死的？娘是怎样安葬的？娘葬在什么地方？是不是与爹葬在一起？娘的后事是谁在操办？花了多少钱？是谁出的钱？

玉蛾寡妇的坟湮没在嫩翠的柴草里。贵宝扒开柴草，坟头是用几十块砖垒起来的，没有墓碑，但有四块比新砖尺寸更大的老砖垒起的砖格子。

贵宝说，这回该给你娘树一块碑牌。

兄弟俩几乎同时皱眉头，说的是一个腔调，算了，心里记着就行。

贵宝瞪着眼骂，屁话！谁知道你心里记不记得。

兄弟俩说，不是屁话，是没有必要。

贵宝问，还恨你娘？

沉默，阳光下的沉默。沉默的一头是悲伤，一头是渐渐升起的怒火。

贵宝啪啪打了两个侄子一耳光，骂道，你娘活是为你们活，死还是为你们更好地活。谁都可以恨你娘，唯独你俩不能恨！

贵宝打下去后，觉得手很疼。自己长满老茧的手怎么会疼？难道是打了真命天子？凡人是不能打真命天子的，包公也只敢打龙袍！贵宝想想，在自己脸上啪啪打了两下，果然是手不疼，脸疼。贵宝暗暗骂自己，你狗胆包天，怎么敢触犯龙颜！

兄弟俩不知道贵宝在想触犯龙颜的事，以为刚才的话伤了贵宝叔的心，贵宝气得自己打自己。贵宝心里有气，只能打自己。他兄弟不是贵宝的亲儿子，侄子都不是。兄弟俩想到这，眼泪下来了。兄弟俩知道，自己可以恨娘，但不能不尊重贵宝。

兄弟俩没有犟过贵宝，把碑牌树起来了。玉蛾寡妇的坟有了碑牌，顿时鲜亮起来。

祭扫结束，兄弟俩要走，贵宝没有留。兄弟俩对贵宝说，叔，跟我们去北京吧！

贵宝嘿嘿傻笑，我到北京去能做什么？

兄弟俩没回答贵宝就走了。他们沿着快要被淹没的滩路，走出很远，又折了回来。

贵宝问，还有什么事要交代叔？

一个儿子说，娘临走时给我们写信了。

贵宝说，娘经常给你们写信，可从来没听说你们回过信。

另一个儿子说，娘说叔是双龙村唯一可以依靠的人。

贵宝说，是你娘不嫌叔笨。

一个儿子说，老屋就托付叔照看。

贵宝说，放心吧，叔照看着呢。

另一个儿子说，爹娘的坟也托付叔照管。

贵宝说，照管着呢。

兄弟俩似乎还有话要说，但欲言又止。

贵宝满脸忧伤说，还有什么话，说吧。

一个儿子说，我养你老。

另一个儿子说，我送你终。

鼠　戏

集团总裁老赵不打招呼突然来到少阳分公司。

公司经理老张不知深浅，小心翼翼跟着老赵到各处巡视，不问不答，有问必答。老赵不评价，不反馈，不表态。老赵与老张都玩起了以静制动。

老赵这次下来很低调，没带秘书，更无前呼后拥，一人一车。到了少阳，不吃酒店吃食堂，不住酒店，指定在公司招待所下榻。这里设施陈旧，已经少有大领导光顾。少阳高级宾馆有的是，老张不知道老赵为什么要这样做，也不敢多问。

晚饭后，老赵把多年来养成的习惯饭后百步走也放弃了，对老张说，我想见见公司的二线班子。

老张实在忍不住，小心翼翼提建议，是不是也见见公司的一线班子？

老张心里想，总裁来少阳，如果仅仅是见了经理也没什么。现在提出来要见二线班子，那一线班子呢？总裁这次来是不是对二线班子有什么考虑？或者说，是不是老赵对二线班子有什么考虑？老赵对二线班子有考虑，是不是对一线班子不满意？既然老赵对一线班子不满意，那就让二线班子上好了，一线班子还不侍候了！正因为老张越想越可怕，才不得不硬着头皮提建议。

老赵说，一线班子书面吧。

老张想，书面就书面，那也比不见强。不见是不想见，书面见可以理解为想见而没时间见。

老赵这次下来的心思跟谁都没有说。不光是他的班子成员不知道，秘书不知道，连司机都不知道。老赵平时坐车爱睡觉，睡觉还爱说梦话，可这回在车上不但不说梦话，还鼾声如雷。所以不要怪老张心里没底，他事先电话侦察了秘书，后又火力侦察了司机，都没有探到老赵的底。直到老赵说想见见二线班子，老张心里才有了一点底，总裁这是在考虑人事问题。既然是考虑人事问题，见二线班子不见一线班子，少阳岂不是要天下大乱。

老赵给每位二线班子成员二十分钟时间述职，又给一线班子成员一分钟时间送述职报告。谈完送完已经是深夜。老赵问二线班子成员有什么要求，二线班子成员都说没什么要求，就是可惜了这大好年华，好像一树长熟了的桃子，只能看不能吃，不能吃不是不好吃，而是不让吃。老赵不断地点头。二线班子心里想，你点头也是白点，自己也就是说说而已，你也就是听听而已，天下没有无缘无故的收，也没有无缘无故的获。老赵也问一线班子有什么要求。一线班子都信心满满，希望组织上给他们压更多的担子，他们还能承受。老赵也不断点头。一线班子想，二十比一虽然不成比例，但没有对一的充分信任，如何敢如此对待一线班子？

老赵看了看床头上放着的厚厚的一线班子成员述职档案袋，没有一点想看的欲望，就想睡觉。谁都只看到老赵风光的一个片段。如果把老赵当总裁的片段连接起来看，也许你会发誓永远不想当总裁。当总裁太累！

老赵熄灯躺在床上越躺越精神。老赵知道一定是今天谈话忘记了时间，没有把握睡觉的临界点。十二点前睡，老赵是瞌睡遇枕头，过了十二点，老赵越躺越精神。老赵现在只能瞪着两只尿泡眼睛等天亮。

老鼠吱吱叫着出来活动了。老赵两只眼睛瞪得圆圆的，却大气不敢出，生怕惹恼了老鼠。别看那么多人怕老赵，老赵却怕一只小小的老鼠。公司招待所的老鼠什么世面没见过？老鼠见到老赵，敢大摇大摆走出来，说明这群老鼠非同寻常。老鼠啃着茶几上的水果，舔着酒杯里的黑牛圣露德干红葡萄酒，旁若无人地高谈阔论起来。

你猜这是个啥官？

换作以前可能是个大官，现在住招待所能算啥官！

不算啥官，为何老张亲自来陪？

老张爹来，老张也亲自陪。老张爹能算官吗？

管他是啥官，又不是没见过。

吃着喝着，闲着也是闲着，说说无妨。

不就是个管官的官！

老赵暗自吃惊，这是一群什么样的老鼠？都说鼠目寸光，这只老鼠一丈也不止。

老鼠可不管老赵怎么想，上下左右都不是一个序列，管得着吗！

你说他在折腾啥？弄得眼睛像尿泡似的。

瞎折腾呗。总认为自己比别人聪明！

你说谁最聪明？

老张聪明。

老张为啥聪明？

没看出老张八面玲珑呀？

一线的聪明。

一线为啥聪明？

没看到一线信心满满的样子呀？

不对，二线的聪明。

不对，老赵聪明。

不对，都聪明。

也不对，都不聪明。

屁话！什么都让你们说了，又等于什么都没说。

老赵听老鼠说话比听汇报更有兴趣。听老鼠说话像听说相声，听汇报像听绕口令。老赵干脆把尿泡眼闭上。闭着眼睛睡不着比睁着眼睡不着舒服。

谁能猜到老赵的心思？

不用猜，老赵想重用二线。

你白痴，二线自己都认为不可能。

二线怎么知道自己不可能，没发现是二十比一呀？

老赵睁开尿泡眼，很想看看说重用二线的老鼠，可惜房里太黑，看不见。就是那只老鼠最对自己的心思。他这次下来就是想打破常规，重用二线班子。顺水行船虽然轻松，却让员工过早走进了惰性思维。逆水行舟虽然艰难，却能让员工保持经常性的战斗状态。别人想不到的自己能想到，别人做不到的自己能做到，这就叫棋高一招。

二十分钟又咋样，除了废话还是废话？

废话总比没话强吧！

笨老鼠，没话的把话都装在档案袋里。

老赵不是没看档案袋吗？

会看的。档案袋里不只有话，还有货。

老赵吓了一跳。原来只听说贼眉鼠眼，这回是亲身经历了贼眉鼠眼。

我下结论老赵不会重用二线的班子。

为啥？老赵的心思睁眼瞎都能看得出来。

说你嫩，你不服气。谁会把吃饱的老鼠赶走，又换一群饿得两眼冒火花的老鼠？

以为有啥高见，还是陈词滥调。

虽然是陈词滥调，却屡试不爽。

我之所以下结论还不是为此。

为啥?

用人跟一线二线八竿子打不着。

老赵这回彻底被那群相逢不能相见的老鼠惊呆了,来时一肚子主意,现在没有主意了。没有主意反而睡着了。

第二天老赵起得很晚,起床后第一件事是打电话给秘书,昨晚少阳闹老鼠,一夜没睡好,今天的董事会取消……

为 了 活 着

一

黄金山黄家畈的桂姣三十岁就守寡，丈夫留给她两个儿子。

大儿子冬狗生下来眼睛就是鱼眼，七岁还不能说人话，学狗叫却比狗叫得还像。再长大些，依然不能说人话，但动物说的话他都会。什么公鸡咯咯啼，母鸡咯咯咯，鸭子嘎嘎嘎，还有鸟叫狼嚎，牛被抽打的叫声，猪被杀死前的哀号，只要他能听到的畜生的发声都能学会。你只要说，冬狗，猪断气时怎么叫？冬狗的喉咙马上就发出"剐——剐——剐——佛——佛"的声音。声音由尖锐到低沉，由悠长到短促，听得大人小孩无不前仰后合。十岁以后，冬狗也能说些简单的人话，但他不是迫不得已不说。

小儿子秋狗生下来眼珠子像流星，一岁多就能说人话，而且话还特别多，像是要把哥哥冬狗的话一起说了。秋狗的话虽然多，手脚却懒得动。十岁了，还要桂姣帮忙穿衣脱衣，服侍茶饭。桂姣丈夫在时，还逼秋狗去上学。秋狗上学，爹娘认为儿子在学堂，老师认为秋狗在家里。那时不像现在有电话，等到一个学期过完，老师家访，才知道秋狗是在田畈"学堂"里读了半年。半年的自由换来爹的一顿竹鞭，吃亏的不是秋狗，而是爹。

爹懒得管，眼一闭，走了。丈夫不在，半边身子的桂姣只能由着他。

再没用的男人还是男人，再有用的女人还是女人。桂姣守寡总觉得身体在一点一点抽空，再也没有男人的气息进去补充，身体便一点一点虚弱。桂姣已经能看到虚弱尽头丈夫酸涩的眼神了。看到丈夫酸涩的眼神，桂姣有些发急。真要是到了那一天，冬狗靠不住，冬狗要靠秋狗。秋狗也靠不住，那该去靠谁？想到这一层，桂姣一肚子的苦水就从眼眶里涌出来。桂姣想了一年，想到要再抱养一个女儿，抱养一个女儿是为了做冬狗和秋狗的依靠。缺了半边身子的桂姣知道女人没有男人不行，由此也想到男人没有女人也不行。桂姣不管自己的想法对不对，也无法去验证，就这么做了。桂姣遍访黄金山，真让她在乌鱼壳访到了一个。

春草的爹娘都在外打工。听说一个又找到了老婆，一个又找到了老公。之后，都杳无音讯，把可怜的春草丢在奶奶身边。奶奶死了，村里人上天入地找春草的爹娘，找了三天，眼看春草的奶奶尸首要臭了，这才草草安葬。春草从此是断了线的风筝，村里人想把风筝线接到她爹或娘的车辕轱上。可是等不到他们上天入地，春草天天要吃要喝，三五个月可以，三五年就难了！正当村里人唉声叹气的时候，桂姣找上门来。桂姣逼着村里人发毒誓，今后春草的爹娘回家找春草，谁要是说出了春草的行踪，一家人先死小的再死老的。乌鱼壳的人痛痛快快发誓，痛痛快快送人，心里都说，谁愿意淡吃萝卜咸操心。

桂姣丈夫在时，就是两间茅屋，一间房一张床，一间厅堂当厨房。那时一张床睡四个人。现在丈夫走了，春草来了，一张床仍是睡四个人。春草还小，看不出好坏，但在桂姣心里，小春草将来是要顶替自己位置的。

桂姣终于走到了虚弱的尽头。冬狗在桂姣的床头，喉咙里发出哀伤的哼唧，像老母狗死了，小狗崽一边围着母狗用嘴嗅母狗死的气息，一边发出低沉而忧伤的吟唱。秋狗若无其事地在狭小的房间里来回走动，似乎有解脱的轻松，又似乎有看惯了人死如灯灭的平淡。春草没有到懂事的年龄，只有哭相，没有哭声，更不懂得哭诉。桂姣虽然被秋狗无所谓的样子伤透了心，却也无可奈何，还不得不示意秋狗到床前来。秋狗是她唯一能"托孤"的人。桂姣声音微弱得只有贴近她的嘴唇才能听得见，秋狗却不愿弯下他挺直的腰。桂姣断断续续地说："冬狗是你哥，一万年才修来的兄弟，你管不了就让他自生自灭。春草是你妹，一千年才修来的女人，你讨不到老婆就让她做你老婆。"桂姣也不管秋狗听没听清楚，闭上眼就走了。

桂姣走了，能在那张摇晃起来就嘎嘎响的木板床上睡觉的就剩下三个人。我的故事正是从若干年后的这三个人和这张床开始的。

二

黄金山村委会的主任黄卖狗被秋狗缠烦了，忍不住骂道："在黄金山，我最烦的就是你家两只狗！"

秋狗也不恼怒，笑答："在黄金山，我最讨厌的是黄卖狗！"

黄卖狗说："你还讨厌我？我供你吃，供你穿。都说狗通人性，你狗都不如！"

秋狗说："我又没吃你家的，穿你家的。狗通人性，问题是你也是狗，不是人！"

"狗更应通狗性……"黄卖狗发现自己话说快了，着了秋狗的道，马上改口，"都说我卖狗能，可就是卖不掉你家两只狗。"

秋狗还是笑答："狗都卖光了，你就不能叫黄卖狗了。"

黄卖狗哭笑不得，说："那叫什么？"

秋狗说："叫买狗，不然你的主任就是光棍主任。"

黄卖狗突然不笑了，说："说归说，笑归笑，你也老大不小，该谋个正经事做，成个家，照顾好冬狗和春草，不枉费你娘一番心思，不要总向我伸手。"

秋狗说："不向你伸手，你的主任就当到头了。"

黄卖狗问："怎么就当到头了？"

秋狗说："你不是主任，鬼才找你。"

黄卖狗每次和秋狗斗嘴，都是以失败而告终，既输了嘴，又输了钱。

秋狗拿到了钱，还懒得和黄卖狗斗嘴。

秋狗很清楚，就凭他嘴上的功夫，斗斗黄卖狗还可以，真要谋正经事却很难，要照顾好冬狗和春草就更难。成家立业谈何容易，谁愿挤在四个人睡的床上与他同床共枕？养冬狗不难，娘有自生自灭的话。何况冬狗整天不愿意说人话，和猪呀鸡呀狗呀打得火热，在一起一说就是半天，就像无话不谈的朋友在一起集会，高谈阔论，吟诗作赋，旁若无人。冬狗从来不招惹人，不招惹人就等于不招惹祸。不惹祸就省心。冬狗无忧无虑，吃饱了就成，冷暖都在其次。

秋狗想想自己，不但要寻自己的生计，还要管冬狗春草的吃喝，感觉心特别累，有时真想做一回冬狗。春草小时候是秋狗的尾巴，哥哥上哥哥下叫个不停。晚上睡觉，秋狗不睡，春草也不睡，秋狗一躺下，春草就钻进他的怀里。秋狗睡觉怀里还要抱着春草，就像狗睡觉要把狗尾巴藏在怀里一样，烦透了。活爹死爹没有管住自己，活娘也没有管住自己，没想到，死娘弄这么一个既可怜又可嫌的跟屁虫倒把自己管住了！他开始恨娘，怪不得说最毒妇人心。女人有的时候能爱死你，有的时候又能害死你。春草长大了，叫哥哥反而叫得少了。叫得少也就罢了，有时还要学娘的样子唠叨自己，就像娘唠叨爹："你咋不学学人家，到外面找事做？隔壁的细狗在汕头打工，一年就是几万。同样是狗，你咋就不如人家哩？"

秋狗说："我与隔壁的狗能一样么，我这狗屁股上有两条尾巴，如何走得出门？"

春草说："你把狗尾巴放在家里，我帮你看着，你去赚钱呀。"

春草真把自己当成了秋狗的女人。秋狗与别人斗嘴从来没输过，与春草斗嘴却斗一次输一次。十多岁的春草，不仅仅是嘴上能干，手脚也能干，洗衣做饭，缝缝补补那都是春草的一双小手。秋狗斗嘴斗不过春草，一是好男不与女斗，更不和小女人斗。二是即使斗赢了，春草一噘小嘴，不做饭，不洗衣服，那这个家真成了狗窝。春草在这个狗窝里不仅仅顶替了"娘"的位置，还顶替了"老婆"的位置。秋狗遇到小母老虎发威就想，这肯定是娘阴魂不散，便逃之夭夭。春草与娘不同的是，娘对着秋狗的背影骂两句就放下了。春草却是追着秋狗的背影，在屁股后面喊："哥哥要去哪？米缸里没米了，油罐里没油了，中午吃屎呀！"一个半生不熟的女孩追着一个大男人说家里柴米油盐都没了，叫得秋狗恨不得钻到地缝里去。秋狗遇到这种尴尬，一般是两条路，一条路是找村主任黄卖狗要救济，一条路是在附近打几天短工。最让秋狗烦的不是柴米油盐，而是晚上睡觉。以前烦是睡觉时狗尾巴往怀里钻，推开了，又钻进来了。现在烦是狗尾巴不但不往怀里钻，拉过来了，又溜走了。你说秋狗抱着狗尾巴睡了十年，早已习惯了抱着狗尾巴睡觉，何况有时还能感觉到自己这一半对怀里这一半的冲动，那种冲动让他把狗尾巴越抱越紧，越抱紧冲动的感觉越甜蜜。等到秋狗感觉到甜蜜的时候，狗尾巴却躲得远远的，这是什么事！秋狗真想把狗尾巴抛得远远的，看你狗尾巴离开了狗是什么滋味。秋狗把脚抬起来刚想把狗尾巴蹬下床，马上就后悔了。狗离开了狗尾巴一样失落！一个晚上这样折腾，你说烦不烦。

三

　　黄卖狗斗嘴斗不过秋狗，心思却比秋狗足得多。黄家畈的两只狗不卖出去，他寝食难安。丢开一年的救济钱让两只狗吃掉一只角不说，卖狗尤其看不惯秋狗那副油嘴滑舌的人模狗样。卖又卖不掉，赶又赶不走，黄卖狗伤透了脑筋。

　　黄卖狗想了三年也没有想出一个法子，让乡长一句话骂开了窍。

　　黄卖狗本想到乡长那告秋狗的状："我村里有一个秋狗，都十多岁的人了，硬是吃人饭干狗事，一天到晚就想吃救济，不务正业。"

黄卖狗想让乡长把秋狗家里的救济拿掉，他就可以理直气壮和秋狗斗嘴了。哪知乡长不吃这一套，瞪着眼睛骂道："救济不给狗模人样的人吃，难道要给人模狗样的狗吃？你知不知道有人在网上告你们村拿救济款送亲戚做人情。该吃的不吃，不该吃的乱吃，该叫的狗不叫，不该叫的狗乱叫！"

黄卖狗心里想，乡长咋对秋狗家这么好？曾经有耳闻，说乡长到秋狗家串过门，秋狗家是乡长的亲戚看来不是空穴来风。想到秋狗可能是乡长的亲戚，告秋狗的心思早没了。乡长的话里还有话，有人在网上告他的状。什么网？渔网，鸟网，还是蜘蛛网？

黄卖狗回到家里问正在玩电脑的儿子秋生："能告状的网是什么网？"

秋生说："互联网。"

黄卖狗又问："互联网是什么网？"

秋生说："人人都可以在上面发泄的网。"

黄卖狗说："你也让老子发泄发泄。"

秋生问："发泄什么？"

黄卖狗说："你帮我把秋狗一家在互联网上发泄了。"

秋生与秋狗同年同月同日出生，命运却是一个天上，一个地下。秋生在黄金山算是"官二代"，文凭是老子花钱买的，老婆是老子花钱娶的，儿子也是老子花钱养的。秋生也游手好闲，但他的游手好闲不是在寒来暑往的黄金山，而是在魑魅魍魉的电脑里。秋狗是秋生在黄金山唯一有交往的人，他俩的交往就是黄卖狗家的粗重活都是秋狗包，这是黄卖狗与秋狗讲好的吃救济的条件。秋狗之所以敢与黄卖狗斗嘴，也是因为黄卖狗离不开他。黄金山的后生不是都像秋狗一样没出息，就是要做农民也要到城里去做农民，城里人不叫他们农民，而是叫农民工。带了"工"字，身份就不一样了。家里的后生打着灯笼也就只能找到秋狗。黄卖狗家里人屙屎不出来叫秋狗，屙尿不出来也叫秋狗，叫烦了秋狗自然没好气，没好气就和黄卖狗斗嘴。秋生像闺房里的小姐，他可以一年不出绣房门。秋狗在秋生家进进出出，秋生虽然不把秋狗当朋友，日子久了，养只狗也会日久生情，何况秋狗不是真狗。秋生玩电脑累了，有时会把秋狗叫过来，半开玩笑问秋狗："是冬狗和春草睡一头，还是你和春草睡一头？"

这一问问到了秋狗的实处，秋狗的脸比红纸还红。

秋生又说："你不说我也知道是你和春草睡一头。春草脸上越长越红润，胸脯也鼓起来了，是一只桃子也该熟了。你别告诉我你没有吃过桃子！"

秋狗眼神闪烁不定，窘急之下，骂自己："我吃了桃子是狗卵。"

秋狗敢与黄卖狗斗嘴是因为黄卖狗拿救济款跟自己做买卖，秋狗不敢跟秋生斗嘴是因为秋生读过大学，斗嘴斗不到一个夜壶里。秋狗越是窘急，秋生越喜欢逗弄。秋生闲暇之余能逗弄秋狗，也是一件快乐的事。现在老子要把秋狗发泄了，他自然反感老子的做法。

秋生瞪了老子一眼，摆摆手说："滚开，滚开。你还嫌作孽不多？秋狗一家有什么好发泄的。"

黄卖狗只认为把秋狗发泄了，自己就耳根清净了。死了张屠夫，照样吃没毛的猪，找不到长工，还找不到短工？黄卖狗想清楚这个理之后，赔着笑脸对儿子说："老子是不是第一次求你做事？你发泄了，老子自然滚开。"

秋生说："怎么是第一次？你求我读书是不是一次？你求我娶老婆是不是一次，你求我生儿子是不是又一次？"

黄卖狗愣了半天还是想不清楚那也算求儿子，黑白到了儿子那里怎么就颠倒了？但这次是真想求儿子，只好耐着性子说："算老子第四次求你不行啊？"

秋生说："你真能缠，说吧，怎么发泄？"

黄卖狗说："你就告他游手好闲，不务正业，好吃懒做。"

秋生不是老子说了第四次求他就行，而是心里有了自己的主意。

四

秋生在爱心社区上发了一个帖子，不到半天阅读量达到了三万，跟帖达到了三千。不过跟帖问真假的就有两千。一家穷得兄妹三人睡一张床，吃了上顿没下顿，还有一个傻哥哥整天与动物为伍，真的假的？天方夜谭吧？秋生又发了一组照片，网友脑子里的问号才算变成了句号。

秋狗人没走出黄金山，相片走出了黄金山，成了网络红人。

黄卖狗气得不敢打儿子的耳光，狠狠扇了自己两个耳光，骂道："我不是养了一只狗，而是养了一只狼！"

秋生笑起来："在野为狼，在家为狗。因为有狼，动物才能进化得更优秀。"

黄卖狗说："优秀个屁！你什么时候能进化成狗，我就能闭眼了。"

秋生说："我为什么要进化成哈巴狗？而不是进化成雄狮。"

黄卖狗骂道："等你把我的老骨头啃完了，看你是哈巴狗，还是雄狮！"

儿子都做了爹，黄卖狗也只能是骂骂而已，骂完了就像狗吠了两声，摇摇尾巴走开了。谁让世上的爹娘都是这样做过来的。

黄卖狗一门心思就是想把秋狗的救济告下来，没有想到儿子不听他的话，把秋狗变成了新时代的杨白劳，救济坐实了，想拿下来都不行。

正当黄卖狗气得牙根痒痒又无可奈何的时候，来了两个年轻人找他，一个提了一桶食用油，一个扛了两袋米。年轻人自我介绍，一个叫慈心，一个叫慈目。

黄卖狗问："你们俩是兄弟？"

慈目说："不是兄弟。"

慈心说："胜过兄弟。"

黄卖狗说："不是兄弟，怎么都是慈字辈？"

慈目说："不是慈字辈。"

慈心说："是网名。"

黄卖狗说："爹娘取的名字不要了？"

慈目说："不是不要。"

慈心说："名字不重要。"

秋生在旁边忍不住瞪眼睛："你烦不烦！他们都是爱心社区的网友。"

黄卖狗似乎有些明白，又是递烟，又是倒茶，嘴还没停下来："来就来吧，还带什么礼物！中午在村里吃饭。"

慈目说："礼物是给秋狗的。"

慈心说："不在村里吃饭。"

黄卖狗突然觉得脸皮在做不规则运动，跟在运动后面的就是发热。不过这点不规则的运动还不至于难倒在官场混了二十年的黄卖狗："你们来了，村里的压力就小了。你们不可能背着锅来献爱心，饭还是要吃。"

慈目说："我们带了饼干和矿泉水。"

慈心说："网友拿的钱，开支要在网上公开。"

秋生又瞪了黄卖狗一眼："你不懂就不要丢人现眼。"

黄卖狗也瞪了秋生一眼："吃饭也丢人现眼？饿你三天试试！"

慈目说："你们吃饭不丢人现眼。"

慈心说："我们吃饭丢人现眼。"

黄卖狗这回脸皮不规则运动的确把他难倒了，说了一句："我不懂，你懂！"转身就往门外走。

慈目拉住黄卖狗说："叔叔误会了。"

慈心说："秋狗家没有叔叔的爱心，恐怕等不到我们来。"

黄卖狗叹了一口气说："父子就是冤家。"说完脸皮立即停止了做不规则运动。

秋生笑道："不是冤家不聚首。"

五

　　黄家畈藏在青山绿水里。

　　黄家畈秋狗的"狗窝"就在村口。狗窝边上是一口池塘，池塘里有两只鸭子在悠闲地游动。鸭子在水里嘎嘎叫，冬狗在塘岸上嘎嘎叫，叫声此起彼伏，把一个幽静的黄家畈叫得像过年一样热闹。

　　慈目走过去，摸摸冬狗的头问："鸭子快活吗？"

　　冬狗目不转睛看着池塘里的鸭子说："快活。嘎嘎。"叫声比鸭子叫得还像。

　　慈心说："这才是真正的快乐！"

　　秋狗像是闻到了味道一样，从破草屋里走出来说："没有我，他快乐个屁。"

　　慈目说："你是秋狗？"

　　秋狗说："我是秋狗。叫秋狗也犯法？"

　　慈心说："叫秋狗不犯法。我们是爱心社区的网友。"

　　秋狗说："爱心社区的网友又怎么样！"

　　慈目说："爱心社区发起了捐助行动。"

　　慈目慈心把油和米给了秋狗，要与秋狗合影，照片要传给捐赠的网友。

　　秋狗说："一桶油两袋米就想合影？"

　　春草跑过来踢了秋狗一脚，骂道："不想合影你倒是去赚钱呀！"

　　秋狗回头踢春草一脚，却踢空了。春草早防着秋狗，跑开了。秋狗骂道："一条养不熟的小母狗，总有一天要把你赶出去。"

　　慈心说："我们陆续还有捐赠。"

　　秋狗说："那还差不多。照吧，照吧。"

　　黄卖狗忍不住说："人不打送礼的，狗不咬屙屎的。"

　　秋狗指着黄卖狗的鼻子说："你在这里屙屎，看我咬不咬你屁股。"

黄卖狗在外人面前总要保持主任的风度，不好跟秋狗一般见识，只好把"狗性不改"的话吞了回去。

慈目对黄卖狗说："春草眼看要长成大姑娘了，不好再与哥哥睡一张床。我们捐些钱买一张床吧。"

黄卖狗说："我家有一张旧床，搬过来就可以睡。"

秋狗说："谁要你家的破床！"

慈心说："我们买。"

秋狗沉吟了一会儿，说："看在你俩的面子上，搬过来吧。"

秋狗想想黄卖狗"狗不咬屙屎的"话，觉得也有道理。狗咬屙屎的，屙屎的不是跑得远远的么？黄卖狗虽说从来不做亏本的买卖，手里那点主任的权力用得足，寡妇裤裆里也不忘记捏一把，但对自己却是无可奈何。尽管自己也偶尔帮他家做一些事，但他给的救济抵工钱却绰绰有余。现在又带来了什么爱心社区，看来又是一条活路，再要咬黄卖狗的屁股或者是慈目慈心的屁股就没有道理了。

从黄家畈出来，慈目对慈心说："我无法把这么秀美的山村与这样的苦难联系起来。"

慈心说："我也无法联系。"

黄卖狗说："这有什么不能联系。要看穷人到青山绿水里来，要找富人就到乌烟瘴气的地方去。"

慈目说："这有必然联系吗？"

黄卖狗说："当然有。年轻时，身体健康吧？便要卖命去赚钱。有钱了，身体就坏了，想花钱买好身体都难。青山绿水美吧？却拼命想用青山绿水去换钱，钱到手了，青山绿水就坏了。再用钱去买青山绿水，买不回来了。"

慈心说："叔叔说得透彻。"

慈目说："阅历是个宝。"

慈心又说："爱心社区要做穷与富的桥梁。"

慈目也说："幸福与苦难的桥梁。"

黄卖狗原是胡说八道一通，说的话都是同僚闲来无事在酒桌上说的搞笑段子，借来附庸风雅，没想到把两个年轻人哄得五体投地，心里暗自得意。秋生这个鬼灵精，嘴上总是跟老子过不去，心里还是跟老子一条心。如果当初按自己的想法告秋狗一状，不但拿不掉秋狗的救济，反过来很多人会问，这样的家庭不吃救济，黄金山的救济都救了什么人？岂不是不打自招！现在爱心社区来了，秋狗家的问题解决了，救济不是名正言顺可以拿下来么！他开始佩服自己的儿子，由此也开始佩服自己，儿子是自己生的。

六

慈目和慈心除了定期送来粮油，这次还送来了崭新的被褥，同样照了相，吃着饼干，喝着矿泉水，走了。

春草把崭新的被褥铺在两张床上，一脸幸福的样子。

秋狗问春草："你跟谁睡？"

春草说："你没听到慈目哥哥说呀？我一个人睡。"

"你听慈目哥哥的话，就不能管我了。"

"管你是娘临终嘱咐。"

"娘临终还说让你做我老婆。"

"做你老婆总要等我长大呀。"

"那等你长大了再管我。"

"不行。到那时你就无法无天了。"

"那你就跟我睡。"

"跟你睡就跟你睡。"

秋狗和春草在家庭问题的重大决策上从来没有想到过冬狗，没有想到冬狗这回也想发表意见。冬狗说："我怕怕。我也跟你睡。"

秋狗说："滚一边去。"

冬狗说："哦。汪汪。"

春草说："不怕哈，我们还在一个房里。"

冬狗第一次发表意见被否决，虽然以狗的方式表达不满，却是狗微言轻，哼哧哼哧钻到黄卖狗拿来的破床上，一个月没有理睬秋狗和春草。

黄卖狗把秋狗家的救济拿掉了。秋狗没领到钱，指着黄卖狗的鼻子骂起来："你把老子卖了？你不要老子为你家做事了？"

黄卖狗说："不要。想到我家做事的人排着长队在等。"

秋狗说："你说卖就卖了？老子还没有答应。"

黄卖狗说："你答应不答应没关系，老爷我大笔一挥，你就烟消云散了。"

秋狗说："我现在就去找慈目慈心退货。老子这辈子吃定你了。"

说曹操，曹操到。

慈目走进来问："找我退什么货？"

慈心也走进来说："我们买的粮油有质量问题？"

秋狗指着黄卖狗说："他把我卖给你们了。"

慈目说："我没买你。"

慈心说："我们不求回报。"

秋狗说："不是说你们，是这匹养不熟的老狗把我的救济拿掉了。"

慈目说："主任不可以。"

慈心说："我们不是送救济，是送救助。"

黄卖狗说："这有区别吗？"

慈目说："当然有区别。你是保障最低生活。"

慈心说："我更希望看到他们快乐。"

黄卖狗说："像他家这样困难的黄金山还有很多。"

慈目说："再多不能卖给我们。"

慈心说："再多我们也只能力所能及去做。"

秋狗对慈心说："知道狗最怕什么？"

慈心问："怕什么？"

秋狗阴笑："打狗棍呀。这匹老狗又得乡长用打狗棍敲打敲打。"

黄卖狗听到"乡长"两个字，心里一惊，又想起乡长可能是秋狗亲戚的事，便觉得拿掉秋狗家的救济有些草率。黄卖狗心眼一转，便转到秋狗和春草仍睡一张床的事上来了。

黄卖狗指着秋狗对慈目说："他不单是疯狗，还是一匹骚狗。你让他与妹妹分床睡，他便要逼着妹妹一起睡。"

秋狗听了这话，脸变成了红纸，一言不发。这是他第一次让黄卖狗抓住了短处。

黄金山就这么大，咳嗽一声全村人都能听见。秋狗大闹黄卖狗家，早惊动了春草。

春草从人群里钻出来，对黄卖狗说："你说犁就说梨，说耙就说耙。我跟秋狗睡一张床怎么了？我娘收养我就是为了给秋狗做老婆。你不跟你老婆睡一床，难道还跟野狗婆睡一床？"

门外看热闹的人哄堂大笑。都知道小小年纪的春草厉害，不知道有如此厉害。现在轮到黄卖狗的脸变成了红纸。秋狗暗暗得意，春草真把自己当成老婆了，比生了孩子的老婆还像老婆。

慈目轻声对春草说："你们毕竟还没有结婚呀。"

春草却大声对众人说："我们睡一床也没有做什么呀！"

现在又轮到慈目脸变成了红纸。

黄卖狗突然觉得自己的机会来了，不阴不阳地说："孤男寡女在一个被窝里，什么都不做，鬼才信！"

春草脸虽然变成了红纸，嘴却没有示弱："我说没做就没做。要我脱裤给你看吗？"

春草装着要解裤带。

黄卖狗当众逼着一个女孩子脱裤，不是一件光彩的事，才知道这不是自己的机会，而是自己的麦城，脸再次变成了红纸。

人群里的闲言碎语一片一片地飞进他的耳朵。救济到底是要救什么样的人？外面的人都救济来了，自己的救济反而要拿下来，缺德……

黄卖狗既对秋生百依百顺，又对秋生一百个不顺眼。没想到竟然是一百个不顺眼的秋生杀进重围，一句话结束了这场战争："秋狗你听错了。我爹是想和你商量，你已经有了爱心社区，你的救济可不可以救济别人。你的救济还没有拿下来呀！"

黄卖狗一愣，很快想到儿子是在帮他。他瞪着秋狗说："你耳朵里塞满了耳屎，听不清呀？就知道狗咬狗！"

黄卖狗说完脸又红了。他说走嘴了。

七

冬狗病倒了，黄家畈猪呀鸡呀狗呀鸭呀都叫得不热闹了。

秋狗说，冬狗流鼻涕、咳嗽、头痛，是感冒了。让春草煮一碗姜汤，冬狗喝了，在床上睡一觉，出一身汗就好。冬狗出了一身汗，被子湿透了，病不但没有好，而且全身酸痛、胸闷气短、高烧不退。

春草骂秋狗："烂药郎中，再烧下去就要死人了。送医院吧。"

秋狗说："疯婆，你知道吗，泼妇没人要，泼女也没人敢要。我以前不都是这样治感冒？"

春草说："我宁愿嫁猪嫁狗，也不赖着你要。冬狗是你哥，知道不！"

秋狗笑起来："我是秋狗，你嫁狗不就是赖着我要嘛！"

春草举起小手装作要打秋狗，说："你是两条腿的狗，不能在狗里面算账。你到底送不送？"

秋狗也装作躲避，笑道："我送，我送。"

秋狗把冬狗送到乡卫生院。

平装头穿白大褂的医生看了看冬狗，说："重症感冒，住院吧。"

秋狗笑着对春草说："他的白大褂穿在我身上，我是不是就是医生？"

春草说："白大褂穿在你身上，你还是狗，只不过变成了马戏团里的狗。"

秋狗骂道："你怎么就像狗尾巴草，长在哪里都让人讨厌！"

春草说："狗尾巴草不长在狗身上，难道要长在猪身上？"

平装头的医生不耐烦说："打情骂俏也不挑时候，没看到病人很危急呀！"

春草说："谁打情骂俏了？他是狗，不是人。"

秋狗说："知道危急你赶快治呀！"

医生说："你不交钱住院我怎么治？"

秋狗说："住院还要交钱？医院门前不是挂着先看病后付费的牌子吗？欺负我们老百姓不识字呀！"

医生说："先看病你也要拿户口簿去办手续呀。"

秋狗说："看病与户口簿有什么关系？谁不知道我是黄家畈的秋狗？"

春草说："我出生到现在就不知道户口簿长得什么样。"

医生诡异地看着春草，就像看外星人。医生丢下一句"没有户口簿就交钱"的话走了。

冬狗躺在急诊室里说梦话："嘎嘎，汪汪。"

秋狗说："梦里还不忘记他的鸡鸭猪狗。"

春草说："那不是梦话，是胡话。你快去找黄卖狗想想办法。"

秋狗说："求那匹狗？我不去。"

春草急得眼泪出来了："好哥哥，亲哥哥，求你，去吧。冬狗的命重要还是你的面子重要？"

秋狗说："我不去。"

春草推着极不情愿的秋狗说："去吧，去吧。"

秋狗找到黄卖狗问："你家有户口簿"

黄卖狗说："当然有。没有不就成了黑市人口。"

秋狗说："你家有，我家为什么没有？户口也姓黄？"

黄卖狗说："姓你爹的屁，到土里问你爹去。"

秋狗说："你是主任，就问你！"

黄卖狗边走边说："我又不是你爹。再说我的屁里也不会滴出像你一样的孬种。"

秋狗拦住卖狗，脸色突然善了下来，说："不斗嘴好吗？冬狗病得要死了。做一回你的儿子，你不吃亏，我也不吃亏。"

黄卖狗说："有你这样的儿子，你不吃亏，我亏大了。冬狗死不死跟我没关系。"

秋狗依然拦住黄卖狗，但不敢再争论亏不亏的事，毕竟是求人。秋狗做儿子的话都出口了，想不出还有什么求人的话能打动黄卖狗，便一言不发。黄卖狗走左边，秋狗就拦到左边，黄卖狗走右边，秋狗就拦到右边。

黄卖狗瞪着秋狗问："不做吓人的狗，想做癞皮狗？"

秋狗也瞪着黄卖狗，眼睛僵持了一盏茶的工夫，秋狗突然跪下了，"冬狗病得要死了！"

黄卖狗愣住了，心里暗笑，驯这条狗驯了十年，原来驯狗要这样驯。黄卖狗得意之下，一句话脱口而出："看在一笔写不出两个狗字的分上。记住，你给我下过跪。"

秋狗仍然用眼睛瞪黄卖狗，却不敢再笑一笔写不出两个狗字的话。

黄卖狗拉着秋狗向派出所跑去，一边跑，一边还不忘记安抚身边的这只狗："只要你听话，一笔不会写出两个狗字！"

八

冬狗在乡卫生院住了一天，就转到了县人民医院。人民医院一个戴高度近视眼、白口罩的医生给冬狗做了初步检查后，眉头皱成了两个"川"

字。除此之外，秋狗也看不出医生的表情。医生又开了一叠检查。秋狗楼上楼下地跑，累得上气不接下气。秋狗就是秋狗，累得上气不接下气，心里还在想，县人民医院就是县人民医院，治感冒和乡卫生院都不一样，乡卫生院的医生看一眼就开处方，县人民医院的医生又是看又是听，看完听完不放心，还要开一叠检查单。一看医生这么认真，冬狗心就放下了。心放下了，人就轻松了，口里不觉唱了起来：文官写一写，武官跑死马。

等到"川"字眉头的医生把一叠检查结果拿到手，秋狗脑门上的汗没了，"川"字脑门上的汗出来了。

"SARS？"

"晒死？不对，是累死了。"

"川"字没有理会秋狗的"幽默"，立即吩咐跟他一样的白大褂白口罩把冬狗送到了传染病科。秋狗真要听懂了"晒死"的意思，恐怕幽默不起来。秋狗跟到传染病科，被挡在铁栅门外。

秋狗有些高兴，又有些恼火。高兴是因为县人民医院的医生服务态度好，冬狗进了医院都不用家属照顾，家里的狗窝就是他和春草的天下了。春草一张嘴烦是烦，但是离开春草那张嘴才两天，秋狗就觉得脑子里全部是春草的嘴，全部是嘴又不发出声音，静得秋狗心里发慌。恼火是因为"川"字医生全当他不存在，不要家属照顾对他也没有一个交代。秋狗心里骂那医生，冬狗是我哥，不是你爹。说出来却变成了："冬狗是我哥，是你不要我照顾，不是我不愿照顾了！"

说完这话，秋狗觉得一身轻松，转身就想回自己的狗窝。不知道春草这只小母狗一个人在家怕不怕？

秋狗刚走出两步，"川"字医生又把秋狗叫住："你不能走。"

秋狗转身问："为什么不能走？大医院不都是不用家属照顾吗？"

"川"字医生并不回答秋狗的疑问，而是对身边的保安说："把他送到红谷隔离区去。"

秋狗说："什么红谷隔离区？我要回家，我妹妹一个人在家怕。"

保安在口袋里摸出白口罩戴在嘴上，不由分说架起秋狗上了救护车。秋狗在救护车上叫喊，我又没有犯法，抓我干什么？我是人，不是狗，叫秋狗总不犯法！救护车上没有一个人理他。叫着，叫着，秋狗发现一个问题，他嘴里喷出来的唾沫溅到哪，保安就像躲瘟神一样避开。秋狗用唾沫把车门口的保安赶开，正要拉开车门，身后的保安摸出一个白口罩罩在秋狗嘴上，秋狗就只能对着口罩哼哼了。在秋狗的脑子里只有一个坏人，就是黄卖狗，没想到一走出黄金山，全是黄卖狗。黄卖狗的坏，肚子里有多少，嘴上说多少。黄金山外面的"坏"都在肚子里，嘴上只有白口罩。

秋狗把脑子里那一点点冲动折腾完后，开始害怕了。秋狗想不出哪里犯了法。是黄卖狗陷害他？不像！黄卖狗听说冬狗病重，一路跑得气喘吁吁，又说出了一笔写不出两个狗字的话，到派出所还求所长开了户籍证明。所长说没想到真有没户口活了二十年的天下奇闻，要马上申报补办。凭黄卖狗半天内为冬狗补办医保，怎么也不可能陷害自己。秋狗想，想不清楚就不去想，难道还能把我吃了！秋狗说不想，脑子里还是想到了铁窗，暗室，甚至手铐脚镣。

到了红谷隔离区，秋狗才知道，自己不是来坐牢，而是来享福。山谷里一个小院，绿树下两排楼房，每间房都有两张床，白床单白被子，窗户明亮，鸟语花香，比起自己的狗窝，这里是天堂。在小院里住着的人不多，但都自由自在，嘻嘻哈哈，虽说眉宇之间悬挂着一丝忧虑，不愿搭理他这个陌生的乡巴佬，但也没有敌意。这里吃饭不要钱，吃完了就睡，也不用去找黄卖狗要救济。秋狗想，天堂好是好，就是有些寂寞。要是春草也能来，小母狗在院子里跳上跳下，不知道有多高兴。出来这么多天，也没办法给春草捎个信，小母狗一定急疯了，不知找黄卖狗闹过多少回了！秋狗想到春草狗急跳墙的样子，心里暗暗得意。天天守着你，你把我当狗屎，一钱不值，以为天下的男人都是骂乖的！就知道女人要疼，不知道男人更要疼呀！我再不回家，你就不是春草，而是秋草或者变成了冬草。秋狗得意的神情才上眉头，春草楚楚可怜的样子却上了心头，把他的得意劲头捏得无影无踪。秋狗在自己的脸上轻轻拍打了两下，骂自己，不争气的东西，怎么就是放不下呀！又想，放不下就放不下，自己也就只有一个春草了。

想到只有一个春草，秋狗心里萌生了逃离"天堂"的念头。金窝银窝不如自己的狗窝。

九

秋狗逃离计划还没有实施，春草就来了。

秋狗躺在鸟语花香里想着逃离计划，一辆救护车开进了小院。

"拉什么拉，老娘会走。"那声音是刻在秋狗骨子里的声音，不是春草还有谁！

秋狗从白床单上弹到地上，又从地上跳到楼下小院。秋狗想，就知道小母狗在家耐不住寂寞，生死要寻来。

"狗鼻子真灵，我躲到深山老林都寻来了。什么时候当上'老娘'了？"秋狗笑眯眯看着春草。

春草先是一愣，马上接嘴："你才长了狗鼻子。这么多天没听到狗叫，我还以为狗死了。你死了，我就是'老娘'了！"

春草说话尖酸刻薄，天生就是秋狗的克星。秋狗昨天还想只有一个春草，怎么一见面就成了"金鸡""玉犬"不可遇了！

秋狗想问你怎么来了，是不是央求黄卖狗帮的忙？出口又变成了："你来做什么？没事少去惹那条老狗。"

春草指着身边的白大褂说："谁惹那条老狗了？你以为我想来呀，是他们把我抓来的。"

秋狗这才想到是自己自作多情。事情没有那么复杂，自己是怎么来的，春草就是怎么来的。

秋狗说："不想来也来了。抓就抓吧，比你睡狗窝强！"

春草说："住了两天楼房就嫌狗窝了？男人都一个德行！"

秋狗说："狗窝就是狗窝。狗不嫌狗窝是因为狗没有住过金窝银窝。"

春草说："别说你的狗窝了。不是想看看冬狗，抓我也不会来。"

春草被安排在秋狗隔壁的房间。秋狗对白大褂说："她是我妹妹，年纪小，怕生，安排到我的房间吧。"

隔离区既不是大学生宿舍，分男生女生，也不是单身职工宿舍，没有严格的性别要求，一家人住在一起再正常不过了。白大褂说："你们看着办吧。"

秋狗把春草拉进自己的房间，反锁上门，抱起春草在原地转了两圈，才把春草放下来，问春草："是不是像天堂！"

春草骂秋狗："土鳖，天堂就这样？那比狗窝强不到哪里去！"

秋狗说："我是土鳖，你是洋鳖！你说天堂是啥样？"

春草说："天堂是啥样我不知道，皇帝都想去，那肯定比皇宫好！"

秋狗说："听说现在有钱人的房子比皇宫还要好。"

春草不耐烦："别说天堂了。冬狗呢？"

春草和秋狗心里都知道冬狗是哥，但谁都不叫哥，叫冬狗。

"冬狗在县人民医院传染科。"

"你还是不是人？冬狗病了，你不守在身边，却在这里享福！"

"这你就不懂吧，大医院都不用家属照顾。我也是被抓来的，要不早回家跟你做伴了。"

"抓我们做什么？犯法了？"

"开始我也认为是犯法了。不是，是 SARS。"

"什么'杀死'？"

"不是'杀死'，听白大褂说，是极厉害的传染病。冬狗不是喜欢鸡呀鸭呀猪呀，就是这些畜生传给他的。畜生永远是畜生，亏得冬狗对它们那样好！"

"还是'杀死'！怪不得黄卖狗把黄金山搞得鸡飞狗跳。黄家畈除了说人话的都杀死了。"

"黄卖狗也是狗，怎么如此狠毒？"

"黄卖狗还不够狠，够狠就假公济私把你这只狗一起杀死。"

"我原来认为你就只是只小母狗，原来你是一只小母狼。"

春草和秋狗一边斗嘴，一边扭抱在一起，嘻嘻哈哈就把"天堂"里的床变成了"天堂"里的狗窝。

闹了一阵，春草上气不接下气地说："你想冬狗不？"

"想冬狗做什么？他正在梦里与他的鸡呀鸭呀相会。"

"我想！"

"想有何难，我带你去看他。"

"你能逃出去？"

"你没来，我早逃出去了！"

"怎么逃？"

"当然是从狗洞里逃。"

"你是不是披着狗皮的人？想的做的都离不开狗。"

"不钻狗洞还想大摇大摆走出去呀？钻不钻？"

"钻就钻！嫁狗随狗。"

"你认定嫁给我了？"

"鬼才嫁给你！进了你的狗窝，不跟你跟谁？"

十

从狗洞里钻出来，秋狗才发现外面的秋月比院子里的秋月更大更清新。出山的水泥路在月光里如霜如雪，很宽敞，很清晰，走起来像在大街上散步。倒是路边的树影山影一层比一层深，偶尔发出一两声怪叫，很神秘，很瘆人，越看越觉得高深莫测。

树影山影叫一次，春草就往秋狗的怀里钻一次，钻着钻着便在秋狗怀里不肯出来。秋狗说，抱着你累，背你吧。春草说，鬼总是在背后害人，我不！秋狗说，别自作多情，黄卖狗说我们是天不收鬼不要的人。春草说，那也不！

春草就是这个时候不敢斗嘴，最温驯。为了春草这一刻的温驯，秋狗衣服被汗浸得没有一根干纱。

看到万家灯火的县城，秋狗和春草都轻松了。春草一路蹦蹦跳跳，秋狗跟不上，干脆坐在路沿石上歇息。春草不得不折回来拉着秋狗走。到了传染病科院外，春草问怎么进去，秋狗说找找有没有狗洞。春草找了半天回来说，传染病科大概不养狗，用不着狗洞。秋狗说，敢不敢爬铁门？春草说，有爬树难吗？秋狗说，没有。春草说，爬吧，就别总想着钻狗洞了。春草爬铁门比秋狗还快。

秋狗和春草在病房里找到冬狗，鸡开始啼。春草轻声问秋狗，城里人也养鸡？秋狗说，城里人的爷爷奶奶也是乡下人。春草说，那我们长他们两辈。秋狗笑，别把城里人当城里人，城里人是乡下人的孙子！

躺在洁白病床上的冬狗听到秋狗和春草说话，微微睁开眼睛，突然哇哇大哭起来。

春草按住冬狗的嘴说："傻哥哥呀，不要哭了，我们是偷偷摸摸来看你的。"

冬狗哭得快，止住得也快，说："我天天晚上哭，他们现在听不到我的哭声睡不着觉。"

秋狗冷笑说："那你继续哭。"

春草瞪了秋狗一眼，转头问冬狗："哭什么呀？不是病了，哪想得到住这么好的房子！"

冬狗说："他们好恶啊，把我的兄弟姐妹都杀了。剁头的剁头，破肚的破肚，血流成河，尸横遍野。全埋了，一只不剩。哇……"

春草说："你咋知道？我还没告诉你呀。"

冬狗说："我梦里全看到了。"

春草说："好奇怪，还真是那样。黄金山的空气都是腥的。"

秋狗说："你和那些畜生成了兄弟姐妹，我们成了什么？"

春草说："当然也是兄弟。你是秋狗。"

秋狗说："那些畜生不是对你好吗，怎么把 SARS 传给你了？把我和春草都牵连了。"

冬狗瞪着秋狗说："什么 SARS？放屁！我不是好好的么，我的兄弟姐妹都是好好的！"

春草突然感到奇怪，黄金山的畜生杀死了，冬狗不说人话的毛病咋好了，变成正常人了？春草心里觉得有些害怕，但想到冬狗本来就不是狗，还是哥，又不害怕了。

春草说："秋狗说得没错，他们把我们都关起来了。为了看你，我们又是钻狗洞，又是爬铁门。"

冬狗骂道："他们不是人！"

秋狗说："他们不是人，你是人？你是人，为什么不说人话。"

春草骂秋狗："冬狗是病人。少说两句，没人把你当哑巴！"

冬狗说："你是人，怎么整天也跟黄卖狗那只老狗混在一起？"

秋狗说："我不跟老狗混在一起，你们就得吃屎。"

春草也骂起来："你们都不是人，是两只不知好歹的狗！"

兄妹三人吵闹的声音越来越大，很快惊动了值班医生。秋狗和春草毫无悬念被带回了红谷隔离区，冬狗继续做他的病人。

十一

半个月以后，社会上悄悄流传医院错把感冒当 SARS 好大喜功的笑话，是女人花钱买卵操。

笑话的来源自然是医院内部。当事人开始没想到是假SARS，冬狗的前期症状确实是SARS的前期症状，说的又是禽兽的话，分明是传递一个信息给医生，SARS又来了。后来知道是假SARS，又想假戏真唱，唱圆满了就是真SARS。没想到在冬狗的"SARS"快好的时候，堡垒在内部攻破。玩笑越开越大了，所有人都不得不把玩笑继续开下去。没想到黄金山的老百姓不喜欢用自己的本钱陪大家开玩笑，闹着要赔他们的猪呀鸡呀鸭呀狗呀。最后达成协议，赔你们的猪呀鸡呀鸭呀狗呀可以，但为了大家的身体健康，为了SARS不再降临，你们不能再养猪呀鸡呀鸭呀狗呀。不养也可以，你们必须年年赔。年年赔可以，你们也必须保证永远不养。成交。不用花精力就有钱进，谁不乐意！到此为止，SARS的玩笑才算真正圆满了。

SARS玩笑结束了，冬狗不得不出院，秋狗和春草也不得不走出红谷隔离区。冬狗是真伤心，不愿意出院，被黄卖狗硬拉着出了院。秋狗和春草是假发火，不愿意出红谷隔离区，让黄卖狗用救济哄出了红谷。

兄妹三人回到了黄金山，回到了黄家畈。黄金山静悄悄的，没有鸡啼，没有鸟鸣。黄家畈也静悄悄的，没有猪叫，没有犬吠。

秋狗说："真安静！"

春草说："安静是花钱买来的！"

唯独冬狗一言不发。

一个月以后，秋狗和春草到黄卖狗说的乌烟瘴气的地方打工去了。冬狗到黄金山自己的自留山黄金坳养他的鸡呀鸭呀猪呀狗呀，与远方来的飞禽走兽为伴。黄卖狗进山阻止。冬狗说，我又没有要他们的钱。黄卖狗说，为了SARS不再降临，没要钱也不能养。冬狗不理黄卖狗，对身边的小黄狗努努嘴，小黄狗把黄卖狗一直追到了山下。黄卖狗想，SARS玩笑已经结束了，何必跟这傻狗较真！于是，再也不进黄金坳了。

冬狗从此没有出过黄金坳。秋狗和春草也从此没有回过黄金山。

图书在版编目（CIP）数据

同根兄弟 / 徐观潮著. -- 北京 ：中国文史出版社，
2018.9
　ISBN 978-7-5205-0777-6

　Ⅰ．①同… Ⅱ．①徐… Ⅲ．①短篇小说－小说集－中
国－当代 Ⅳ．①I247.7

中国版本图书馆 CIP 数据核字 (2018) 第 257695 号

责任编辑：全秋生
封面设计：徐　晴

出版发行：中国文史出版社
地　　址：北京市海淀区西八里庄路 69 号　　邮编：100142
电　　话：010－81136602　　81136603　　81136606（发行部）
传　　真：010－81136655
经　　销：全国新华书店
印　　装：北京温林源印刷有限公司
经　　销：全国新华书店
开　　本：787×1092　　1/16
印　　张：15.25　　字数：240 千字
版　　次：2019 年 1 月北京第 1 版
印　　次：2019 年 1 月第 1 次印刷
定　　价：48.00 元